南部档案

盗墓笔记

NANBU DANG'AN

南派三叔／著

江苏凤凰文艺出版社
JIANGSU PHOENIX LITERATURE AND ART PUBLISHING LTD

南部档案

盗墓笔记

第壹案 盘花海礁案

目录

南部档案 盗墓笔记

目录

南部档案 盗墓笔记

目录

第壹案

盘花海礁案

第一章 南洋档案馆的由来

盘花海礁案在一九〇六年轰动一时，当时在南洋的人都了解这个案子。一九〇六年整一年，在厦门到马六甲这条航线上，一共发生了二十七起船只失踪案，其中有十二起为百人以上的客轮，而所有失踪船只皆曾经过盘花海礁附近。这些船只消失得毫无征兆，海上天气良好，没有船只残骸，没有尸体，没有货物，事后也没有海盗勒索，一切静默无声，就像它们完全没有存在过一样。人们都说盘花海礁附近有蛟盘踞在海沙里吞船食人，使海水浑浊，于是船队皆避之。

当年的十一月份，海面起雾，马六甲航线的大部分船只都已经改道马屿，只有少数货船仍旧穿过盘花海礁。这些船上都带有龙母祭祀和祭拜的祭品，此时有多个船员目击到多起奇怪的现象。大雾之中，有人看到盘花海礁上站满了人，皆垂头而立，人数有上千之多，犹如水鬼望乡，让人不寒而栗。

为查明真相，南洋海事衙门遂成立南洋档案馆，专查南洋诡事，汇集成卷，又称南洋卷阀，招募各地水手商贩，以通情报消息。而开阀第一大案，就是盘花海礁案。

张海盐原名张海楼，是第一批进入南洋档案馆的特务。他十六岁受训，以为自己会进海事巡视，到租界替洋人干活，没有想到临门一脚被发配到了霹雳州做外派特务。霹雳州的人念“楼”字时，发出来就是“盐”的字音，名字变得咸湿不说，外号也从“楼鬼”（可能是因为喜欢昼夜颠倒作息）变成“阿槟”。张海盐身形挺拔，穿上军装后，在厦门就是人中龙凤，而在这里就被看成是奇装异服，犹如市井疯癫。

和他一起派驻马六甲的还有同期的张海侠，为了让张海侠的名字能够和自己的名字搭配，他给张海侠起了个外号，叫做“张海虾”。两人年纪相仿，一起行动，报出名字来腥气逼人。

两个人踏上盘花海礁的时候，已经是一九一六年。此时，海风非常大，张海盐扶正自己的军帽，跳上礁石的时候，点上了一支烟。巨大的海风把他吐出的烟吹成了一条线，划过嘴角。张海虾在后面跟了上来，还拽了一个渔民，丢在礁石上。

在海上行了两周时间，张海虾的皮肤不仅没有受到任何影响，反而显得更加年轻英俊，这让张海盐有些心生懊恼。此时张海虾正厌烦地看着张海盐嘴里叼着的烟，显然对于在查案时抽烟的恶习，他是非常不认同的。

“你放心吧，都十年前的事了，有什么线索能在这儿留十年，也不是一根烟能破坏的。”

“你的烟，”张海虾仍旧不依不饶地看着张海盐嘴里叼着的烟，“我推荐过一些烟草给你，那些不会让我那么讨厌，现在这种味道会让我分心的。”

张海盐叹了口气，只得把烟丢到礁石上。

被张海虾丢在礁石上的渔民，浑身瑟瑟发抖。这人叫陈礼标，是十年前在这片礁盘目击到水鬼望乡的船员之一。之所以把他带回礁石上，是因为这个陈礼标当时喝醉了酒，和同行的另外一个渔民老乡看到礁石上数千只鬼望乡，竟然敢靠近看个究竟。陈礼标喝得少些，靠得近了，酒就醒了。而他的老乡却上了礁石，最后大雾退去，人鬼一起消失，那老乡再也没有出现过。

据他所说，靠近礁石之时，就能看到那些水鬼临水而立，脸色铁青，身上全都是盐痂。但大雾散去之后，这些水鬼便完全消失了。

陈礼标回国之后，通报了南洋档案馆，他是唯一一个在案发时候靠近过盘花海礁而活着的人。十年之后，张海盐他们能找到的目击证人也只有他了。公事公办，张海盐带上证人，坐上海事驳船，无视船老大的抗议，就来了盘花礁。

张海盐看着陈礼标："鬼呢？"

"都十年了，可能站累了，都走了。"

"你别扯淡，当时我就怀疑你那个老乡被你杀了，丢海里了，然后你谎称是被水鬼带走了。你如今的嘴脸，越来越像一个杀人犯了。要不就地枪毙了，我回去销案。"

陈礼标看着张海盐，心生恐惧，立即摇头。

"不想死就把水鬼叫出来！"张海盐骂道。

虽然已经近黄昏了，但礁石上能见度还是非常高的，不仅没有水鬼，可以说，什么都没有。

陈礼标浑身发抖，显然对这块礁石非常恐惧，他四顾再三，轻声地说道："我上次来，是在大雾里看到的，雾气一退就什么都没了。"

"雾气？什么时候起雾？"

"太阳下山之前，风会停，然后起大雾，然后大概到半夜，风会再起来，雾气会被吹散。我们上次就是在这个时候，看到水鬼的。"

张海盐看了看手表，离太阳下山大概还有半个小时。这块表是南洋档案馆的标配，每个海事人员都会分到一块，上面有寄居蟹的图案，在这个年代，这手表可谓是价值连城的。只不过他的是蓝色的，而张海虾的是白色的。

张海盐看了张海虾一眼，对方已经在仔细地检查礁石的缝隙，没有理会这一边。

陈礼标浑身冒冷汗，神情非常焦虑，他看了几眼张海盐，又去看西下的太阳、四周的海，显然十分害怕。

如此来回看了十几遍，张海盐有些不耐烦了，他挥了挥手，陈礼标飞一样地逃回到送他们来的海事驳船上，还不忘说："谢谢长官饶命！"

陈礼标跳到船上的时候船老大还在骂，随即船老大就喊张海盐："长官，你们要在礁石上待到什么时候？"

"怎么，船老大你也害怕？"

"长官，我们更怕你啊，你要是行行好，就让我们的船往外开个三百步，你们要回去的时候，再叫我们过来。你要是不肯，我们就在这里，但这礁石，我们是万万不上去的。"

张海盐失笑，自南洋档案馆成立以来，他遇到过的匪夷所思的事情，比如降头、小鬼，没有一千也有八百了，大部分都是人为的诡计，万种奇情鬼魅都归于人心。他不相信，盘花海礁上发生的事情能逃出这个规律。

"你们把酒和饭囊抛上来，之后就随你们，但如果我发烟之后你们半炷香的时间赶不到，马六甲你们就不用混了。"

张海盐话没说完，船老大已经把酒和饭囊全部抛到了礁石上。等张海盐过去捡起来，他们已经快速离开了礁盘。

没有船，礁盘四周一下没有了和陆地的联系，张海盐忽然发现自己被困在一个四面环海的孤岛上。远处海水茫茫，人在孤岛上，有绝技也没什么屁用。人类面对自然，就是如此的渺小。

海浪打来，张海盐忽然有些站立不稳，立即转移视线，发现自己的双脚还是稳的，只是海浪转动，他竟然有了礁石在转动的错觉。

他打开酒喝了一口，就听到张海虾在远处喊：“你可否到下风口？”

张海盐心中暗自骂了一句，转到一块礁石后面坐了下来，等雾来。

他和张海虾已经合作了很久，知道他的脾气。张海虾的鼻子非常敏感，而张海盐烟酒俱下，这对张海虾来说是一种折磨。很多时候，张海虾都恨不得替他洗澡，把他身上的多种味道洗干净。平日里他只要坐在下风口，两个人就能和平相处。

果然张海虾不再烦他，他看着远处慢慢没入海平面的太阳。临近海平面有很厚的云层，慢慢地，太阳的光芒收敛成一轮红日，藏入云后，天边出现火烧云。而海风也缓缓地停歇了下来。

他还是想念厦门的点点滴滴。自己多少年没有回去了，想起当年离开大陆来马六甲之前，自己的师傅，自己叫干娘的那个女人，问他是否能够一个人在马六甲生活三十年，自己满不在乎地答应。如今想来太过幼稚了。三十年，自己当时实在太小，无法理解三十年对于一个人来说意味着什么。

一个人飘零在外土，自己就算受了足够的训练，也能和当地人相处融洽，却总不能完全安下心来，总归有一种奇怪的情愫，觉得自己不属于这里。如果不是张海虾陪着他，那么多年，他恐怕早就逃回去了。

他已经有点忘记干娘当时说了什么话，他只记得张海虾非不让他答应。但当时他只知道干娘对他恩重如山，让他做什么，他就要去做什么。他点头之后，干娘给了他一张纸，他就在那张纸上画了一个圈。之后干娘如释重负，摸了摸他的脑袋，就听戏去了。

第二天他就被送上了去南洋的船，一路颠簸去了霹雳州。上船之后，才发现张海虾也在。一问，原来张海虾知道他画了圈，急得掉了一大把头发。张海虾性格古怪，没有什么朋友，张海盐算是他唯一的朋友了，跟好朋友要分别三十年之久，他无法接受，最后没办法，也画了圈跟了过来。

当时自己还挺开心的，觉得张海虾讲义气，现在算是明白了，张海虾这已经不是讲义气了，这是陪着下地狱了。

两个人在去马六甲的船上，张海虾就气鼓鼓的，一直没有和张海盐说话。这矛盾导致一直到现在两个人也不对付，当时年纪还小根本不在意，长了几岁，他才明白三十年意味着什么，才懂为什么张海虾不让他答应画押。

那张狗日的白纸，是一张卖身契！如果违反了，回厦门是要坐大牢的。

正想着，面前的海慢慢模糊起来。张海盐吸了口空气，空气黏稠带着咸味，这是雾气要起来了。

他站了起来，喝了一口酒，扶正了军帽。天色已经晚了，天边的太阳只有一丝线了。他打起风灯，回头的时候，发现从海上飘过来一大团雾，瞬间把盘花海礁淹没了。

张海虾一下被裹入浓雾中看不清楚，张海盐朝他走过去。他举高风灯，对张海虾道："别找了，起雾了，我们得待在一起。"正说着，忽然他就看到，前面的雾气中，本来只有一个张海虾的影子，现在一下子出现了几十个影子，全部垂头站立，犹如鬼魅一般。

张海盐眯起眼睛，愣了一下，结果雾气中的影子越来越多，很快在他身边围了一圈。浓雾中看不清楚，只看到密密麻麻的人影，将他团团围住。

第二章 雾隐腌人

人在目视困难的情况下，对于人形的东西，有着本能的恐惧。更何况，张海盐能清晰地分辨出这些影子的姿态，和活人不同。

所有的影子全都耷拉着脑袋，但是身体站得笔直，只要是人都知道，活人保持这样的动作会十分辛苦，而且，这些影子几乎一动不动，犹如僵尸一样。

“海虾，你在吗？”张海盐对着浓雾中喊道。刚才浓雾涌过来的一刹那，他心中隐隐有一丝担心，如果真的是鬼魅作祟，张海虾这种南洋第一人间凶器恐怕也无能为力。

“在。”浓雾中的回答很淡定。

张海盐松了口气，问道：“你怎么看？”

“全是尸臭味。”张海虾在浓雾中说道，“看样子确实不是活人。”

“我们要不要先会个合什么的？”

“你是害怕了吗？”

“不是，你能不能不要抬杠。”张海盐环视了一圈，人影并不靠近他，天色却越来越暗，密密麻麻的影子令人毛骨悚然。他举起风灯，灯光劈开雾气。他没有犹豫，径直朝最近的那个人影走去。

靠近之后，那个人影逐渐地清晰起来，确实是一个站立的人，但那个人站立的姿势非常古怪。

张海盐在南洋看到过很多处理过的尸体，尸体在处理的过程中肌肉僵化程度不一样，就会出现诡异的动作，比如说手腕外翻，脑袋横着耷拉在胸口，或者上半身和下半身过度扭曲，这具尸体就是这样的情况。尸体的嘴巴张得非常大，似乎已经脱臼。

整具尸体身上全是白色的盐痂。

“腌过了。”张海盐喊道，“这就是一堆火腿。”嘴上这么说，心里却嘀咕：我操，难道这十多年来，礁石上有人一直在腌人玩？

他突然愣了一下，觉得尸体哪里不对，将风灯靠近，立即发现眼前站着的尸体，竟然是陈礼标！

只呆了半秒，他心里咯噔了一下：糟了！船！

陈礼标刚才在船上，船已经离开礁石一段距离了，现在，他忽然出现在礁石上还被人腌了，说明他们的船肯定出事了。

“虾仔，我们的船出事了！”

在孤岛上失去船，他们都知道意味着什么。

“没事，断后路这种事情，只有人干得出来。既然不是闹鬼，就是人干的，那附近肯定还有船。”张海虾在浓雾中说道。他悠闲地从一边的浓雾中走出来，穿过那些鬼影，回到张海盐身边，连风灯都没有点。

“我是有点担心船老大，上有老下有小的。”

“看这情况，他们是想吓唬我们，让我们把闹鬼的事情继续传播出去。所以，他们肯定有办法让我们回去。”张海虾说道。

“出来！”张海盐对着四周的浓雾喊道。

没有回音。

张海虾盯着浓雾。雾气越来越浓，那些鬼影变得更加飘忽不定，一会儿出现一会儿消失。

张海盐继续道：“我是南洋海事督办张海盐，你们在这里装神弄鬼，我要把你们全部查办。三分钟内投降的话，我们只办头犯，三分钟一过，全部就地正法！”

说完，张海盐看了看手表，开始解开领口的扣子。

张海虾也活动了一下脖子。

时间刚过去三秒，张海盐就放下风灯开始往前走。张海虾道：“三分钟还没到呢！”

张海盐扶正军帽，乐道：“我的话你也信？赶紧的，趁他们考虑的时候去驴他们！”

两个人迅速进入浓雾，猫腰蹑手蹑脚地前进，很快，他们就看到了船老大的尸体。张海盐叹了口气，没有靠近。所有的尸体都是被腌制过的，有些尸体已经高度脱水。

张海盐用唇语对张海虾说：“他们像是十年前在这里失踪的乘客，现在已经变成腊肉了。”话没说完，两个人都感觉到不对。转头，发现确实有东西在走动。不假思索，张海盐翻动舌头，对着浓雾吐出三道寒光。寒光射出的同时，他已经猫腰冲了过去。

第三章 前往海上

张海盐嘴巴里藏有刀片，是很多人都知道的事情，但刀片平时藏在哪里，他是如何能够强劲地射出伤人，甚至能打穿三层铁皮，就谁也不知道了。按张海盐后来的说法，舌头和口腔的肌肉锻炼十分关键，特别是掌握了把口腔吸成真空的窍门。

他之所以特别喜欢用这种方式伤人，是因为他看着别人的时候，嘴巴几乎同时也会对着那个人。玩吹箭和射箭的人都知道，用嘴瞄准是非常准确的，射箭的时候箭羽一定是贴着嘴巴，而且转头看人时嘴巴的动作也是别人极难警觉的。所以张海盐早先出击，看人人就倒，此次也是一样，他看向那个方向的同时，寒光已经劲射而出。而他的习惯，一定不会等猎物中招，猎物不管是否躲避成功，他的人一定已经逼到身前。

张海盐的动作已经算快了，但是到的时候张海虾已经到了，他都没有感觉到张海虾是如何跟上的。结果却发现这个区域什么都没有，张海盐在地上找到了打入礁石的两枚刀片，拔了下来，塞回嘴里，心里却奇怪第三片在哪里。张海虾动了动鼻子蹲下来，划亮火柴，就看到礁石上有血迹。

“中了。”张海盐兴奋起来。

“果然是人。”张海虾非常失望，长叹一声。

他们受训的内容都很严苛艰深，大多数的内容，感觉都不是用来对付人的，但到了南洋，连个粽子都见不到，更别说妖魔鬼怪了。每次出外勤，两个人都希望能遇到真正的大事，张海盐是无聊，而张海虾是希望立功被调回去。但这么多年，他们返回的卷宗都是以“谣言”结案。

此时，不知道是否是他们的动作太快，让对方乱了阵脚，他们都听到浓雾中开始传来各种各样的声音。两个人站了起来，就看到浓雾中的人影，开始一个接一个地消失，速度之快，真的犹如鬼魅一样。

不过几秒钟的时间，所有人的影子都退入雾气的深处，消失不见了。

“搞什么？”张海盐眯起眼睛，感到有海风吹来，雾气开始消散。

他们赶紧去追，就发现雾气中所有的尸体都不翼而飞。海风在他们寻找的时候变大，肉眼都能看到雾气开始移动，几分钟之后，雾气全部被吹散，礁石上犹如什么都没有发生过一样，干干净净。

天上一轮明月，海风渐起，浪又开始打到礁石上。远处海面上波光粼粼，没有看到任何船只，也不见有任何人。张海盐去看他们的船离开的方向，也是什么都没有。船确实不见了！如果不是血迹，刚才的一切似乎完全没有发生过。

“这装神弄鬼还蛮良心的。”张海盐喃喃道。

张海虾回到血迹边上，蹲下来。

“这是魔术。”

“人藏去哪里了？这血能让你找到吗？”如果是魔术的话，这些尸体应该都还在礁石上，只是被藏起来了。但他们刚才那么仔细地找，都没有发现暗门一类的东西。

“血不是特别好的气味标物。传播距离不够远。”张海虾转头，闻了闻空气，这里海风很大，很多气味会被快速吹散，但他忽然看向一个位置，那是张海盐丢的烟头所在之处。两个人过去，发现烟头被踩扁了。

“有人踩到了这个烟头。”张海盐捡起烟头，“这烟头里我放了沉香，味很大，只要经过这儿，就会沾上味道，这味道穿透力远，你肯定能闻到。”说着递到张海虾的鼻子下面，“乖，闻一下。”

张海虾没好气地接过烟头，闻了闻，然后丢到一边，闭上眼睛去嗅空气，嗅了一会儿，睁开眼：“不行，你嘴巴里烟酒味太臭了。”

张海盐哭笑不得：“和你一起混，擦屁股都得擦三遍，少擦一遍你都知道，放个屁就是死罪。人生太艰难了，你不如找个地方把鼻子撞烂得了，免得我们互相折磨。”说着退开去。

张海虾不去理会，再次闭上眼睛，感觉了一会儿，然后看向一边的海面。那是礁石边缘，前面就是黑色的大海，月光下犹如翻滚的黑曜石。张海虾指了指前方：“在海上。”

海浪非常大，目力所及之处看不到任何船。

“你是说，这些人把尸体快速地运到了海上？然后远离了礁石？什么船，速度能这么快？”

“可能不是船，是其他东西。想知道的话，就去看看。”张海虾看着海面远处的黑暗，“那儿肯定有东西。”

一个大浪打在礁石上，对于普通人来说，这时候跳入海中等于自杀。但是这两个人对视了一眼，非常默契地脱掉了军装，一起跳入了大海中，朝前游去。

第四章 不吉利的味道

水性是南洋档案馆挑选学员首要考察的，人天生就分亲水和恐水的。张海盐和张海虾在水中心跳会放缓，比在岸上更加舒适，所以名字里才带了“海”字，予以区分。在南洋海事衙门，带“海”字的人中饭会多一些腌肉，馒头也可以多一个，还是十分让人羡慕的。

两个人在水中犹如鱼一样，每一次入水再探头，已经前进了十几米，从动作上看不出一丝辛苦。

只有两个人自己知道，这水性是怎么练出来的。在厦门鼓浪屿西边的礁石上，有一个坑洞，二三十米宽，深不见底。潮水来的时候，坑洞被海平面吞没，退潮之后则会变成一个深潭，深潭和大海并不相通，每天鱼虾都靠涨潮退潮来往。

张海盐记得深潭中最多的就是螃蟹，抓都抓不完。当时干娘会从海里钓上一尾鲷来，丢入退潮的深潭中，让他们几个徒手抓上来，谁抓到了晚上就能和干娘一起睡一张床。

鲷这种东西，哪里是能用手去抓的？

八个月之后，这些孩子的肩膀和腹肌都如同被刀劈出来的一样。当然鲷是从来没有抓到过，那些鲷每每都是被惊吓而死的。

张海盐至今还记得最清楚的是，碧海蓝天，一行小鬼慢慢长成大人，站在那个深潭边上，已经不再唉声叹气，想着鲷没有被抓住。这些岁月如此美好，让人怀念，也让他如今能在大海的波浪中犹如鱼一样往前。

很快，他们已经看不见盘花海礁，四面都是大海，浪变得更大。张海虾浮出水面，每次修正方向后，便毫不犹豫地继续往前。游了有四五千米，他们果然看到了海上的灯光。

灯光是青色的，这是海盗偷袭时用的灯，是用鸡蛋清腐烂之后晒干混油做的灯油，远看的时候和月光在海中的反光很像，不容易被人察觉。

两个人缓缓地靠近，发现那是一艘很大的铁皮客轮，而且还不止一艘。目力能看到的大小船只，有四五艘大的，十几艘小的，全被铁锁锁在一起，形成了一个船阵。

这些船都已经十分老旧，上面全是藤壶、海锈，显然疏于保养。依稀能看到离他们最近的那一艘船上，写着茹昇号。张海盐记得，那是十年前失踪的客轮中的一艘，当时有两百多名乘客跟着这艘船一起消失了。

船阵四周有十几根锚缆抛在海里，这里的浪不大，张海盐知道，这说明海底浅，他们身下的水底有礁石。

两个人攀着缆绳出水，倒挂在一条锚缆上，已经听到船上有人说话。两人爬到船舷外踩着锚缆探头查探，首先看到在船的高处客舱的顶上，有四五个守卫，身上带着步枪，竟然都穿着军装。

船上各处传来杂话，他们凝神静气去听。

“怎么是桂西口音？”张海虾道。桂西有很多军阀派别，你吞我我吞你，打都打不清楚。他们是听说过有军阀操纵渔船从北部湾出海做海盗打劫收拢军饷，但这里离北部湾也太远了，桂西军阀到马六甲来做什么？

两个人又凝神听了一会儿，广西话他们也听不太懂，但是确定了，这些当兵的肯定是军阀所属的。

张海盐看这些人的步枪，都是德国造的毛瑟步枪，不是汉阳造，这在军阀里已经属于大手笔，说明这些士兵的等级非常高。再仔细观瞧，还能看到士兵身上别着一种德国造的手枪。张海盐曾在任务中接手过这种手枪的进口，有十二把从马六甲运回厦门给南洋海事衙门的长官们用，他知道这种手枪的威力。

“桂西军阀到马六甲来当海盗，会不会是被打败的军阀残部为了讨生活，在海上劫船准备东山再起？”张海虾问道。

张海盐仔细观瞧这个船阵，心说船都是十年前劫的，如今还在这里，当年劫船已经是一场奇案，再把劫船连成船阵，经营十年，更是奇上加奇。在国际航线上把案子隐藏十年仍旧在案发现场混的，这种大手笔，背后老板怎么样也应该是个阴谋家了！

有这种能力的人怎么可能是败军之寇！再看这个船阵，铁锁连环十分合理，岗哨分布清晰严密。十年了，茹昇号顶部的哨兵都没有半丝懈怠，这里的将领也必然不是普通人。

张海盐对张海虾道：“你看这船阵，中间是空的，是一个空心的四方形，似乎围着什么东西。”

两个人上船，张海盐缩在阴影中，抬头看顶上的哨兵。哨岗的位置设计得很好，甲板被分布合理的十六盏灯照得清清楚楚，根本没法通过。

张海盐凝神静气，深吸一口气，“突突突”吐出三道寒光，直接打灭了三盏青灯。守卫被忽然熄灭的灯光吸引，就在那个瞬间，两人直接冲刺，打着滚滚过了甲板，来到了客轮靠里的那一面，重新缩入一处阴影中。

他们背后就是另一边的船舷，船舷就是整个船阵遮掩围住的区域，能看到船舷外的灯光更加密集，果然有东西。

两人偷偷探头，就发现船阵的中央围着一块礁石，礁石上有一个巨大的洞，四周全都是开矿的设备和脚手架。这个洞似乎是人为挖出来的，已经挖得很深了。

这些当兵的，在这片海域用这么多船围住了一块礁石，然后在礁石上挖了一个洞。

除了当兵的，还能看到很多没穿军装的人在礁石上干活，手脚都戴着镣铐，张海虾捂住了鼻子。

张海盐问道："你闻到什么了？"

张海虾道："那个洞里，有一种说不出来的味道，闻上去很不吉利。"

第五章 南海瘟疫船

张海盐再度探头，没有看到更多的信息，他靠回到阴影里，奇怪道："这礁石下面有什么？"

"你说，这十年来，他们是单挖这一块礁石，还是把这里的礁石都挖了一遍？"张海虾问道。

张海盐点头，他知道海虾的意思，但礁石下面能有什么？礁石就是海底大山的山顶被珊瑚礁包裹形成的结构。他们挖遍这里的礁石，难道说礁石中有什么特殊的矿产，或者说陈年的珊瑚礁中包裹了什么珍贵的宝物？

"下去看看？"

"下不去，你看这些岗哨成环形结构，没有死角，照明也非常足。"张海盐道，心中却想：不知道这些工人是不是十年前的乘客，在这里被劫持当了十年劳工也够惨的。“老规矩，抓个人问问。”

两个人四处观瞧，这种蒸汽客轮甲板上只有一个船塔，上面有两个巨大的烟囱，主要的上层建筑布置在船体中部，上层建筑和船艏楼、尾甲板之间布置货舱。船艏柱笔直，水线下内收，典型的北大西洋艏。

哨塔就在上层建筑的顶部，围绕两个大烟囱有七八个岗哨，有绳索挂下来，连在船舷上，有上百条，上面隔着三四米挂着一个青光风灯。甲板上很干净，不见任何人。

船舱和船艏还有上层建筑的窗户都是暗的，似乎里面并没有人，但张海虾摇头：“船舱里有人生活的味道。里面肯定有人。”

“你又闻到人上厕所了？”张海盐怜悯地看着张海虾。张海虾没好气，一字一句道：“我闻到了酒味。”说完张海虾指了指一边，正好船艏楼里有人出来检查被打灭的灯，证实了他的说法。但船艏楼离他们还挺远的，蹿过去很容易被发现。

从船艏楼里出来的人，都穿着军装，他们看了看地上的碎灯玻璃，就和上面的岗哨用桂西方言交流，神情很是疑惑。这些人也是中国人，中国人和马来人，从来都是中国人难对付一点。越靠近本土的中国人，越难对付。不过，这一次张海盐算是听懂了几句，说的是刚才在那边礁石上遇到了两个身手不简单的人，现在出现了异样的情况，可能是那两个人的缘故。

说完哨兵们点点头，全部端起了枪，对准甲板。甲板上也出现了士兵，手枪全部上膛，开始四处检查起来。

张海虾看了看张海盐，面有愠色，显然对于张海盐刚才莽撞处理那些灯有意见。

张海盐在黑暗中听着逐渐靠近的脚步声，两个虽然身手惊人，但是手上没枪，他也知道自己在那种自动手枪下绝对没有还手的机会。

心念转动，张海盐迅速抬头，对准中间礁石坑洞处的青光灯吐出一枚刀片，寒光精准，一盏青光风灯被打碎，火星玻璃落了一地，下面立即骚动起来。张海盐这个人最大的特点，是在人之常情中做文章，他做事绝对不周到，但“人之常情”是：有事总要多想一步，但他不，他就生存在你多想一步的那二十秒里，那是他的绝对领域。

下面的礁石比船要重要，如果礁石上的灯被打碎了，说明可能有人已经潜到礁石上了，所有人都会紧张起来，出现二十秒的认知缓冲时间。

二十秒足够了。

守卫和搜查的人全部看向礁石。张海盐抓住张海虾的手，贴着地面，用了一个人类极难做到的动作，将张海虾甩了出去。张海虾落地的一瞬间，直接手一撑，贴着地面滑入了船艄的门里。

接着，张海盐也滚了出去。两个人的动作毕竟太大了，楼上一个哨兵几乎就要转头看到了。张海盐猛吐出一枚刀片，刀片贴着甲板滑着打进甲板上一个人的鞋里。那人“哎呀”一声，那哨兵将转未转的头被叫声吸引了一下，在那一瞬间，张海盐就滑进了船艄楼里。

张海虾接住他，说：“他们一分钟内就会发现我们。”

“一分钟还不够？”

船艄楼是一个值班房间，有楼梯在房间中间，可以下到下面的舱区。下面是货舱，两人一下去，就看到了无数站着的腌制尸体，尸体上是厚厚的一层盐疙瘩，足有上百具，非常壮观骇人。尸体形态各异，男女老少都有，眼球都因为脱水萎缩不见，脸上的窟窿望着地面，令人毛骨悚然。

货舱中没有灯，所有的窗户，都从里面被糊上了，外面的灯光也透不进来。整个舱，只有一个光源，在舱的最深处。有一个隔断，隔断上有一个舱门，门开着，里面点着暖色的灯，灯光非常亮，显得非常暖和。

两个人走入尸体堆中，往前探去，就看到货舱尽头的隔断里面，有一个穿着明显不同的军装且有军衔的人，他戴着口罩和手套，正在往一具尸体里注射什么东西。张海虾捂住张海盐的嘴巴，用唇语说：“味道很刺鼻，不知道是什么药水。他在干什么？”

张海盐推开张海虾的手，用唇语回答：“直接问他。”说完刚想往前，就听到有电话响，那个军官接起来，拉掉口罩，人非常年轻英俊。他听了一会儿电话，用官话对电话道：“以这里离盘花海礁的距离，游是游不过来的，如果能游过来，那肯定是张启山的人。把冲锋枪拿出来，如果是张启山的人，你们这么找是找不到的。”看样子是甲板上的人打下来的。

张启山？

张海盐愣了一下，但没有迟疑，打电话的瞬间是人没有防备之时。他一下发力，冲入隔断之内，刚想控制住军官，几乎是同时，军官猛地转头拔出了手枪，对准他的头“砰”就是一枪。张海盐反应奇快，偏头躲过子弹。

灼热的子弹划过他的脸，让张海盐冒了一身冷汗。

这冷汗不是因为子弹，而是那军官的动作毫不迟疑，早有准备，显然早就在等他进攻。他轻敌了。他多久没有轻敌了？他自己都不知道。那一瞬间，自己轻敌的心态让他生出巨大的恐惧。

这恐惧不是来自于敌人，而是来自于干娘对他的教导。他的干娘，对于轻敌这件事情，是会给予最可怕的惩罚的。对于他们来说，轻敌，是绝对不允许犯的错误。但他离开了十年之后，竟然还是忘了。

几乎是条件反射，张海盐躲子弹的时候，嘴巴里的刀片就射了出去。刀片射进军官的嘴巴里，直接穿透，从后脑出来，血在后脑炸开，军官直接被蹶翻在地上。

张海盐知道自己的力道失控了，立马上前一把扶住军官的脖子，踢掉他的枪，问道：“你们到底是什么人？”

军官的嘴巴里全是血，他痛苦地看着张海盐，想要掰开他的手。张海盐说道：“我松手你就会死，你告诉我，我就帮你缝好伤口，以后就是晚上多上几趟厕所，其他没事的。”

军官的眼神有些发飘，一直看向一边的一个柜子，柜上全是装有福尔马林的瓶子，还有一些抽屉。张海虾悠闲地走进来，关上门，开始去翻那些抽屉，里面全都是文件。

军官的血流了一地，不停地翻着白眼，似乎快要休克了，张海盐只好松手。张海虾从柜子里找出一沓东西，翻了翻："上面的士兵很快就会下来，你最好做一下准备，然后，你看，我知道他们在找什么了。"他撕下一张纸，给张海盐看，上面写着：关于中国南海明朝瘟疫船的研究。

第六章 沉船里的东西

十五世纪下叶，德国出现了一种船叫做愚人船。各个城市将他们管辖区域内的疯子，都交给路过的水手，将人集中到一艘船上，在城镇和城镇之间流浪。这些疯子中不乏哲学家和诗人，有时候，水手会航行到城镇和城镇之间的旷野上，将他们放逐，于是会出现一群疯子在旷野上发呆群聚的情况。

再往后就没有那么浪漫了，麻风病开始大肆传染之后，麻风病人也被送上愚人船，这些病人会被送往孤岛，自生自灭。这就是赫赫有名的麻风船。

无独有偶，明朝末年鼠疫横行，也有人将重病亲属送上东营出海的大船，一共六十七艘，顺东海岸一路往南，前往南洋。当时的人都知道，南洋水手出到外海，就可能把这些病人全部丢入海中溺死，但他们仍旧将亲属送上船，因为瘟疫已经蛀空了中国的北方，时间太长了，所有人都希望这灾难有结束的一天。

当时流行的瘟疫，从记载来看，应该是鼠疫。因为当时鼠类活动非常诡谲，到处都有记载老鼠衔尾渡江的县志和文献，但也有别名大头瘟、绿线瘟的各种瘟疫，据说并发的瘟疫多达几十种。当时，有人正相谈时，忽然摇头，继而死亡，众人四散而去，尸体就在街上腐烂，千百具陈列着，恶臭熏天。

这种从东营出海的大船，就是瘟疫船，船上有上百甚至上千的病人，挤在货舱内，病死的人就在身边腐烂，要等几天才会被丢入海中。但史料有记载，好多艘瘟疫船不仅没有抛弃病人，而且还真的行驶到了南洋，并且上了岸，其中甚至有人病愈，然后在南洋定居了下来。

这里的人在挖掘一艘瘟疫船，这就很说得通了。当时的瘟疫船如果前往南洋，在这里搁浅沉没，那么经过了几百年，整艘船会被珊瑚礁包裹起来。

这里暗礁众多，如果一块礁石一块礁石地去找，确实需要十年时间。而如今看这里的阵仗，他们应该找到了。

军官似乎已经死了，张海盐听到外面有脚步声，他在军官的衣服上擦了擦手上的血，对张海虾说："继续念，找有意思的念。"

说着，他从腰部的皮带内拔出三根金针来，朝自己的喉咙扎下去。

金针刺入喉咙，他咳嗽了几声，讲话的声音已经变了。他小声说了几声，调整了金针的位置，说话的声音就变成了刚才军官的嗓音。

张海虾继续道："你看，这里引用了古籍，东营一个大夫记录了这么一种瘟疫，这种瘟疫是从南方传过来的，叫做五斗病。五斗病发病，传染特别快，从发现第一例到死光一个村子，只用了一个月。难不成这里的人要找到的瘟疫船，上面就有患五斗病的病人？"

张海盐摸了摸脖子，接过资料，张海虾就往角落里一躲，藏了起来。张海盐披上军官的衣服，站到桌子后面，让尸体遮住他的裤子，然后背对外面。

正好上面的哨兵听到枪声过来，问道：“副官，怎么有枪声？”

“刚才有人混进来，现在已经跑了。”张海盐背对着外面，似乎在翻动资料，声音几乎和那个军官一模一样，“让人全船去搜，我们要加快速度。现在情况怎么样？”

进来的哨兵马上给下面的人使眼色，然后继续报告：“马上就要挖到底舱了，现在加倍小心，怕里面的东西出来。”

张海盐眼珠转了转，心说：东西出来，什么东西出来？他略微转头看了看张海虾在黑暗中的脸，张海虾也很有兴趣。

张海盐继续问哨兵：“我考考你，如果担心里面的东西出来，你们应该做什么准备？”

“您说，让那些劳工去挖，我们身上只要涂了药水就没事了，难道还不够吗？这些年死的人，您都是这么处理的，还用盐封起来，我们以为这就足够了。”

张海盐没听懂，但他眼珠一直转，知道多僵持不好，就挥了挥手：“告诉下面的人，今晚一定要挖通，不管用什么办法，张启山的人已经来了。”

哨兵如释重负，立即退了出去。张海盐翻了翻资料，资料上没有写那瘟疫船里有什么，心说：奇怪，有东西要出来，这船沉了几百年了，还有什么怪物能活在里面？

第七章 五斗病

想着，张海盐忽然灵机一动，看着外面的哨兵还没有走远，立即把他叫住。

“等一等。”

张海虾躲在犄角旮旯里很不舒服，刚想出来，被张海盐这么一叫，又缩了回去，继续藏好。

哨兵走回来，张海盐假装摆弄柜子上的瓶瓶罐罐，仍旧没有转身，说道：“有件事情，我没有告诉你。但我想了一下，现在情况危急，我也不能再隐瞒了。”

“副官您请说。”

“你知道一个叫做张海盐的人吗？”张海盐问道。

哨兵哪里会知道，摇头：“属下不清楚。”黑暗中的张海虾也皱起了眉头，不知道他要做什么。

“这个人隶属于南洋海事衙门，洋务督办府下面的南洋档案馆，专门查南洋海路上的奇案，是一个赫赫有名的高手。刚才在盘花海礁上的人，就是他。他是我一生的宿敌，我在他的阴影下，已经生活了很久很久。”

哨兵满脸问号，迟疑了一下，“哦。”他小心翼翼地回答，“属下知道了。但，您刚才不是说，那是张启山的人？”

“我是不想吓到你们，这个张海盐，比张启山要棘手一千倍。我说张启山，不说张海盐，是怕你们害怕。”张海盐压低了声音，尽量让自己不笑出来。他看了看张海虾，黑暗中的张海虾朝他翻了一个白眼。

哨兵显然是更害怕张启山一点，此时已经完全错乱。“所以——副官的意思是——”

“把那块礁石给我炸开，不能耽误了。就算里面的东西再厉害，我们今晚也要完成工作，离开这里！”

哨兵眼神疑惑：“可是——”

“万事我负责，我百分之一万确定，张海盐已经混入我们这里了，如果我们今晚无法完成，我们都会死在这里。”

哨兵只得点头，很快就退了出去，看起来被训练得非常好。张海盐回身关上门，说道：“你看，训练得太好也有问题，要是你对我这样，我早踹飞你了，还能让这种伎俩得逞？”

张海虾走了出来，几乎不想和张海盐说话。张海盐想了想，拔掉喉咙里的金针：“当然，普通人也不至于相信有人的脸皮能厚成这样，这一点我也承认自己是有天赋的。”

“这里还有那么多俘虏，你胡乱下命令，可能会害死所有人。”张海虾说道。

“这里戒备森严，这些当兵的训练有素，还有我们最害怕的自动手枪几乎全员配备，下面还有几百个劳工当人质。此时你还想着能全身而退？”张海盐从裤兜里掏出烟来点上，“现在这种局面我们就是全死无生，不搞出点事情来，我们是没机会的。”

张海虾检查了一下副官刚才处理的尸体，“事情没有你想的那么简单，你觉得船下面有什么东西被关着？”

“水鬼？巡海夜叉？哪吒？鳌拜？”

“东海龙王叫敖广。”张海虾从边上拿了橡胶手套戴上，又看到一边的口罩，自己戴上一个，摘了几个下来放进口袋，才按开桌上尸体的嘴巴。这是一具骨瘦如柴的女尸，是一个东南亚人，因为长期饮养不良，头发发黄，眼窝深陷，已经不似人形，身上脚上全都是被礁石上的藤壶划伤的伤口。

女尸的牙齿完全损坏，上面全是黄斑黑结石，能看到女尸的舌头被剪掉了，露出了喉咙，里面全部塞满了盐。张海虾闻了一下，脸色沉重：“你最好把你的命令收回来。”

“为什么？”

“这具女尸应该是十年前船上的乘客，但她不是饿死的，而是病死的。这些盐和药水，都是用来消毒的，也就是说，这些劳工会在挖掘过程中得病而死，而这个副官认为这种病是可能会传染的。”

张海盐想了想，说：“你是说，瘟疫船里没有什么活着的怪物，瘟疫船里——”

“有的只是瘟疫。”

是五斗病，蔓延发病最快的瘟疫。

张海盐深吸了一口凉气，一边立即把金针插回去，一边去翻一旁的电话簿，对张海虾道：“帮我抓下电话，我让他们停手——”

话音未落，外面“轰”的一声巨响，整个船抖动了一下，所有的瓶瓶罐罐都被震翻在地，尸体被晃得东倒西歪，两个人扶住女尸才稳了下来。

两人面面相觑，就听到甲板上有人喊道：“炸通了，炸通了！”无数的脚步声开始传来，似乎有无数的人冲过去看。

“完了。”张海盐猛冲出去，爬上楼梯，上到甲板。甲板上全是人，有劳工也有士兵，顶部哨岗上面的人已经无心放哨，都看向中心的礁石。张海盐挤到人群中也没有人注意到他。

中心的礁石爆炸完的热气仍在，有劳工正慢慢靠过去，能明显地感觉到炸开的洞口正在跟外面快速做空气交换，烟雾被吸入洞内，又被喷射出来。这些烟雾和粉尘，肉眼可见地，已经蔓延到了整艘船上。张海盐觉得眼睛发辣，心生恐惧。很多人开始咳嗽。

张海虾从背后帮他把口罩戴上，然后把手套递给他。

“我是不是闯祸了？”

“不，你说得对，横竖都是死，但现在是收拾残局的时候了，我们不入地狱，谁入地狱？”他拍了拍手里的消毒水，脚边还有三四桶，“走吧。”

“我知道自己莽撞了，你别多嘴，让我自己反省反省。”张海盐扛起一桶来，两个人挤开人群往里走去。

张海虾说道：“你这不算莽撞，你签卖身契到南洋来才是莽撞，你知道干娘在驴你吗？”

“干娘驴我是有原因的。”

“干娘驴你是因为你就是够驴，她怎么不驴我？！”

两个人来到礁石上，这里爆炸的热气依然灼人，有人开始反应过来，但看着他们扛着消毒水，一副完全不见外的样子，一时间以为是副官的安排，就都没有说话。二人来到大洞边缘，张海虾先把一桶消毒水倒了下去。听水的声音，下面倒不是特别深。接着，他们把消毒水抹到自己口罩上，又涂满全身。

两个人对视了一眼，跳了下去。

第八章 一生的宿敌

在茹昇号的货舱隔断里，满身是血的军官忽然抖动了一下，睁开了眼睛。剧烈的疼痛让他想呻吟，但是稍微一动，他疼得更加厉害。身下的血已经慢慢干涸，不知道为什么，他后脑的伤口结了一个很大的血痂。

他爬了起来，打开一个柜子。柜门里面贴着一面镜子，他想看一看后脑，但发现看不到，用手碰了一下，那是一个骇人的伤口，他知道自己活不成了。

他从窗户往外看去，正好看到张海盐走向礁石的中心，带着消毒水。看着围观的人和喷出来的灰尘，他已经知道发生了什么。想了想，他从柜子中，拿出一只密封的钢罐来，平静地朝甲板走去。

甲板上的人都在围观，他吹了声口哨，几个哨兵都发现他上来了，同时发现他身负重伤。

“副官，你是被张海盐伤成这样的吗？”那个哨兵问道。

副官眯起眼睛看了看他，哨兵补了一句：“你一生的宿敌？”

副官努力发出声音：“张海盐？”他看了看礁石的方向，努力让自己不倒下，“把船准备好，我们准备离开。”

哨兵点头，副官又对边上的哨兵说：“这里的人已经全都染病了，你们赶紧去吃抗生素，这些劳工就留在这里吧，我们来不及处理了。不要惊动他们，找二十个人，带上冲锋枪，带上黄色炸药，跟我下去拿瘟水。除了我们的船之外，其他的船，全部炸沉。”

有哨兵去拿枪，很快，二十个人出列，他们也下到礁石上，副官此时已经感觉到后脑的伤口又开始流血了。

我不会辜负你的，一定把东西带回去给你！他暗暗发誓，咬牙，也不知道是哪里来的力气，走路竟然比平时更加迅捷。

所有人看到满身是血的副官，都分列两边。血一滴一滴地滴在他走过的脚印上。一行人很快来到了洞口。

“我下去取瘟水，你们把炸药布置好。”副官平静地命令道。

劳工中已经有人看到他们手里的炸药，开始往后退去。

同时，张海盐、张海虾已经进入到了瘟疫船残骸的底部。他们一边洒消毒水，一边查探。

这艘船已经完全钙化了，珊瑚礁从船的破洞中长进来，覆盖了船的内部，底舱已经完全变形，但能看到很多的麻袋，悬挂在原来船的梁上。这些麻袋都是当年用来装尸体的，如今尸体应该都已经腐烂殆尽，有上百具之多。因为外面空气的快速涌入而氧化，麻袋快速变成黑色。

每个麻袋下面，都有摊黑色的真菌煤丝一样的东西，其实是尸体腐烂的液体从麻袋上滴落下来造成的。所有的这些东西，都往船的低洼处流去，一路流到中心的一处水潭。

这些黑色的墨渍一样的东西，如同一张巨大的太阳放射图，而那个水潭就是中心的太阳。

他们来到水潭边上。张海盐默默道："这就是整艘船的精华，所有病死尸体的浓缩液。"

水潭里的水出奇地清澈，倒映出风灯和他们的样子。

张海盐和张海虾对视了一眼，很有默契地要把消毒水倒入水潭中。忽然后面传来一阵枪上膛声，两个人瞬间闪身滚进黑暗。

转头就看到副官带着一行人，直接对着黑暗无差别扫射，张海盐立即趴到地上，刚想反击，另外两三把枪同时开火，他一个翻身踩着珊瑚礁，翻上梁，子弹跟着他就扫了上来。

副官已经来到了水潭的边上，蹲下来，用密封罐装了一罐尸水，转身就走。那些手下也不恋战，瞬间点燃了所有的 TNT 炸药包，到处乱丢。有几个专职爆破的，非常熟练地在横梁的下面，龙骨的关键位置，放下了最重的那几包，点燃后迅速撤离。

张海盐心说不好，想用刀片去钉灭这些导火线，但举目望去，足有几百个火星，大喊："虾仔，走啊！"

两个人一起冲向出口，刚到出口，就是一梭子子弹打下来，两个人立即又退了回来。接着就听到枪声，是有人打断了洞外面的脚手架，脚手架疯狂地落下来，让他们无法爬上去。身后的导火线依然在滋滋地冒着火星。

"刚才应该补那个家伙一下的！"张海盐懊恼地大骂，"失策啊！"

说着他立即转身，捡起靠近他们的几个炸药包，往船的深处丢去，留出了一块空间，然后抓起几个麻袋递给张海虾，"用这个挡一下，看造化了。"

张海虾看了看麻袋，摇头，问道："你想不想回厦门？"

"想啊！"

张海虾接过麻袋，把麻袋全部背到自己身上作为遮挡，然后把张海盐顶到角落里，张开双臂挡在他外面，说：“那就好。”

“你干什么？”

“张海盐，我不想回厦门，厦门我没什么牵挂。你替我回去。”

话音未落，一声巨响，巨大的气浪一下把张海虾压到了张海盐身上，张海盐的头似乎被猛击了一下，然后他就什么都不知道了。

第九章 卷阀归档

副官坐在船舷边，看着礁石爆炸，船一艘一艘地沉进海里。他死死抱着那个密封罐，身姿挺拔。

因为返航，所有的士兵都很高兴，没有人注意到，副官端坐在那里，已经悄然死去。

人都有自己的命定之人，相生相克，无道理可言。完成了任务的他，不知道最后的时候，想的是什么。

张海盐从礁石中扒拉碎石，爬到礁石上。四周的船已经都被炸沉了，只剩下几百个劳工和一方礁石，犹如企鹅一样挤在一起。

他剧烈地咳嗽，将张海虾拉了上来，张海虾已经没有了任何的反应。

他的耳朵完全听不见，耳朵鼻孔中全都是血，只感觉到胸口刚才像被打桩机打过十几次，估计里面都已经变成稀烂的西瓜瓤。但他还是撕心裂肺地叫了几声张海虾，叫着叫着，他感到自己的手上开始奇痒难耐，翻开衣服，就看到自己的身上起了一层血疱。

这不是烧伤的血疱。他转头去看其他劳工，劳工们也开始发现身上起血疱，开始抓挠。

张海盐浑身冰冷，他知道，这是爆炸之后瘟疫散播，迅速开始侵入人体。没有船和食物，在这么小的一块礁石上，未来几个月，将是真正的人间地狱。瘟疫和饥饿，对于他来说，真的是如影随形啊。

盘花海礁案结案文档中，有几个未解之谜，到现在为止，张海盐从未透露过细节。

六个月之后，有陈礼标的家人携渔船来寻找，在礁石上发现了张海盐和张海虾，将两人带回了马六甲，没有第三个人。

除了南洋档案馆卷阅的机密电报，没有人知道礁石上的其他人去了哪里。盘花海礁案最后以悬案结案，所谓悬案结案，就是有了结果，但无法公布。单份资料进入南部档案馆地下的档案室内，其他卷宗全部被销毁。

为何桂西军阀要在南洋寻找一艘瘟疫船，取得里面的五斗病的病源，转由南部档案馆南疆部分调查，无论是否查到，张海盐都不会知道后续的任何消息。

三年以后，南洋档案馆。

又近黄昏，张海虾坐在藤椅上，张海盐默默地给他洗脚。张海虾看着海的方向，有很多孩子在沙滩上奔跑。

“你让我躺着就行了，何必每天把我搬来搬去的？”看张海盐洗得认真，他仍旧有些不好意思。

“瘫痪的人，如果不翻动，是会长褥疮的。”

“又不会疼。”张海虾默默道。

“不管疼不疼，都是烂疮。”张海盐把洗脚水倒到楼下。

南洋档案馆马六甲的官邸，其实就是一处印度人的二层小楼，有一个小院子和一处很唬人的拱门，后面的楼房倒是很简陋，但样式是欧式的小别墅，在鼓浪屿上有很多，张海盐见过。

他们的房间在二楼，走廊外能看到不远处的海。二楼还有一个大房间做会议室，从来没有坐超过三个人。会议室里有发报机和一张很大的海图。时间久了，海图已经发霉开卷，权当装饰了。

一楼也是结构一样的三个房间，里面有档案室，还有两间房堆的都是杂货。他们唬人的拱门临街，来往的人都以为里面住着洋人，不敢在外面叨扰。张海盐就自己摆摊卖一些舶来品，他的英文很好，所以经常有洋人光顾。

南洋档案馆的牌子一直挂在拱门上，这里的人并不知道是干什么的。

“档案馆还是没有消息吗？”

张海盐一边帮张海虾按摩脚，一边摇头：“不仅没有消息，连饷都不发了。如果不是前几年存了点钱，现在已经要饭了。”

“电报呢？”

“没有回音。”张海盐站起来，舒缓了一下腰部，“听说粤系已经全面控制厦门了，档案馆会不会受牵连？被撤了，或者被解散了？”

“如果解散了，你准备怎么办？”

“我们除了做特务，什么都不会，兵荒马乱的，特务总不至于找不到工作吧。”张海盐道，“回厦门，找干娘，然后换个主子继续混日子。”

张海虾就笑：“如果不是我，你早就升职回厦门了。”

“别说了，卖身契是我害你签的，一起来，就一起回去。”张海盐靠在栏杆上，就看到海岸的后面，很远的地方，有好几处黑烟，不知道是哪里着火了，还是如何。

“东街口那个降头师，给你算命怎么说？腿他能看好吗？”

“他说治不好，而且我快死了，并且死了都不会安生，会变成妖怪。”张海虾道，“不是死在腿上，是死在其他事情上。”

张海盐就怒了：“他胡说八道，等下我把他家烧了，看他胡说。”

张海虾继续道：“他说，死在我之前应该死的事情上。”

张海盐沉默了一下，叹气，他知道张海虾对于礁石上的事情耿耿于怀，但他也不愿意多提及那些发生的事情。

“对了。”张海虾从衬衣口袋里拿出一张从报纸上撕下来的简报，“你看看这个，是不是和我想的一样。”

张海盐拿过来，简报很简单：槟城一带出现怪病，附近的村子里多有发病，传染得很快，怀疑是洋人带来的传染病。就如当年他们带来梅毒一样。但是在报纸上，有着对于疾病的描写，其中有一条写着：发病的初期，病人身上多发细微的血疱。

张海盐皱起眉头：“五斗病？”

“虽然没发饷，但南洋档案馆还是有地方预警的职责，现在南洋通船便利，每天有上千人来往厦门和马六甲之间，如果真的是五斗病，很容易传播到世界各地去的。你是不是要去看看？”

张海盐点上一支烟，烟是张海虾推荐的牌子，他迎风吸了一口，隐隐觉得不对。

如果真的是五斗病，那当年的悬案，难道有所松动？背后到底有什么阴谋呢？

张海盐道：“槟城，是不是那家伙的地盘？”

张海虾点头：“对，就是那个家伙。所以你此去，要千万小心。南洋档案馆的人，在槟城是一个人头一千块悬红起的。你最好，换张脸再去——顺便，好好洗一下澡。”

第十章 小楼一夜听春雨，咸阳游侠多少年

他们说的那个人，名字叫做张瑞朴。张海盐他们到槟城的第一项任务，就是要暗杀这个南洋华侨。

张瑞朴在槟城经营两个巨大的橡胶园，拥有广袤的土地和巨额的财富。地界之大，以至于张海盐他们在橡胶园里迷路后，甚至发现有当地土著部落在园里生活。

霹雳州当时的土著仍旧有猎头的习俗，据说张瑞朴和他们关系很好，一直购买尸体投食这些原住民用以保护自己。此事也无法查证，因为张海盐他们也不知道这些原住民追他们，是为了保护张瑞朴还是只因为饿了。

那段时间，他们一边躲避那些原住民，一边寻找食物，几乎要被困死

了。最终他们找到张瑞朴的宅邸的时候，已经筋疲力尽，却瞬间就被发现，被守卫一路追杀到霹雳州外。之后槟城就起了悬赏，无论是警察还是黑帮，看到他们两个，不管死活，都会有一千个币的奖赏。

如今再次进入槟城，已经不如当年那么容易了。即使在南洋很久，他们的肤色还是和当地人不一样，加之五官和这里混血的华人不同，配上多年的悬红，估计槟城的小孩子都可以认出他们来。

要进入槟城，不仅要换肤色，还要换一张当地人的脸。

南洋档案馆的基础培训里，就有人皮面具的培训，张海盐和张海虾都是压倒性高分毕业，而且张海盐这个人出了名地爱扮女人，易容对他们来说不是难事。

易容需要高温蒸汽的环境，以前，两个人干这种事，总是混入怡保总督府的热水浴室里。

霹雳州的首府怡保有英国人派的总督府驻扎，总督为军政权最高执法官，有着豪华的宅邸和印度守卫，外面还有当地的军队。

在总督府里，有着这里人绝对无法理解的热水浴室。马六甲终年炎热，洗澡这种事情就是路边水潭打个滚的事，但英国人还是保留了洗热水澡的这个传统。

张海虾瘫痪之后，就几乎没有去过了。张海盐被张海虾挤对，闻了闻身上的味道，确实有点重，这几天实在太热了。他看了看张海虾："要不，我们洗热水澡去？"

张海虾摇头："我又不去槟城，况且我腿脚不方便，不像当年可以两个人混进去。你自己去吧，我在这里看家，把货卖掉一些。"

张海盐背起张海虾就走："熟门熟路，而且我换大脸，一个人做不来的。"

张海虾无力挣扎，只好苦笑着被张海盐背了起来。

这当然也是一件莽撞的事情，但对于张海盐来说，能够让自己的这个朋友尽量过上瘫痪之前一样的生活，是他的夙愿。

长话短说，从总督赫曼的浴室出来的时候，张海盐已经是另外一副样子了。之后张海虾留守在霹雳州，而张海盐一人前往槟城。

步行到槟城需要两周时间。适逢雨季，加上要穿越一处原始丛林，张海盐到达的时候，已经是三周后。

马六甲通讯不便，他到达槟城的时候，才发现情况比他预料的要严重得多，路上都是无人认领的尸体。

一般瘟疫到了这种情况，人们恐惧疾病已经胜过了对亲人的责任。天气炎热潮湿，尸体膨胀，恶臭难忍。有修道士组成的队伍对尸体进行焚烧，其中很多都是张瑞朴的工人。

从尸体的死状来看，张海盐已经完全可以确定，这种怪病就是五斗病。

这种病没有任何药物可以治疗，只能靠人的自愈能力，大概有百分之十的人最终能活下来。活下来的人，再也不会得五斗病，就算泡在病死的人堆里，都一样。

张海盐是路上唯一一个毫无畏惧的人，路人都向他投来惊讶的眼神，敬佩他的从容。

他多方打听，知道瘟疫最开始的地方并不是一个，而是三个。那是三个在槟城外的村庄，这三个村子都是锡器加工的重要村落，有厦门、土耳其和印度的很多商人在那里都有加工作坊。当时是七月的第一个礼拜，三个村子里同时有人发病。

张海盐走访了三个村子，以求查到三个村子在那一个礼拜，有什么相似的事情发生。

村子比城里就更不如了，水坑中随处可见腐烂泡涨的尸体。因为雨季，这里生火不便，这些尸体很难焚烧，就被抛在水坑里。每天下雨，水坑中的尸水都发绿发黄，上面漂着油脂。

很快他就发现，这三个村子里，在七月的第一周，都有一个人从厦门回归，而这三个人都是搭乘同一艘船到达的马六甲。这艘船的名字叫做南安号，是厦门董家的一艘客轮，可以说是厦门最大的一艘客轮，上面有四百个客位。

当然这三个人已经死了，尸体早已烧毁，这种情况下也问不出太多的细节。

张海盐在村口看见一个目光呆滞的小女孩，小女孩抱着一个三岁左右的男孩。张海盐点了根烟，不用问也知道，小女孩的父母已经全部病死了。

从槟城回来的时候，他带了这个小女孩和她的弟弟。张海虾在唬人的拱门前摆摊，看到张海盐左右拉着孩子，脸色发愠。

“放心，我在城外等了三天，他们都没有发病，应该是安全的，身上消毒、洗澡都反复处理过了。你我都熟悉这种病，只要是感染上的，三天内肯定会发病的。”张海盐说道。说完，他看了看那个小女孩，是一个华裔。

“张海娇，叫虾叔。”

“虾叔。”小女孩用广东话叫道。

张海虾看着张海盐：“你给小辈起名字，用平辈的字？”

“干娘说了，流落海外的，都带‘海’字，以示疏离漂泊。”张海盐道。

张海虾看着孩子，叹了口气：“我叫张海侠，侠客的侠。他叫张海楼，楼宇的楼。小楼一夜听春雨，咸阳游侠多少年。”

“这他妈是一句诗吗？”张海盐扶起张海虾，对他道，“你不是对礁石上的事情耿耿于怀吗？往事你都如此，我见到这些孩子，总不能不管。”

张海虾看着跟过来的孩子，心里的阴霾似乎一下子被扫空了。

给孩子们安排了住处，人一多，冷清的南洋档案馆马上就不一样了。孩子们趴在栏杆上看海，张海盐点了根烟，就把自己的笔记给张海虾看。

“南安号？”

张海盐点头：“厦门没有暴发五斗病，人是在船上被染上的。而且你看这三个村的位置，正好在槟城的三个平均点上，有人在船上挑了这三个人，让他们分别回到村里。然后让这三个村子里的人同时发病，从而让这次的瘟疫，以最快的速度蔓延。以这种速度，到怡保最多还有两个礼拜。”

张海虾想了想，脸色非常疑惑：“为什么呢？如果这次的瘟疫是人为的，为什么是在槟城？如果是英国人和荷兰人的对抗，应该是在新加坡，最不济应该是在怡保，为什么是在槟城？那地方除了橡胶树，还是橡胶树。”

他抬头看了看张海盐：“你有没有打听张瑞朴现在的情况？我有一种直觉，这次的瘟疫，是冲他来的。”

第十一章 张瑞朴

张海盐实在无心去关注张瑞朴，他也不认为张海虾的直觉有多少准确性。槟城确实是张瑞朴的地界，这次的瘟疫，一定是他损失最大。但用散播瘟疫去对付一个特定的人，实在是有点小题大做了。

而且暗杀张瑞朴是他们到霹雳州的第一个任务，盘花海礁案是好几年后才接到的，两个任务之间相隔很远，没有一丝联系，硬说有关实在有些牵强。

张海盐自己有一个理论，世界上的阴谋诡计一定是破绽百出的，因为实施阴谋的人是不可靠的。但为什么很多阴谋没有被发现，是因为你不知道阴谋行进的路线。大部分阴谋都是粗鄙的，但这种粗鄙被敌人的大意和意识的盲区遮盖了。

他摇头，表示不认同。两个人沉默了一会儿，张海虾问："怎么不说下去了？是怕说下去，说到敏感话题，不好收场对吧？"

"嗯。"张海盐点头。

"既然线索指向了南安号，为什么不上去查？船什么时候再靠岸？"张海虾问。

张海盐狠狠吸了一口烟："下周。"

"南安号是去厦门的，你要是上船查案，势必要在船上待满全程，在厦门下船。"张海虾说道，"南安号的船票非常贵，就算是底舱的票，我们单程票也最多只能买一张。也就是说，你到了厦门，再回来可能得一年后了。"

"所以啊，这不是不合理。"

"不是挺好，可以回去查查俸禄为什么不到账，也可以见见干娘。查案回厦门，不算违规吧？如果南洋档案馆没了，就别回来了。给我打个电报，我们就此别过。"

"说好了一起回去的。我一个人很尴尬。而且钱不是我们两个的吗？"

张海虾揉了揉自己的腿，说："这里是南洋，睡在大街上也不会冻死。海里的东西，林子里的水果，我都能吃，所以也不会饿死。要是真到了厦门，还不如这里。我早就想好了，我就不回去了。你替我回厦门，没有必要在这里被我耗死。"

张海盐摇头："算了，我还是去查查张瑞朴吧，也许你是对的。这样就不用回厦门了。"

张海虾也没有再说话，坐了一会儿，张海盐将张海虾扶回了房间。

当晚，张海盐和张海虾都没有睡好。早上起来的时候，张海盐发现一身军装和一沓整齐的钱，放在自己的床前。

"他腿好了？"这是张海盐的第一反应。他起身发现张海娇在收拾东西。衣服和钱都是张海娇叠好的，显然是张海虾授意的。

张海盐拿起自己的军帽。他们有受过保养军装的训练，这套军装板型保持得很好。他叹了口气，看着小女孩，说：“这么快就投诚了？也不想想是谁把你们救回来的。”

“虾叔说，你特别想回厦门，心里有想做的事情很不容易，他很羡慕你。”

“然后呢？你们就赶我走啊？”

“你不是说，你带我们回来，就是给虾叔当宠物的吗？我会照顾好虾叔的，你可以放心离开。”

张海盐眯着眼，头往后缩，像看怪物一样看着张海娇，心说：女人，这还不算女人，还只是个小女孩，真是一种可怕的生物。她以最快的速度找到了在这个家庭中提升自己地位的捷径。

“张海虾教你说的？”

“也是我自己的想法，以后就是我们和虾叔相依为命，我们会努力做生意，存够了钱，来厦门和你团聚。你大可以放心离去，没你死不了的。”

张海盐的头往后缩得更加厉害，他缓缓地站起来，把钱收了起来，大骂：“张海虾，你这样有意思——”说着冲到张海虾房间，忽然就发现，张海虾的房间里，不止他一个人。

或者说，不仅不止他一个人，还有好多的人，站在他的房间里。

这些人都身姿挺拔，不苟言笑，大多数都是二十七八的青年，为首的是一个中年人，正在检查张海虾的腿。

张海盐直接上前，丝毫不惧人多，舌头舔着刀片，对中年人说：“喜欢玩瘸子，在我这儿也要排队啊。”

张海虾马上喝止张海盐：“不要轻举乱动，海楼，这是张瑞朴先生。”

几乎是同时，在场的年轻人全部下腰，张海盐立即刹车。

中年人敲着张海虾的腿，摇头，起身。

这是一个非常健硕的中年人。健硕到什么程度？这个人的眼睛里，有着夺目的光芒，不是常人的眼神。这种目光看着你，你会觉得有针在刺你一样。

“听说你们在查瘟疫的事情。”张瑞朴说道，“我是特地来帮忙的。”

第十二章 贫民杀手

张海盐见过不少特别激烈的场面。

有过格斗训练的人都知道，格斗训练如果入了门，看普通人是不一样的。就算对方比自己高大很多，因为行动习惯的不同，在会格斗的人面前，都如同三岁小孩。

这种不同感会给你带来非常可观的自信。

在这群人面前，张海盐的这种自信消失了，可以说是长久以来第一次消失。这些人的姿态动作，没有一丝普通人的破绽，虽然看似放松。

但张海盐知道，只要自己靠近一个这样的人三尺，对方的手一抬起来，他没有一处能占到便宜。而这样的人，现在站满了一屋子。

张海盐这才没有发难。他迟疑的当口，跟在后面的张海娇就被一个青年拉着手带出了门外，门也被带上了。

张瑞朴坐到张海虾的床边，示意手下人给张海盐搬来一把藤椅，然后看了看简陋的房间，说：“贫民杀手，嗯？”

“张先生，要杀要打尽管来，何必奚落我们。”张海虾道。

“我是觉得你们精神可嘉，都穷成这样了，还要当杀手。”张瑞朴略一停顿，他身边的年轻人就拿出一个大纸包，放到张海虾的枕头边。“长话短说，其实你们第一次要杀我的时候，我已经查到你们这里了。但我觉得，就凭你们两个，此生都杀不了我，所以没有把你们拔了，免得南洋档案馆换几个靠谱的来，我在槟城不得安宁。结果不负众望，你们比我预料的还要无能。”

“其实，我们南洋档案馆主要工作是查案，刺杀只是顺带的。”张海盐解释道，“那方面我们并不专业。”

“这次的瘟疫你们了解多少？”张瑞朴盘腿上床，“不要浪费我的时间。张海盐你来槟城的时候，在死尸堆里如入无人之境。据我所知，只有得过五斗病但是没死的人才会这样，而五斗病消失几百年了，你又是怎么得的这种病的呢？”说着，他的手下把张海虾翻了个身，露出了张海虾的背脊。

张海虾的背上有道巨大的伤口，那是无数的烧伤、炸伤形成的伤口图形，如同一只蝴蝶。张瑞朴准确地摸到了他肩胛骨中间的一块脊椎，这块脊椎以下的椎骨，在当时的爆炸下几乎全部粉碎。

“我知道南洋档案馆的资料，是绝对不允许说的。但这位兄弟因你残疾，你照顾他到现在，是不是已经有些疲倦了？如果有一个意外，比如说我，帮你杀了他，是不是你的人生会轻松一点？”张瑞朴看着张海盐说道。

张海盐缓缓地用舌头拨弄着刀片，尽量不露声色。当然，只是他自己这样认为的。张瑞朴看了一会儿，突然笑了，对张海虾说：“真感人，你兄弟是真的关心你。那我就可以逼供了。”说着摸到张海虾的一块脊椎，“长话短说，你回答我的问题。我现在开始往上捏碎他的脊椎骨，你晚回答一分钟我就多捏碎一块。现在他的手有感觉，七分钟之后，他除了脑袋能动——”

“不用，我告诉你。那是一个月黑风高的夜晚——”张海盐点上烟，没等张瑞朴反应过来，噼里啪啦就把盘花海礁上的事情全部说完了。

张瑞朴有些意外，听完之后，皱起眉头。

“你倒是也不挣扎。”

“贫民杀手嘛，原则是很灵活的。”

“这么说，槟城的瘟疫，确实是人为的？”

“槟城除了你这个大户，其他没有什么价值。你不如想想，自己有没有得罪什么人？”

“你们了解的只是一方面。在你调查的那三个村子暴发五斗病之后，在马六甲全境，有十五个村子，陆续都暴发了。但是那时候我已经有所警觉，所以在各个村子都安排了人。那些得病的人都被我派人处理掉了，村子也被多次消毒，所以在那些区域，没有暴发。”

张海盐身子坐正，和趴着的张海虾对视了一眼。张海虾说：“你是说，这次袭击是针对马六甲全境的，只是偶然先选择了槟城？”

“只是因为槟城离港口最近，所以先暴发了。但好在我在槟城，现在整个槟城四周的村子、埡口，都有我的人，所以你们在霹雳州才会没事。但我就很奇怪了，散播瘟疫的人，按你所说是桂西那边的军阀，他们的目的是什么？”

“我们不知道。”张海盐说道，“如果你查得那么多了，你也应该知道南安号的事情。我们还没有机会调查那艘船，张瑞朴先生不如专心治理瘟疫，等我们几日，我们查清楚了，派人发电报过来。”

“我正是为此事来的。”张瑞朴拿起张海虾枕头边的纸包，丢给张海盐，“我和我的族人，发过誓不再踏上中国的土地，得有人帮我查清楚这件事情。

但你们这个穷样，都要摆摊补贴杀人了，想必也是上不去南安号的。这里是报酬和一张船票，你去查案，我来帮你照顾你的这位兄弟。如果你半年内查不出个所以然来，你的这位兄弟，就要变成橡胶树的肥料了。”

张海盐打开纸包，里面是一张邀请函、一张船票和一沓洋元。

张海虾看着张海盐，张海盐把纸包收了起来，和他对视了一眼。

张海盐对张瑞朴说道：“我知道，你要杀我们很容易，所以你说的条件应该是真的，但我还有附加条件。”

“什么？”

“我这个朋友，早上要用鱼翅漱口，中饭八菜一汤，晚上可以清淡一些，有个五菜加白粥就行，但粥里要有虫草花和金华火腿丁。然后早中晚腿要按摩三次。晚上他一个人睡觉害怕，最好有三五个姑娘陪着。还有，你得告诉我，为什么南洋档案馆要杀你？你到底是谁？”

张瑞朴笑着站了起来，目光灼灼的，走到张海盐面前。

“你是不是一个叫做张海琪的女人带大的？”

张海盐愣了一下，张海琪是他干妈的名字，这个老瘪三是怎么知道的？

张瑞朴说道：“你的朋友我只会照顾得更好。你要想知道我是谁，可以去问张海琪。”

张瑞朴看了看边上的青年。边上的青年不苟言笑，拍了拍手。

门开了，有人拿着军装进来，看样子，张海盐现在就得走。

“船下周才到呢。”

“船已经提前靠岸了，现在就在马六甲。槟城瘟疫，这一次船不靠槟城，所以，你只有三天时间了。”张瑞朴说道，“你去吧，张海楼，我的人会送你到码头。”

张海盐完全不想离开，他根本放心不下张海虾。他看了一眼张海虾，张海虾的眼神非常复杂，但是没有说话。“我会回来的。”张海盐穿上军装，戴上军帽，被两个青年押着，转身离开。

第十三章 打不死的何剪西

张瑞朴在走廊上看着张海盐走远，这个小子没有回头。

张瑞朴对身边的年轻人道："你看，这个年轻人，一旦下定决心，就不会被感情所干扰，但又难得有情有义。"

身边地年轻人问道："他会乖乖地上船去查案吗？"

"很难说，他朋友在我们手里，有计谋的人，总是会解决实际问题——找机会救出朋友，而不太会遵守交易规则。"张瑞朴看了看怀表，"不过，我们的人将他送到码头的这段路，他应该很难跑掉。"

"园主不觉得不可控吗？如果他此去不回，或者查不到案子，又或折返回来。"

张瑞朴笑了笑，道：“他这一路上，有人会和他讲清楚利害关系的。”

说着，张瑞朴看到张海娇在走廊的一边看着他们。这个小女孩却也不害怕，似乎因为瘟疫，对于生死之事已经麻木。

话说张海盐这一边，他被两个人押着，在街市上走着，心中门清。

他出了门之后，身边的人已经和他讲了逻辑：张海虾他们会被带离南洋档案馆马六甲部，而且会扫清这里所有的痕迹。张海盐如果上了船之后，偷偷潜下船回到这里，只能看到一个空房。

槟城的橡胶园之大，张海盐是知道的，而且船上也有张瑞朴的内应。如果张海盐没有上船，电报打回来，张海虾就会被喂猎头生番。

所以，他能活动的时间非常短暂。也就是走到下一个十字路口，他就要干掉身后跟着的两个人，然后立即回去救人。

但就在他到达那个十字路口之前，即将想要动手的时候，边上的青年告诉他：“我知道你的打算，但你走到这里的时候，他们早就迅速离开了。而园主正看着你，这条长街也有我们的耳目，过了这个十字路口，就老老实实地去查案吧。”

张海盐扶正了军帽，长叹了一声，但也瞬间就放下了自己的想法。这是一场对方准备非常充分、自己临时应对的斗争，他没有胜算，不能有任何的突发奇想，只要他现在回头，张海虾肯定会死。

张海盐以前做事的时候，也不是没有遇到过这种情况，他不是很在乎人的死活，但张海虾变成筹码，他的思维方式就变得拘谨了。

想来，他是一个不纠结的人，只要过得去，他会以最快的速度选择最合理的方法。而张海虾是一个认真龟毛的人。不能说谁的处世逻辑是对的，在过去的岁月里，双方都有对错，但如今只能依靠张海盐自己的想法了。

“如果我在船开之前就查到案子的结果，我们应该如何接头呢？”张海盐问道。南安号靠岸上客、上货需要三天时间，如果他无法在三天内解决这个问题，船一旦开出马六甲，再开回来，这么长的时间，无法预测他回来的时候，张海虾会发生什么变故。

“你到了船上，自然就知道了。”

他甚至迫不及待地想上船查案了。如果不能在船开之前把案子了结，等船开他跟着南安号走一圈到厦门，再从厦门回到这里，他简直不敢想象虾仔会怎么样。

“倘若我查案过程中，不幸身故，你们会把虾仔放了吗？”张海盐再问边上的年轻人。年轻人沉默不回答，张海盐苦笑。

忽然，一边的街角有了一阵骚动。他停住脚步，就看到身边两个人非常紧张，立即靠近了自己。张海盐连看都没有看清楚，就被两个人推着往前走。

张海盐皱了皱眉头，觉得哪里不对。

这些身手不凡的年轻人，在街头恐惧着什么？他看向街道，街道如常。

这个世界上最恐怖的不是老虎走向你，而是老虎走向你但看着你身后，又退回去。张海盐忽然有了这种感觉。

但张海盐环顾四周，什么都没有看到。

何剪西被人推到街道上的时候，撞翻了好几个行人，引起了骚动。

他站起来，拍了拍衣服，拿起账本，再次走进那间铺子。接着，他又被打了出来。

他继续想往里走，这一次没有成功，因为对方直接出来打他。

对方都说马来语，何剪西用英文和他们对骂。

知道的何剪西是来收账的，不知道的还以为何剪西是个奸夫被抓了现形。

何剪西是街角英国人酒馆的会计，英国会计不好学。马六甲在十六年前才有了第一个华人会计，但事实上，在东印度公司时代，就有走私犯在马六甲培养华人账房，这批账房懂股票、股息，知道正负账。何剪西的师傅就是这批做私账的。他师傅被绞死之后，他因为年纪太小，被无罪释放。当年走私的物品大部分是私酒，这个英国人酒馆就是做私酒贸易的。何剪西熟门熟路，就到这里做了账房。

这个酒馆也给其他的走私点供应酒。有些走私点的酒在海关被截了，就不想结账了，所以酒馆会有收账的问题。

但何剪西总能把钱要回来。他知道，作为一个华人，只有在私酒庄这样流水很大需要账房但又不能聘用国际洋人的地方，才有生存空间。而如果一个账房只能算钱，不能把钱搞回来，那么账房就是一个计算损失的工作，很快也会没有价值。

只要不退让！

何剪西再次被打倒的时候，心里默念。他个子不高，一米七左右，身体单薄。如果要不到钱，回去也会被辞退。做私酒账的会计如果没有活干了，死是迟早的事情，所以不可以退让。

何剪西再次站了起来。此时他已经看不清楚眼前的人了，但他用英语大声说道："不想被绞死的话，就把账平了。"

他再次被打倒的时候，撞到了一辆车子。这其实是一把装着轮子的藤椅，上面坐着一个人，有很多人同行，为首的是一个健硕的中年人，而藤椅的边上，站着一个小女孩。

他被这行人提溜起来，何剪西赶忙向他们道歉，他已经分不清方向了。

就在他道歉的时候，身后的人过来，一脚踹在他的后背。这一脚是使了劲的，何剪西几乎被踹飞出去，冲向了那个小女孩。

藤椅上的年轻人一下拉开了小女孩，小女孩没有被撞倒。这一次，何剪西有些站不起来了。

那些人绕过他们，开始继续打何剪西。何剪西的身体蜷缩着，拳头如雨点般打下来。

何剪西怀里还抱着账本。

小女孩看着这一幕，问那个藤椅上的人："虾叔，他会被打死吗？"

张海虾看向张瑞朴，他看出这几个人已经失控了。没有真正打过人的人，往往容易失手打死人，因为这些人不知道自己有多凶狠，并忘记了人体有多脆弱。

张瑞朴没有想要理会，说道：“看人看皮相，这是金铁的皮骨，是一种专门的皮相，这种人是打不死的。”说完就要走。

张海虾皱了皱眉头，对着那群打人的人说了一句马来语：“不用打了，你们的账我帮你们平了。”说着把一沓钱递给张海娇。

那群人愣了一下，慢慢停下了手，张海娇疑惑地看着张海虾。张海虾说道：“如果园主愿意放我们回去，这点盘缠，他会还给我们的。如果我们回不去，这些钱也对我们没有用处了，不如救一下这个小兄弟吧。”

张海娇这才走过去，把钱递给何剪西。何剪西抬头看了看张海虾，站起来摇头：“又不是你欠账，不是这么算的，我不要。”

他果然一点事都没有。

张海娇回头看了看张海虾，显然没料到对方会这么说。张海虾说道：“小伙子，再能挨打，这么打也会死的。”

何剪西摇头，看着打他的人：“你们的账期到了。西国酒庄一共四十七块钱，今天要平账，或者钱平，或者物补，都可以。”

那些人立即就想继续打他，张海娇一下抓住一个打手的手，把钱放进那个打手手里，然后把打手的手递给何剪西。

“你何必呢？钱给他了，他再给你，这样账平了吧？”张海娇轻声对他说道。

何剪西想了想，实在太疼了，也拗不动了，才接过钱来，翻开已经皱成一团的账本，把上面一行划掉。

张海娇回到张海虾边上，张海虾有点惊讶这个丫头的机灵。

何剪西看了看张海虾，点了一下头，刚想问对方什么，张海虾他们已经继续往前走去。何剪西想追上去，几步后就再也走不动了。他蹲在路边，看着对方走远，一点办法都没有。

那个时候的何剪西，并不知道那些钱里隐藏着什么东西，也不知道自己将会遇到什么命运。

第十四章 南安号

故事说到这里，需要把之后的一些事情提上来讲。

我们都知道，张海盐之后将登上南安号，经历一番冒险，如果他在三天内没有查清瘟疫的元凶，那么南安号就会起航，他和张海虾再重聚的日子必然会有一些久远。因为，当时马六甲到厦门再回来，最少也得几个月时间。他在这几个月的时间里，都不会得到张海虾任何的消息。

所以此时必须全力以赴，多余的想法虽然对其内心有所安慰，对于结果却都是负面的。

张海盐放弃反抗，准备上船遵守契约的时候，张海虾被送下楼，来到街道上，两件事情几乎同时发生。

在那段时间里，遇到何剪西之前，短短的十几分钟里，我们能推测，张海虾发现了四周环境中一些“异样”，从这些异样中，他洞察到了某种危险。

张海虾是作为南洋档案馆最优秀的机要人才毕业的，如果不是张海盐，他早就进入南洋海事衙门当参谋军官，现在可能早就掌权机要部门了。和张海盐厮混的这段时间，他们极少遇到劲敌，没有表现的机会，甚至张海盐都已经快忘记了这个小兄弟当年是多么聪明，聪明得犹如妖怪一样。

出于立场、形势等一系列原因，张海虾没有把这个危险告诉张瑞朴。但他显然认为这个危险极其严重，就在那十几分钟里，他写了一些东西下来，并且将这些信息全都藏入了那一沓纸币当中，交给了何剪西。他希望这些信息可以传达给张海盐，哪怕只有一线机会。

在后来张海盐知道了这十几分钟张海虾推测出的事情，和他查到的事情相比较，竟然几乎一致后，才真正意识到，张海虾在他的生命中一直在起一种怎样的庇护作用。也明白了，张海虾在当时，心中必然觉得，自己和张海盐再无再见的可能。

这沓带着永别的钞票，之后如何到达张海盐手中的，带有极大的传奇性，我们暂且不表。

而那个时候，排队上船的张海盐也正式开始登船。南安号在那一刻从外港进入停泊位。

码头上人山人海，除了人之外还有各种货物，巨大的热浪裹着人的汗臭狐臭味，充斥着空间，最可怕的是嘈杂的人声，几乎让人无法听见其他。

海风时而狂浪，时而停滞，张海盐的军装都已经湿透，拿着军帽当扇子。张瑞朴十分大方，给他的船票带着请帖，是最好的客房，但仍旧躲不过码头这个修罗场。

而巨大的南安号出现在张海盐视野里的时候，这个庞然大物还是让他惊叹了。他仰头看着黑色的船体和上面四个大烟囱，开始明白，这个世界和他们刚来南洋的时候已经完全不同了。

厦门，在当时是遥不可及要用命去承受的彼岸，但在这种巨轮之下，似乎已经不是那么遥不可及了。

张瑞朴的随从没有跟着上船，而是默默地目送着张海盐。张海盐如同亲眷告别一样，努力地挥手，装作他们是相送的人，而那两个年轻人几乎是瞬间，消失在了人群当中。他稍微松了一口气，一转头，就看到一个水手已经朝他走了过来。水手对他点头："您好，张先生，您是张瑞朴先生的侄子吗？我是专门来为您服务的。"

张海盐看了看水手，水手狡黠地看着他。张海盐心说，有钱真好，到处有人替你做眼线，帮你办事。

他走的是贵宾通道，水手在反复核对了他的船票之后，带他登船。下面的平民通道非常拥挤，他低头往下看就知道，这一次在南安号不可能闲着，查案的难度要比他想的大得多。

"船上就是一个小宇宙，您现在正步向天堂，而下面就是人间。"水手说道。

不，我估计也无法享受这个天堂，张海盐心里明白，在船开之前的三天，他是不可能有享受的时间的。睡觉都够呛。

"给我介绍一下这艘船。我好完成张瑞朴先生的嘱托。"

水手本身就有导游和介绍的工作内容，所以轻车熟路，他一边寻找缝隙让张海盐可以走得快一些，一边说道："南安号是一艘巨大的船，在这条航线上属于绝对的大船，大船意味着可以有更大的蒸汽机锅炉，船在海上跑得非常快。

"和所有的船一样，它有三种舱位，头等舱、二等舱和三等舱，本质上说，头等舱和二等舱人员是可以互通的，二等舱更多是服务于可以住头等舱但没有买到票的客人。但三等舱则是相对独立的，有独立的活动区域。二等舱和三等舱的条件并不是差一等那么简单。"水手对张海盐笑道，"但，三等舱有乐子，所以有些客人未必喜欢待在头等舱里。”

“哦？”张海盐大概知道他说的是什么。

“海上毕竟寂寞。而且，海上会让人发生变化，好人会变得凶残，好女人也会变成荡妇，这就是海。”水手轻声说道，“相信我，不一样。”说着指了指三等舱的上客处，那边有一些穿着比较鲜艳的女人。“她们在岸上做工，每年回厦门一次，船上也不会闲着。她们的丈夫都是默许的。”

张海盐远远看着，那些女人都有些姿色，而边上拿行李的男人，身体佝偻，眼色阴诡。

“因为船的结构问题，船头和船尾的稳定性更差一些，三等舱都分布在这些地方。船的甲板上有一个建筑，有四层船舱，这里基本上就是头等舱的活动区域，舞厅、游泳池、沙龙应有尽有。顶部有舰桥、观景台、发报室。下面有服装间、餐厅、露台酒吧、室内球场。”水手接着介绍头等舱的区域，“这些反正我是不喜欢，你们头等舱的大爷也许更感兴趣。”

张海盐抬头，头等舱刷着白漆，看上去就干净很多。如果是和张海虾一起来查案，他肯定会把这些都享受透了，过一把大爷瘾。但如今，这些词语更多是在他心中，把这艘船大概的样子显现出来。

他心里开始有简单的计划。

上一次南安号靠岸，是从厦门驶出，去往法国。船在马六甲沿线去了四个港口，在大马整体停留了一个月时间。等待大马各地的货物把船装满，也让船员放假，从船上下来的人，往马六甲各地都携带了瘟疫。从船上的情况来看，船上并没有暴发瘟疫。

为何南安号不停地传播瘟疫，自己却没有事呢？

两种可能。

1. 那些人是在船上就得病了，只是被人控制没有发病，下了船在一定时间之后才发病。

2. 传播瘟疫的人，有能力让人在下船离开的时候才染上疾病。

发病的人的村庄都在不同的区域，说明发病的人是被精确挑选的，这些人都是底层商人，所以都住在底舱。因此，传播瘟疫的人应该躲在底舱里，而且应该是一个熟络的善于搭话的人。

简单推理，这种船上就算没有瘟疫，底舱出现腹泻痢疾传播也是经常发生的事情，所以船医会定期给客人药片和药水，可以非常容易控制发病时间。而船医因为受人尊敬，也会得到很多情报，船医是第一批嫌疑人，所以张海盐要以最快的速度去医务室。

他只有三天时间！

“前面的是谁？”张海盐看到队伍行进受阻，因为前面排着很长的队伍。

水手顺着他的目光看去。

在他前面排队的是一群白人，看样子应该是美国人，身上的衣服都很脏，其中只有一个西装合身、戴着眼镜的年轻白人，似乎是专门做文书工作的。有很多当地的脚夫带着行李往上走，这一群白人数量已经非常多了，加上脚夫和行李，使得上船的通路非常窒碍。

行李都十分庞大，也不知道里面装的是什么，年轻白人很仔细地查看，让他们不要太粗鲁。

这些白人非常放松，谈笑风生，指指点点。

“这些是大老爷中的大老爷，都是华尔纳先生的随从。”水手说道，“他是在马六甲做老物件的考察的，现在去厦门，包了一层头等舱。你看他们的行李。”水手低声说，“我们都知道，里面都是火枪、步枪和冲锋枪，据说他们要去中国南疆考察。这些美国人都是退伍的军人。你看那个戴眼镜的老外，很害怕里面的火药走火。”

“我是说那个女人。”张海盐在这群老外中，看着一个中国人。这是一个娇小的中国女人，曲线窈窕但是不高，浑身裹着纱丽，脸和头发都包着，似乎是在防晒。

水手这才看到，脸色都变了："她怎么现在才上船，我们一直以为她已经上船了。"

"这是谁？"

水手的语气也发生了变化："这位是船东的女儿，董小姐，我们的少东。这一次从其他地方驻留马六甲，然后坐自家船回厦门。托她的福，船上的食物都是从马六甲海运仓库里运上来的欧洲酒和腌肉，咱们不用吃疫病区的东西。"

张海盐眯起眼睛："她和华尔纳是朋友？"

"如果不是船东的朋友，你怎么把火枪带上船呢？"水手说道，"你可别去惹她，她在马六甲是拿督的身份，张瑞朴先生都要从她这里拿通关的法令。"

张海盐的眼睛更眯了："你们都听她的？"

"当然，半条航线的船都听她的。"

张海盐拍了拍水手的肩，心里已经有了一个大胆的想法。

他们排了大概一个小时的队，终于上到了船甲板遮阳棚下的候客区。所有的头等舱客人都在这里休息，然后有水手给他们喝迎客茶，吃消毒药片，对随身行李进行消毒。

董小姐没有利用特权，而是也在这个区域喝茶休息。美国人都各自坐在桌子边，她一个人一桌，正用漂亮的眼睛远眺霹雳州的热带风光。

张海盐上去，水手示意他休息，没有可能插队，所以在这里得耐心等候，随后便继续下船接待下一批客人去了。

张海盐看他一走，立即站了起来，来到董小姐的桌子边上，坐了下来。

所有人都惊呆了。张海盐在瞬间看到边上的美国人全部看着他，几乎是同时，他发现这些美国人都把手插进了口袋里。一片扳机扣开的声音。

哦，张海盐心中好笑。有钱人，董小姐应该是一个极度有钱的人，这个保镖阵容排场真大。

张海盐看了看董小姐的眼睛。董小姐根本没有看他，还是看着外面的热带风光。边上有一个白人大汉站了起来，朝他走来。

“朋友，你是不是坐错位置了？”那个大汉说道。

张海盐也没有理会这个大汉，对面前的女人说道：“董小姐，我是来救你的。你有很大的危险。”

董小姐这才转过头来，看着张海盐，白人大汉已经揪住了张海盐的脖子。

“董小姐，要不要把他扔下去？”

张海盐感受了一下白人大汉的握力，这样力量的人，他可以在三秒内拧断对方的脖子。先抓住手腕，然后翻身，直接手腕后翻，扭到大汉身后，然后另一只手反手钩住他的脖子，手腕一拉，勾手反方向一拉，脖子就断了。

但是他不能这么做，因为他会立即被边上的人打成马蜂窝。

董小姐打量了一下张海盐，摇头：“你未必能把他丢下船，哈迪逊先生。而且他是头等舱的客人。”说着，董小姐往椅背上靠了靠，“请你解释一下你刚才说的话。”

“我是从槟城来的，董小姐，我看你虽然并不声张，但是戒备森严。”张海盐看了看边上的美国人，“如果我猜得没错，你身上肯定带了特别贵重的东西，要运回厦门，所以你坐自己的船，并且暗中准备了那么多人手保护。”

董小姐没有说话，张海盐继续驴她：“实不相瞒，这个消息早就泄露出去了。我从槟城来，我在槟城的时候，偶然在酒馆中听到一群人说，要来劫持这个东西。我这个人古道热肠，留心偷听偷看，已经把这些人的样子全部记了下来。”

董小姐仍旧看着他，看眼角似乎觉得好笑。

“然后呢？”

“然后我早就想好了，我不能让这群人得逞。董小姐，我是头等舱的客人，而且还是军官，我有义务保护华人的安全。所以，为了你的安全，我有一个提议，就是，你借我几个人，我在船上溜达一圈，你帮我广开通道，我去把那几个人给你找出来。在船开之前，我们解决隐患。”

张海盐拍了拍身后的大汉：“我觉得这个就不错。”

张海盐是有信心的，首先，他分析董小姐的情况。董小姐身边的外国人，贴身保护她的，就有超过十个人，反应都很快。董小姐只是一个富二代，这么恐惧仇杀的可能性不大，除非董小姐身上带有非常贵重的东西，这个东西价值连城。

防的不是寻仇，而是抢劫。

所以他自己的说辞虽然唐突，但是如果所带的东西真的贵重，董小姐是会重视的。如此，他就可以带着特权在船上尽情调查，不用偷偷摸摸。

说实话，三天时间要想查出来，必须有船方的协助。

董小姐又转头看了看外面的风景，如果张海盐能看到她的脸的话，就能意识到她的不耐烦。但她的表现还是如张海盐所料，她想了想，开口道：“你言之凿凿，那如果找不到呢？你会如何解释这件事情？”

“哈哈哈，如果找不到，就是他们喝酒乱说，我自罚三杯，董小姐就当我是献错了殷勤。”

“这种说法，听上去是这位先生想利用这个借口，在船上调查自己想调查的事情，希望骗取我给你的特权，好行方便。”董小姐看着张海盐。

张海盐愣了一下，心中好不尴尬，这也太准了。

张海盐对于富家千金是有偏见的。他承认，他从未想过董小姐会毫不犹豫地打脸，一下不知道如何接话。董小姐对一边招了招手，刚才他排队的时候一直检查货物的戴眼镜的白人走了过来。

“斯蒂文。”

这个叫斯蒂文的白人过来，董小姐和他耳语了几句，转头就对张海盐说：“不管你到底是什么目的，先生，我没有空来陪你玩游戏。秉着航运一切安全优先的原则，我给你这个特权，并且给你三天时间。三天之后船开之前，如果你找不到你说的那几个人，那么我就要行使船东的权力逮捕你，并且让你去厦门坐牢。如果你拒捕，我会准许我的人当场击毙你。你敢不敢答应？”

张海盐愣住了。这时候董小姐的房间准备好了，董小姐接过钥匙，站了起来，看着张海盐：“十秒钟，回答我。”

本来，局面全部在张海盐的控制之下，如今董小姐却掌握了一切。

张海盐根本没有时间考虑，看着董小姐转身就要走，立即站了起来：“我有信心，那如果我找到了那几个人呢？”此时怎么样也要打肿脸充胖子了。

“等你找到再说吧，斯蒂文会跟着你，帮你疏通关系。”

董小姐飘然而去，美国人也都跟着离开，只剩下那个戴眼镜的白人，冷冷地看着他。

张海盐等到看不到董小姐了，才放松下来，对斯蒂文说道：“最近千金小姐的成色见长。”

“你贵姓？”斯蒂文问。中文非常流利。

“我姓张。”

“张先生，我现在回房间收拾一下。一个小时后，我们在这里会合。我正式开始计时，计时之后七十二小时内，你得找到你说的那群匪徒。”斯蒂文提上自己的行李，行礼，然后走进了头等舱。

张海盐叹了口气，看了看外面的风景。海鸥在飞，阳光很毒，三等舱的客人还在不停地上船。“好，散播瘟疫的坏蛋，我来了。”

345 号房间是三楼的头等舱房间，他进了房间才意识到什么叫头等，因为这间房间太豪华了。

这是一个套房，但是不仅仅只有一个客厅，还有一个独立的餐厅。这在空间狭窄的船上已经非常奢侈了。房间对面就是服务生的房间，沟通非常方便。以这个房间的大小来看，每一层只有一间同款式的。刚才的水手敲门，又拿进来一个包裹。

“这个是订房间的时候，先上船的一些日用品，张瑞朴先生让我在您上船的时候给您。”

张海盐打开那个包裹，里面有一张船的设计图、一个电报地址，还有整两条烟。

是他换成张海虾推荐的烟之前，他最喜欢抽的那种恶臭难闻的烟。

附带纸条：恭候您的好消息。随时电报联系，人我会照顾好。

张海盐躺倒在弹簧床上，拆了一包烟，拿出一支叼在嘴里，看着天花板。

张瑞朴说得没有错，他们的一举一动他都知道。他在船上的活动，应该也逃不过他的法眼。

他爬起来，开始洗澡洗衣服整理头发。为了张海虾，他得做一个有模样的侦探。

斯蒂文也换上了军装，显然也是当过兵的，并不想和张海盐两个人并排走的时候，让人留下书记官的印象。两个人首先去了水手舱。

水手们非常忙碌，都分布在不同的地方。宿舍里的人不多，张海盐并不害怕奔波，他可以同时熟悉环境。第一步，照例先碰碰运气吧。在一个封闭的空间内，一定会滋生大量的八卦，这些八卦中有时候会藏着一些线索。到了一个地方，先了解八卦是不会错的。

他这种行为是完全和自己刚才驴别人的说法不匹配的，但斯蒂文保持着极大的耐心。张海盐本来还准备了另外一套说辞驴他，后来发现完全用不着。斯蒂文只是介绍他，然后要求别人配合他。

除去所有船都有的那种志怪故事之外，跟三等舱有关的，一听就是事出有因的故事，有三个。唯一让他十分在意的，只有一个故事。因为这个故事提及率最高，而说的人，都会有个话头：就在不久之前。说明发生的时间很近。

有一个叫做宋猜的水手，忽然不见了。

宋猜是个越南人，他在到达马六甲之后第三周就不见了。当时，船航行在海上，从一个港口去另外一个港区。上一个港口船开的时候，人还是在的，船开之后，就不见了。

（南安号到达马六甲之后，停靠一个月。这一个月并不是都在码头，有时候它要开到大陆的其他浅水港附近，接收大宗货物。在这里开船之后，其实也不是立即开往厦门，而是要绕道新加坡深水港，最后一次上重货。）

（当时，新加坡深水港的地位已经开始威胁马六甲，熟悉这段历史的人可能很了解，这里暂且一提。）

很多人都说宋猜跳海了。水手在海上时间太长，出现抑郁跳海是可以理解的。但在整理宋猜房间的时候，他们发现宋猜的床下面有一只藤箱，藤箱里装着的是一只一只的宽口瓶，瓶子里面全是苍蝇。

苍蝇大都是活的，都是宋猜在船上抓的。这种大船上，老鼠和苍蝇都能够存活，而且种类很多。

这个行为非常的奇怪，因为是马六甲的船，很多人都觉得和降头有关系。当时他的室友告诉其他人，宋猜从到达马六甲之后第三周开始，就有些怪怪的。半夜经常出去，但谁也不知道他去干什么，现在只是算一算，宋猜半夜应该是出去捉苍蝇了。

后面的发展就有些离谱了，都开始传宋猜捉来的苍蝇，都是自己吃的。他是中了降头，要变成蜥蜴了。

也有说，宋猜得了重病，在自己身上种蛆，是要吃掉自己身上的一个肉瘤。那个肉瘤里有个鬼，如果不吃掉就会长成一个人。

在这个八卦里，最离奇的就是那些瓶子里的苍蝇，而且从档案室查阅的资料来看，那些苍蝇是真实存在的。

这件事情大体是真的。也不知道是不是心理作用，张海盐听完之后，发现这艘船上，苍蝇要比其他他坐过的船多一些。

第十五章 苍蝇苍蝇

张海盐并不能肯定这个八卦故事和自己要查的事情有关。但比起漫无目的地乱查，这个线头总归是一个方向。

苍蝇，也确实和瘟疫很有关系。

一个半夜去捉苍蝇的水手。时间也非常吻合，就是在这艘船到达马六甲的时候，瘟疫开始传播的时候。

宋猜会不会就是那个散播瘟疫的人？他没有跳海，而是带着传播病毒的苍蝇下了船，在各地散播？

不，不会那么巧合，因为发生瘟疫的每个地方，第一个发病的人，正好都是南安号的客人。苍蝇传播不会那么精准，肯定到处发病。

瘟疫一定是人传播开来的。张海盐在斯蒂文的强行特权下，进了宋猜的宿舍，躺在宋猜的床上，希望能够从宋猜的视角得到什么灵感。

张海盐没有获得任何成果。床很干净，没有苍蝇，也没有血迹、涂鸦，来诠释他最后的那段时间，是痛苦的，还是抑郁的、忧虑的。

他躺在宋猜床上发呆的时候，斯蒂文就在另外一张床上坐着，看着他。张海盐让自己的注意力高度集中。

不能分心，现在任何担心张海虾，任何患得患失的心情，都是浪费时间。

每一分钟都不能浪费。

他爬了起来，意识到宋猜是一个错误的方向，因为他看到了在他躺着的位置的上方床板（上下铺，一个房间四个人）刻着淡淡的两个字母：N、P。

这两个字母有很多种解释，但是结合苍蝇，只有一种解释。

Nepenthes Pharmakon.

这是埃及女王给海伦的一种药水，ne 是忘记的意思，penthes 是悲伤的意思，这种药水可以忘记悲伤。

在马来西亚，这两个字母代表着一种植物，叫做猪笼草。

宋猜在走私猪笼草，苍蝇是给猪笼草的食物。槟城盛产这种植物，他下船去了槟城正好遇上瘟疫，可能已经死在槟城了。他如果走私植物，以他的学历是记不住拉丁文全拼的，N、P 这两个字母可能是晚上他打包的时候为了不忘记描在床板上的。

张海盐看了看手表，他浪费了四个小时。其他的八卦都时间久远，不足以成为调查方向。

他点上第六根烟，看着斯蒂文，斯蒂文非常有耐心地看着他。

“兄弟，在这三天里，什么忙你都会帮我的对吧？”

斯蒂文坐直了身体，似乎是按了按腰间的手枪，不知道他要做什么。

而在另外一边，何剪西刚刚上了港口最外面的一艘叫包恩号的船。包恩号是一艘小驳船，去往旧金山。因为马六甲瘟疫的原因，这种船都会挑选乘客，而船甚至停在港口最外面的礁石边，由小船接送乘客。当时从马六甲到旧金山的小型驳船被称为棺材船。船上条件极差，很多人都在船上得病而死，或者因为斗殴、抢劫、海盗而失踪。船主多少有勒索和走私人口的性质，限制船客的自由。出现船难时抛人入海，各种惨案层出不穷。当时南洋档案馆的建立，主要就是针对这些海上的悬案。张海盐他们对于私杀华人的船东和水手，都是坚决地予以处死。因为他们水性极佳，喜欢从水中上船，杀人之后跳海而走，所以被称呼为海上的瘟神。到现在南洋的很多传说里，都有一个嘴巴里有刀片的水鬼，就是来自于张海盐。

作为最后一批乘客，何剪西有些魂不守舍。

昨天，何剪西回到酒庄的时候，账房已经关了。

他有些气鼓鼓的，这意味着他当天收的账没有办法在当天平账，对于重视计划的他来说，有些沮丧。

他拖着满是伤痕的身体，回到了自己的房间，那是临街的一个二楼的小阁楼，开始理账。

他清点数目，把纸币用书夹平，就发现那沓纸币之中，夹着一只苍蝇。

那只苍蝇是被两张纸币压死的，因为天气炎热，它已经干了。他小心翼翼地用小刀把苍蝇刮了下来，就发现那张纸币上用指甲画了一个图案。那是一个瘟神的面具的简笔画，嘴巴里含着刀片。

瘟神是蛇的身体，盘在一朵不知名的花上，而苍蝇正好是在那朵花上面。

何剪西不明白是什么意思，他也没有在意，钱这种东西脏了很正常，也有人在钱上面涂鸦。只要它是钱，总归能发挥价值。

他打算洗洗睡了，忽然就有人敲门。何剪西从窗口往下看，看到酒庄的老板拿着酒，在下面让他开门。

何剪西有些意外，老板虽然时常找他喝酒，但多会提前打招呼。如今怎么忽然来了？

何剪西打开门让老板进来，老板是一个英国人，进来的时候满身是血。

他立即把门关上了。

何剪西刚想问什么，老板喝了一口酒，就把何剪西推到角落里，自己靠在门上，说道："都结束了，何。"

何剪西莫名其妙，看着老板身上的血在往下滴落。

"你受伤了？"

"这不是我的血。"老板说道，"这是白戏他们的血。"

白戏是他的同事，也是一个华人账房，年纪比他要大。

"白戏他怎么了？"何剪西忽然有些害怕。老板看了看桌子上的钱。何剪西解释道："这是今天的账，我收回来了。"

老板笑了，说："这种账你都能收得回来，何，你从来不会让我失望。"

何剪西贴着墙壁，老板的笑容让他恐惧更甚。老板环视了一下何剪西的家里，家里什么都没有，但仅有的东西非常整洁。

不知道为什么，他有些触动，这个中国人，和其他人都不太一样，他的灵魂在圣殿里。

老板指了指桌上的钱："这些就是你的遣散费，我们的酒庄，不在了。"

何剪西一下子无法接受这个信息，愣了一下，问道："老板，到底出了什么事，白戏他们呢？"

他的私酒老板，忽然掏出手枪，伸进自己的嘴里，开枪。

巨大的破坏力打爆了老板的头，脑浆、血和弹片，喷上了他的门。

何剪西脸色苍白，吓得瘫倒在地。

何剪西不知道，那一天，英国私酒禁令解除，走私酒类再没有巨额暴利，英国高利贷商人锁紧对于私酒贩子的放贷。一个在马六甲的英国商人的私酒馆破产，手下的中国账房得知消息后将他的账目通报了马六甲当局。

私酒禁令的通告正式到达马六甲生效是在一个月之后。这个英国商人在得知法令颁布到法令生效的一个月内，被收缴了所有财产。他持枪杀死了自己的中国账房全家，并在另一个账房家中饮弹自杀。

何剪西不知道老板为什么没有杀死自己，也许是因为他没有参与白戏的背叛，或许是自己收到了最后一笔欠账。

但一切都烟消云散了。

他当时满脑子都是自己的何去何从，最终他决定去旧金山找正在淘金的表弟，只有那里还可能有需要华人账房的洋行。还好，他买到了一张包恩号的船票。

何剪西在日出之后急急踏上了归途。船票的时间比较紧张，他甚至没有时间去好好再看一眼他生活的街道，就上了包恩号。

第十六章 屎上飞张海盐

斯蒂文穿着用睡衣改成的袍子，脸上被张海盐画了很多的细小的英文，手里举着一块牌子，上面写着一个很大的英文：灵媒。

在张海盐的房间里，张海盐完成了这个打扮，绕了两圈，斯蒂文看上去有一种欧洲魔法的说服力。

“你到底想做什么？我是做科学工作的，我不相信这套东西。”斯蒂文说道。虽然他已经快气疯了，但仍旧有礼貌地配合。他看上去是一个非常遵守规则的人。

“外来的和尚好念经。”张海盐说道。在马六甲，船医带着西方的先进医术，已经形成了西方医生更能治病的观念。降头术和道术虽然也大行其道，很多人装神弄鬼，但在船上，迷信和科学是一个东西。一个西方的术士，既像医生，又像魔法师，就有很多文章可以做。

“我不明白。”

“你不需要明白，你只需要知道，接下来这一天，你对着我念《圣经》就行了。”张海盐进到厕所里，就开始在自己的手臂上化妆。

他在自己的手臂上画上了五斗病的麻疹，他见过非常多真实的五斗病，所以画得惟妙惟肖。他把麻疹遮了起来，就和斯蒂文开始在外面乱晃。

张海盐一路逛到当天天黑，特地和很多人打招呼。他穿着军装非常显眼，很多人都对他印象深刻。而他让斯蒂文跟在他身后能看到的地方，但是不要和他同行。

路上，众人都对斯蒂文指指点点，斯蒂文脸色很不好看，但仍旧没有发作。他甚至有些好奇起来，不知道张海盐想做什么。

当天晚上八点左右，张海盐来到了三等舱的甲板活动区。那个地方现在堆了一些货物，据说货舱有部分改成了三等舱，所以货物堆到了甲板上。即使如此，活动区里还是有很多人，正在看海和闲聊。

斯蒂文实在是有些疲倦，他靠在船舷上，终于有点跟不上张海盐。而张海盐精力充沛，完全不像动了一天的样子。

斯蒂文看向远方，忽然被身边一个东方女性吸引了注意力，那是一个身材姣好的女孩。女孩从他边上走了过去。

斯蒂文看向那个女孩的腿，这个东方女孩的腿很长。他揉了揉鼻梁，有点困顿。再转回头去，就看到张海盐那一边，人已经没了。

他急急地走了过去，就看到所有人都往那儿走。他走了几步，看到张海盐倒在了地上，不停地抽搐。

斯蒂文心生疑惑，走了过去，就看到张海盐的手臂露了出来，上面全是红疹。接着，所有人看到了红疹，大家都不敢上前，其中一个人就叫了起来：“瘟疫！”

这个人肯定是见过五斗病的。他叫起来之后，有几个人往前挤，看了一眼立即后退，都叫了起来：“瘟疫！瘟疫发病！大家不要靠近。”

所有围观的人都开始后退，只有斯蒂文没有，穿着灵媒衣服的斯蒂文一下子就站到了最前面。

张海盐痛苦地看着斯蒂文，伸手：“法师，法师，救我。”

斯蒂文看了看四周，觉得莫名其妙。他看到张海盐向他眨了一下眼睛，心中叹气，走了过去，蹲了下来。

“念《圣经》，快。”张海盐道。

斯蒂文看了看四周的人，特别尴尬，但还是敷衍地念起了《圣经》。

张海盐努力表演，努力埋头到斯蒂文怀里，在怀里，他一下擦掉了手臂上的化妆。

然后他躺平，开始大喘气，所有人都看着的情况下，他站了起来，惊讶地看着自己的手。

所有人都看到，他的手臂上，什么都没有了，皮肤非常光滑。

围观的人惊讶地看着斯蒂文，张海盐爬起来抱住斯蒂文的大腿：“谢谢你，法师，谢谢你。”

斯蒂文把张海盐提溜了起来，轻声说道：“你想干什么？”

张海盐说道：“你们只给我三天时间，我得用特殊的办法，微笑。”

两个人对着四周的人微笑，张海盐继续说：“我要亲吻你的手了。你要做出有神力的样子。”

“我不要。”

“你说话不算话。”

斯蒂文叹气，张海盐亲吻斯蒂文的手，斯蒂文拍了拍他的头。

两个人回到房间，斯蒂文累得倒在沙发上，把灵媒的衣服直接一脱。张海盐就给他倒了一杯酒。

这次的表演是有效的，他看那些人的表情，心里就很明白。虽然这种骗局很粗糙，但这是一个白人救一个东方人。

这个世界上，没有人认为，白人和东方人会一起行骗。

骗局还没有结束。斯蒂文很快要回自己的房间，张海盐就把灵媒的衣服给他。

“请你带上这个，明天，我去你的房间，会有很多人来找你。”

“为什么？”

张海盐点头：“如果运气好的话，明天我们就能抓到贼了，求你。”

斯蒂文看了看张海盐，抢过灵媒的衣服，转头就走。

当天晚上，张海盐一夜都没有睡，直接翻到了三等舱、二等舱、头等舱的区域，给里面的乘客，随机在他们身上画了五斗病的麻疹。

第二天上午九点左右，他来到斯蒂文的房间的时候，已经有人在给斯蒂文磕头了。那是头等舱的人，三等舱的人都在头等舱口子上，被水手拦住，双方的冲突非常剧烈。

斯蒂文看着张海盐，他显然不知道怎么办。张海盐做了一个念经的动作，然后自己拿着酒精在边上等着。经念得差不多，他就把那些做上去的五斗病麻疹去掉。

张海盐看着所有人的脸，他记得他化过妆的所有人。他们一个一个出现，因为不能进头等舱的三等舱客人太多，他们最后只能把沙龙当作灵媒治疗机构。

张海盐默默地看着。他知道，这件事情很快全船就会知道，船上传播瘟疫的人，很快也会知道有一个美国灵媒，可以转瞬之间治愈瘟疫。

他记得所有他化妆过的人，多数都是小孩、很老的老人和外籍人员。而他基本能确定，盘花海礁的那批军阀士兵和这个事情脱不了关系。那群人是中国人，所以他大量避开了中国船员水手。

他相信，不管是怎样传播瘟疫的人，听到这样的消息，一定会来看一眼到底是怎么回事。如果瘟疫是可以被治愈的，那么他们的行动很快就会没有意义。

他只需要注意两种人，他化过妆没来的，和他没化过妆来的。

这一天的治疗一直到了晚上，斯蒂文已经快要累晕倒了，张海盐都没有收到任何的指向型消息。

所有来治疗的人都是他化过妆的人。

那天晚上，斯蒂文扶着腰回自己的房间，对张海盐说："后天的早上，就是我逮捕你的时候。你尽管胡闹吧。"

那一天晚上，张海盐还是有信心的。但是第二天，还是一样的情况。

晚上，斯蒂文已经不说话了。张海盐第一次意识到，自己之前过于乐观了。

那些传播瘟疫的人非常有耐心。

整个晚上他都没有睡着，在船上乱走，脑子里一团乱，现在改变战略已经来不及了。他想不明白，为什么传播瘟疫的人对这件事情不感兴趣？

难道自己的妆不够逼真吗？还是说，他们已经看过了麻疹，知道了这是一个局？

张海盐对于自己的化妆术是非常有自信的，普通人是看不出来的，用其他药水也擦不掉，只有他可以。整个局基本上不可能出问题。

为什么不来？

天亮的时候，张海盐意识到董小姐的方案可能要失败了，船在今天会开，他的时间不多了。现在可能应该考虑的，不是查案，而是躲开斯蒂文。

就在那个瞬间，张海盐忽然想到了一件事情。

传播瘟疫的人对这件事情不感兴趣，还有应该对这件事情感兴趣的人，也没有出现。

张海盐从床上坐了起来，自言自语道："船医。"

船医要给所有上下船的乘客发药丸，他们是可以控制乘客的发病时间的，只要把瘟疫药丸封在其他药丸里。船上有人治愈瘟疫，按道理，患者首先去找的应该是船医。船医应该知道船上暴发瘟疫了，应该封船不让船走。自己也可以继续查下去，这是他计划的副作用。

但船医没有反应。

船医不希望船封在这儿。

张海盐看了看手表，先来到沙龙，问服务员：“我们看病的时候，有船医出现过吗？”

服务员告诉他，船医们当时一直都在沙龙里休息。

张海盐一拍大腿，就冲向医务室，刚出沙龙，就看到了斯蒂文走了过来，看着手表：“张先生，你被捕了。”

张海盐看着斯蒂文，一下捂住心口倒地。“医务室，你可以抓我，先送我去医务室。”

张海盐开始了表演，努力到脖子里的汗都演出来的时候，连旁边的水手都看不下去了。水手说道：“斯蒂文先生，您的朋友身体不舒服，您是医生，您看是送到您的房间，还是送到医务室？”

斯蒂文厌烦地看着张海盐，似乎是感觉顺路送个老奶奶过马路结果被讹上了，但他还是看了看张海盐的眼球，测了测他的心跳，表情古怪。

“送到我房间去吧。”斯蒂文叹了口气。

张海盐心说坏了，没有想到这个老外是个医生。

他想立即站起来，说自己没事，但又觉得这样过于刻意。于是决定自己在前往斯蒂文房间的路上，逐渐好转，然后进到房间坐下来之后，就完全恢复，感谢一下就走。

结果刚进到船舱里，转了个弯就到了斯蒂文的房间。他刚想迅速好转，却一下被这个房间震住了。

斯蒂文的房间非常大，VIP 中的 VIP。这个房间甚至还有阳台，外面阳光射进来，完全是欧式的内饰。他的行李全都打开了，里面全都是书和资料。

他捂着胸口，被放到了绿色的天鹅绒沙发上。他坐下的时候，弹簧发出了“咯噔”一声。那种贴合身体的舒适感犹如魔鬼一样将其拥抱。

他常年出入雨林、海上，睡在树枝和船甲板上，已经多久没有睡过带弹簧的软床了自己也不知道，以至于他发出了一声呻吟。

斯蒂文让水手退了出去，张海盐才反应过来，立即开始进入好转的流程。结果斯蒂文倒了杯威士忌，自己喝了一口，说道：“别装了，你心脏在另外一边，你自己不知道吗？”

张海盐愣了一下，看了看自己的手。这才想起来，他和其他人不同，心脏是相反的。他们成年体检的时候，有医生和他说过，他并没有在意。

为什么没有在意？因为他们所有的孩子，心脏都是反的，好像这就是他们被选中的原因。

“镜面右位心不是病，你不用害怕。”斯蒂文说道，“但你想干什么呢？朋友，我本来以为你只是被董小姐吸引，想用特殊的方式引起她的注意，但如今看来，你上船确实有不可告人的目的。”

张海盐还在摸着胸口，发现自己真的摸错了，长叹了一声，心说生疏了，早知道装绞肠痧了。

他看着斯蒂文，心想这个事情麻烦了。自己查案的事情如果被人知道，难度就会增加一倍，且不说南洋档案馆是个默默无闻的野鸡部门。就算这些老外相信自己是公差来查瘟疫案的，传播瘟疫的人还在船上这个消息也足够让整个旅程崩溃的了。

得编个故事。张海盐心念电转，自己上船没有问题，船票也是真的，但为何上来装病？有了。

“我喜欢的人在这艘船上做船医。我很想她。”张海盐说道，“对不起，耽搁你了，我有点过于幼稚了。”

“以往的海运船上都有一到两个全科医生，南安号因为马六甲瘟疫的关系，有三个医生、七个护工。据我所知，全是男的。你喜欢的人，是个男的？”斯蒂文皱起眉头。

张海盐心说你怎么什么都知道，一下就不敢乱说了，还在犹豫怎么编，斯蒂文说道：“你不要装了，你上船的目的是董小姐吧？你是从哪里知道我们的事的？”

张海盐还在编，忽然斯蒂文这么一说，他就蒙了。嗯？他心说：什么？你有什么破事？

斯蒂文转身翻开自己的箱子，轻轻地说道：“虽然董小姐让我把你收监，但我觉得也有点过了，多少钱你愿意下船？”

张海盐头往后缩，心说乖乖，这是苍天的恩赐还是大地的觉醒。还想再狡辩，忽然发现斯蒂文的手的动作不对。刚想仔细看，斯蒂文忽然转身，手上已经多了一把左轮手枪。

抬手开枪，张海盐瞬间躲过。子弹打在他身后的沙发上，炸出了弹簧和棉花。

斯蒂文毫不犹豫，连续把子弹全部打完，张海盐左右腾挪。子弹打到房间里的红木家具和床品上，炸得木屑和棉花到处都是。

斯蒂文的手非常稳，普通人开枪是不会这么高频率的，但七发子弹瞬间打完。斯蒂文甩枪轮，左轮枪的子弹壳落下的同时，他已经开始重新装弹。

张海盐想逼近他，没走两步斯蒂文已经重新抬枪，又是一枪，张海盐再次躲过。对方几斤几两，他俨然心知肚明。

这是个用枪的顶尖高手。张海盐就地一滚躲过第二枪，就从阳台跳了出去，贴着船舷跃入海中。斯蒂文对着海中打完了所有的子弹，回到房间里，拿起了电话：“通知华尔纳先生，全船戒严，那个奇怪的人是个骗子。左船舷入水，要把这个人抓回来！”

一边张海盐抬头出水，帽子在一边漂着，他一把抓住，就看到岸边的警察已经上到小船上，朝着他划过来。

靠近港口外的区域浪大了起来，浪花犹如浮动的山丘，视野没有那么好，加上和后面的船拉开了距离，船上的狙击手也被浪花遮挡了视线，他们的追击才停了下来。

何剪西在包恩号的甲板上就听到后面的巨轮上传来鞭炮声，他略为惊讶地回头看，以为有什么法事，突然就被身后上船的人推倒在地。

包恩号是一艘小驳船，去往旧金山。船上有两根桅杆，帆已经破破烂烂。甲板上现在全是货物，还有船员养的家禽，鸡鸭的屎尿齐飞，臭气熏天。何剪西的双手压在鸡屎上，一种油腻湿润的感觉。

何剪西赶紧爬起来，检查自己的身上有没有沾到脏东西。他这件衣服是他比较体面的一件了，而且是短打，比较适合在船上生活，他不想一上来就弄脏。边上的水手过来收船票，对他道："加一个大洋的话晚上有女人陪。"说着指了指一边，那里有一个妇女，目光呆滞，靠在货物上。"这女的少一个大洋，不够买票，兄弟你行行好，一个大洋她陪你到旧金山。我也是好人，她留在马六甲肯定是要死了。"

何剪西看着那个妇女，那妇女注意到他了，似乎被拒绝了好多次。她已经没有希望了，眼神中只有绝望。

何剪西想了想，抓了抓兜里的钱。一个大洋他是有的，酒庄老板给了蛮多的。但旧金山物价昂贵，这点钱必须非常小心地花。他想了想，走到那个妇女面前。

"你去旧金山有亲戚投奔吗？"

妇女一下惊醒，立即站直了，说道："是，小哥，我哥在那儿。"

"我不做龌龊的事情。出门在外，我娘说不能乱帮人。但你如果未来肯把这一块大洋还给我，我就先借你钱。"何剪西说。

妇女过一会儿才反应过来，有人肯帮她，简直不敢相信自己的眼睛，立即点头："我，我一定还，谢谢小兄弟。"

何剪西掏出一个大洋，递出半寸，他的手并不松开，"你要给我写一个凭证，按个手印。"

那妇女愣了一下，说：“小兄弟，凭证这种东西多麻烦啊，我什么都没有。其实我也是嫁了人的，丈夫已经死了，如果你要我陪，我这个妇道人家也不在乎了。”

何剪西摇头：“你得保证还我钱，我才能借钱给你。”

那妇女不知道为何，竟然有些疑惑，看着那水手，那水手过来说道：“好了好了，你要人家还，人家怎么还得起。路上很寂寞的，两个人可以有个照应，而且寡妇屁股圆过貂蝉，你不知道吗？”

何剪西还是摇头。水手点上烟，推了何剪西一把：“走走，你们有缘无分。”

边上的水手哄堂大笑，何剪西也不知道他们在笑什么。那水手似乎很没有面子，又推了何剪西一把：“把你的鸡屎洗了，留着当饭吃啊？”这一推，正推在何剪西的装大洋的兜上。

他的纸币是藏在裤腰带里的，但大洋都缝在衣服的里面内兜，这一推，所有人都听到钱撞钱的声音，数量还不少。

四周的人一下都安静了下来，全部转头看着何剪西。

何剪西被气氛的变化吓了一跳。那水手也不推他了，又拍了一下他的兜，钱的声音更加清晰。水手也不忌讳，竟然低头去看他的兜里面。其他水手也饶有兴趣地看着他，连那妇女都看着他。

何剪西抓着自己的行李，看着对方的眼神，也不知道他们是什么意思，立即把兜夹好，就往里走去，走着还回头看那个水手。水手目送着他，倒也没有跟来。

走了几步，他看了看手上的鸡屎，就寻着船上的厕所走去。这个时候，身后的水手才都站起，缓缓跟了过来。

船上的厕所一般都是在甲板尾巴的一边，其实就是几个有洞的木板架空。边上用一只桶连着绳子，可以丢入大海打水，然后冲洗。无论是大小便，都是坐在洞上，下面就是大海。

所有船上的厕所其实都还算干净。何剪西进去，看了看身后，就打算选一个洞，先坐下方便一下，然后打水洗手。

他选了半天，选了四个洞的左二，这个洞看上去最干净。刚脱掉裤子，准备坐上去，就看到从那个洞里探出一个人头来。

“兄弟，你先等等。”张海盐探头，从那个洞里艰难地爬上来。

“你是谁？偷渡的？”何剪西惊道。这年头偷渡是大罪，如果自己被连累，是有可能被丢下海的。

“怎么会呢？”张海盐浑身是湿透的，看了看四周，甩了甩头发。“刚才如厕的时候，忽然打了一个盹儿，就掉下去了。见外见外，我这人屎困，闻到屎味就发困。”

何剪西怎么会相信他的鬼话，刚想出去，厕所门就被打开了。一行水手走了进来，和何剪西撞了个满怀。这些水手都带着匕首，顺手直接把何剪西的头发扯住，让他跪在地上，立即就有人去摸他的怀里。何剪西疼得龇牙咧嘴，但嘴巴也被人捂住。

钱兜立即就破了，大洋撒了一地，都滚向边上的缝隙里。缝隙下就是海，众人都急了，马上就有人去踩住，场面一片混乱。

“快，趁船老大还没发现，这波肥油我们先吃。”为首的水手说道，“别乱！”

他们显然都没有想到，厕所里还有一个人。当他们抬头看到张海盐的时候，所有人都愣了一下。

张海盐看着脚下的大洋，捡起来，略微有些尴尬地说道：“这个，我补个票。”

第十七章 下贱的瘟神

水手回头看了看同伙，使了一个眼色，后面的同伙拿着刀开始围上来。张海盐数了数水手的数量，有七个人。这种小驳船，七个人是很大的数量了，不能动手啊，自己不能再造成更大的恐慌了。而且，如果全部杀掉的话，这一船人就出不了海了，到时候自己可能会改变很多人的人生。

但对方显然不想放过他，开始呈扇形围了过来。

“私杀华人的船客，不怕被瘟神缠上吗？”张海盐笑着说道。

当年，他们在海上诛杀杀华人的水手，很长一段时间让这条航线上的华人得到了某种尊重。但谋杀变少了，他们的任务也少了，名声似乎也逐渐地淡了下去。

“那个瘟神，消息没有那么灵通的。这个人没有同伴，在这个角落，不会有人看见他被杀的。”为首的水手是一个头上戴着印度布条的人，“你恐怕也是一样，看到了，就多收一条人命吧。”

张海盐这才知道为什么这么多水手，显然是一伙的。这种情况下，还要到厕所里来行凶，看来自己的名声在这里仍旧有余威。这个小伙子，应该是单人上船，没有亲眷，所以才会被他们选为目标。

他看了看大洋，心说虽然年轻，但还挺有钱的。

围着他的水手靠拢得越来越近。这些人在水上混久了，还是有眼力见儿的，看这个年轻人浑身湿透，但是从容不迫，甚至有些心不在焉，反而都不敢向前。

张海盐盘算了一下时间。再过一会儿，岸上的警察肯定会上船盘查，为了保险起见，他不能让事情再失控下去了。他决定快速解决问题，于是冷笑了一声，忽然上前一步双膝跪倒，对着这些水手说道：“大爷饶命。”

水手们吓了一跳，后退了一步。张海盐顺势从兜里掏出一卷钱来，双手奉上：“这个人是我的表弟，我们家就剩我们两个种了，如果都死了，我们家就绝种了。这些大洋和这些钱都给大爷们，我们保证不说出去，求放过我们的狗命。”

水手们互相看了看，张海盐继续说：“这些不是大爷抢的，是我们孝敬大爷的。大爷们不用怕瘟神知道，现在瘟疫横行，大爷们也不想遭天谴吧。都是讨生活的。”

说着，张海盐眼眶都红了。为首的水手皱起眉头，过去接过钱，翻了翻，钱还不少，就笑了：“小兄弟，你是个人才啊。不似那些要钱不要命的，知道见山头拜山头。”

张海盐谄媚地点头，为首的水手对后面的人使了个眼色。他们也不想多伤人命惹麻烦，后面的人把何剪西放了。何剪西被勒得疼死了，不停地咳嗽。水手拍了拍张海盐的肩膀：“我的名字叫二耳龙，你可以叫我龙哥，在这条船上我罩你，钱就交给兄弟们了。”

说着，龙哥转身道：“给他们两个弄个单间。咱们那几个娘们让他们随便挑。”

大洋已经都被捡了起来，水手们急着退了出去，似乎要去分这一笔巨款。

张海盐松了口气，脸冷了下来，扶起何剪西，对他道：“可悲吧，这些人刚刚不知道自己捡回了条命，他们只要再强硬一点，生命就要结——”

何剪西一拳打在了张海盐的脸上：“大洋是我的，你就这么把我的钱给了他们？不可以屈服给这种人！”说着就要冲出去追刚才的人，张海盐一把把他揪住，轻轻把他的头往边上一拨。何剪西的头重重地撞在木船舷板上，直接昏了过去。

张海盐摸了摸脸：“脾气还挺大。”

何剪西面相小，显得稚气未脱，被张海盐单手拎了起来，扛到背上。

何剪西醒过来的时候，已经在一个单间里了。

说是单间，就是在客舱隔开的一个小空间，有一点私密性。没有门，只有一块帘子，地上有两块门板就算是床了。他的铺盖已经铺在了床板上。张海盐赤裸着上身，坐在一边的床板上，抽着烟看着他。张海盐的床板上什么都没有，光溜溜的。

当然是光溜溜的，他所有的待遇都在外面一千米的南安号上。张海盐怀疑自己就是没有睡弹簧床的命。

何剪西坐起来，头晕得很，缓了一会儿才想起刚才发生了什么。

“你——”

“闭嘴。”张海盐冷冷地看着他。

“我又不认识你，我要去把钱要回来，啊。”他头疼得厉害，忙捂住刚才被撞的地方。

“你是这艘船的船客，你去和别人讨公道，然后呢，你下船吗？你闹起来，这艘船就容不下你了。”张海盐说道。

“我的钱是血汗钱，他们不可以那么容易地拿走别人的血汗钱。”

张海盐掏出了何剪西的裤腰带，从里面翻出了纸钞，翻了翻：“这不是还有不少嘛，对于这船上的人来说，你已经属于穿鞋的了，能活命就别做死的打算。人命多珍贵啊。”

何剪西一下惊慌，忙摸自己的裤腰带：“还给我！”

张海盐把裤腰带和钱丢回去：“留在船上，藏好这些钱，这一张船票是上鬼门关的船票。但你刚才的那些大洋，至少能让你出鬼门关的概率大一些，值得。”

何剪西立即把纸币塞回裤腰带里，给自己系上。

“我问你一个问题。这艘船是去哪儿的？”张海盐问道。

刚才把钱抛回来给他，让何剪西稍微对张海盐有一丝放心。他此时也冷静了一点，说道：“三藩。”

“三藩。这种小船能去三藩吗？据我所知，这种船到了海上，水手们就把你们全都杀掉，丢海里。这种事情比比皆是。”

“瘟神的传说出来之后，就没有再这样的了。”何剪西说道，“我弟弟就是这么去三藩的。当然路上很苦，但我习惯了。”

“你的被子都是用中药熏过的，显然是做了很充足的打算。”张海盐抽了一口烟，何剪西捂住了鼻子，做出了非常痛苦的表情。

“怎么了？”

“你的烟真难闻。”

烟是水手给他的，正好是他当年爱抽的那种，张海虾觉得难闻，他改了另外一个牌子。难得张海虾不在，他过一口干瘾，没想到又被人嫌弃。

张海盐不由得苦笑，心说熏死你，故意又抽了一口，才道：“表弟，我们来讨论一个事情如何，做一笔交易？”

“我不和你做交易，你把我的钱给别人，你这种人能做生意吗？”

“哎，就是和你的钱有关。如果我在下船之前，把你的钱给你要回来，你能帮我个忙吗？”张海盐说道。

何剪西愣了一下，不知道张海盐葫芦里卖什么药。张海盐继续说道：“你看看外面。”

何剪西探头看帘子外面，就看到外面的船舱里，有好多警察，正在盘查外面的客人。正看着，张海盐已经爬过来，缩入了他的被窝。

“哎哎哎哎，你干嘛？”何剪西大怒，他最讨厌别人进他被窝了。他对于味道非常敏感，别人睡过的被窝，他根本没法入睡。

张海盐把自己的头盖住：“记住，我是你老婆，你刚睡完我，还没穿衣服。”说着，张海盐出手，瞬间解开了何剪西的衣领，然后快速把他头发弄乱。弄完这些，他缩回去，从内扣里翻出几根金针。

何剪西还没弄清楚怎么回事，张海盐就轻声道：“帮我过关，我帮你拿回钱，否则我就说你是我同伙。我们一起死。”

何剪西刚明白，帘子就已经开了，警察探头进来看了看，问何剪西：“你和谁说话呢？起来，我们要看脸。”

何剪西怎么说得出那种话来，一下脸憋得通红。正在这时，忽然听到被窝里传来一个银铃一样动听的女声：“哎呀，谁呀，我没穿衣服。”

第十八章 阴阳人

警察互相看了看，就笑了："这么着急？白日行淫？"

何剪西满脸通红，虽然他是气红兼吓红的，可他被窝里何时多了一个女人？

刚才他可以确定，被窝里是肯定没有其他人了。张海盐钻了进去，也是他亲眼看见，怎么一下子变成了女人？

难道，张海盐是女扮男装？

不对，他刚才不是半裸的吗？

何剪西完全蒙了，而且他刚才和我说啥？要举报我做同伙？信息量太大，何剪西的冷汗都要出来了。

但在警察看来，这小子是害臊了，于是笑得更加厉害了。只听到被窝里的女人说道："胡说，哪里是白日，天下没有白日的道理。"

"船上的女人也碰，小心得梅瘟。"警察放下帘子就继续往前调查。何剪西听着警察的声音走远，立即想翻开被窝看个究竟。转身一看，张海盐已经又坐回到了刚才的位置上，烟都没熄灭，正冷眼看着他："你这人骗人不行啊。你是怎么活到现在的？"竟然是撩人的女声。

何剪西看了看张海盐的胸口。当然，他懂事以来都没有见过女人的胸部，但他的概念里，女人的胸部总应该有点啥，但张海盐的胸口除了胸肌什么都没有。

和他见过的成百上千的男人一模一样。

难道是传说中的，阴阳人？

何剪西脑子乱得快要炸裂了。他还没有性别平权的概念，第一反应是，一个阴阳人睡了我的被窝。也不知道是刚才头被撞了，还是他一下子无法处理眼前的局面，他开始头晕。

张海盐摸了摸自己的床板，就道："这东西怎么睡？刚才我睡你的被窝还挺舒服的，要不我就和你一起睡好了。反正我也睡不了几天。"

声音千娇百媚，犹如空谷幽兰。

何剪西歪头晕倒在了床板上。

张海盐愣了一会儿，他还是第一次看到有人会因为和自己说话而晕倒。他长叹了一声，这时候他听到了南安号的汽笛声。从船板的缝隙往外看去，能看到南安号的烟囱出烟，似乎要起航了。

妈的。张海盐敲了一下船板，外面都是警察，他出不去，而且现在天色还亮，他没有办法再次下水。无论如何，都要等到晚上他才有办法。而且铁皮轮的速度是驳船根本不可能跟上的，就算他劫持了这艘船追南安号也绝对不可能。

不知道刚才岸上有没有张瑞朴的人看到他跳水，否则张海虾不知道有没有危险。

他闭上眼睛，开始回忆自己会议室里那张老旧的海图，上面有着各种航线的信息。他的心念快速转动，很快，他就知道了，自己还有一个唯一的机会。

南安号现在出发还要往新加坡深水港之后才折返，因此，往旧金山的包恩号和往厦门的南安号有一天的航线是一致的。刚才龙哥告诉他，包恩号会在黄昏起航，这么计算，他们会比南安号更早进入外海。只要在内外海交接线跳入海中，他就会漂浮在南安号的航线上。运气好的话，南安号一个小时之后就会到达，到时候虽然两艘船的距离无法预估，但物理距离不会超过四千米。而且时间应该在明天的半夜，到时海面漆黑一片，而南安号电气船灯火通明，他可以游过去。

铁皮船速度很快，他只有一次机会，游到南安号正面，等它撞上来。南安号的船舷很高，他得想办法爬上去。

但这是完全没有意外的情况下。兵行险着就是会有这样的后果，张海盐明白，从他去勾搭董小姐的那一刻起，他就会有此后果。以往他总能勉强过关，但这一次他一个人，最后的那一刻，他失败了。

反应速度得更加快一些，要想得更加全面。毕竟现在是一个人。

第十九章 出老千

黄昏时分，何剪西醒过来的时候，张海盐已经不在他对面了。外面各种声音，嘈杂但方式似乎有所不同，而且船晃动得很厉害。他立即检查了自己的裤腰带，发现钱还在，于是松了口气。

离开小舱室，他就明白为何声音有一些变化，因为他们已经出航了。岸上的人声已经听不见了，海风更加强劲，帆已经满了。

船上的人已经开始安静下来，努力地适应海上的新生活，不管是否舒适，这艘破船是他们未来几个月的家。

黄昏的外海非常美，浪不大不小。船在这样柔和的光线下，反而显得有一种异样的美感。

阴阳人呢？难道刚才是一场梦？不对，大洋还是没有了。

何剪西被黄昏和远处的夕阳所吸引，这一刻忽然什么都不想想了，就先融化在这美景里吧。即使知道以后几个月每天面对的都是这样的景色。

正想着，忽然他听到一边传来的噼里啪啦的声音，回头一看，正看到阴阳人在和几个船客打麻将。

果然不是梦。

张海盐刚赢，牌翻开让船客给钱。张海盐的面前放着很多大洋，也不知道是从哪儿来的，水手们都在围观。

何剪西走过去。张海盐看到他，就直接数出一沓大洋，递给他："拿去。还给你。"说着又数出一沓给边上的龙哥，"龙哥，来，给兄弟们。"

那龙哥显然已经不止一次被打赏了，接过去说："那怎么好意思。"张海盐叼上一根烟："我这个兄弟不懂事，肯定还会给龙哥惹麻烦，多打点一下。"龙哥立即掏出火柴给张海盐点上："您放心，盐哥，我之前是有眼不识泰山，如果知道你们是张瑞朴先生的高足，肯定不敢放肆。"

"你把我写的东西收好。等把我小兄弟送到旧金山，就拿字据去张瑞朴先生那儿拿钱。简单差事，别办砸了。"

龙哥点头，简直谄媚到让人作呕。

何剪西莫名其妙地看了看大洋："这是你赢来的，我要我自己的。"

"你和那些钱都熟成这样了？你们都有感情是吧？"张海盐就笑，"龙哥，你说这孩子，给张瑞朴先生做账的，死都不会做错，是人才，对吧？"

"是人才，是人才。"

张海盐把大洋交给龙哥，让龙哥递给何剪西。何剪西这才拿回来，立即揣好，转身就要走，张海盐这个时候又胡了。边上的船客已经红了眼，和另一个船客对视了一眼，满头冷汗。

一个中年妇女就上来拉那个船客："别打了，老头，再打要输光了。"船客一把甩开那个妇女："滚，就是你他妈的念叨来念叨去，我才摸不上牌。”说着，又推上来一个大洋，看着张海盐。

何剪西忽然觉得不对，他抬手闻了闻手，发现手上有一股淡淡的姜黄的味道。回头看了看张海盐的手，忽然恍然大悟，立即大怒。他再次回去，看到张海盐上手拿着一副好牌，立即对他说道：“你出千骗钱？”

张海盐愣了一下。何剪西抓住他的手，闻了一下，没错了，姜黄味，于是对众人说道：“他手上有用姜黄标记了的牌，他出千骗钱。这里哪个人的钱不是血汗钱？你这么骗钱，他们会死的！你们这些人把我们不当人看，就不怕瘟神来找你们吗？！”

所有人都看着张海盐。张海盐面对何剪西的指责，目瞪口呆，还没回答，边上的船客就一把抓住了张海盐的领子：“好啊，你出千！”

张海盐被一拳打翻，撞得何剪西也摔了出去，就看到三个麻将搭子都起来，向张海盐围过来。龙哥立即过来扶张海盐，但其他船客都围了过来看热闹。一下子，水手和船客就成了两派。

“你们这些跑船的，串通这种骗子在船上出千骗我们的钱，今天必须给我们一个交代，把钱还给我们！”为首赌博的船客喊道。船上的其他人之前都被水手欺负，已经很恼怒了，一听立即附和。何剪西大喜，看到大家团结起来，就立即站了起来：“还抢钱杀人，我们是买了票的船客，我们要我们的权益！”

众人呼喝。

船客越来越多。水手一下就慌了，看了看张海盐：“盐哥，这出千，就是你不对了。”

“我没有出千。”张海盐笑着说道，“用姜黄的是他们三个，我手上是沾到的。不信？小兄弟，你可以闻一闻，谁身上的姜黄最重，是我，还是他们。他们是职业骗子，在马六甲骗够了钱，准备去旧金山行骗，手段高明，本金充足。如果留他们在船上，你们都会倒霉。”

此时何剪西已经发现不对，因为两派人分开之后，他明显闻到了姜黄是在他自己这一边。他动了动鼻子，刚想开口说话，那船客一拳打在何剪西的鼻子上，把何剪西打翻在地："你信他的鬼话！别跟他们客气，从现在开始，船上我们说了算。我们人多！你们看看我们的钱在谁身上，我们像是骗子吗？"

众人看着张海盐，实话实说，张海盐更像。其中有一个看热闹的船客说道："这个人有隔间住，我们都住通铺，他年纪轻轻有钱住隔间，肯定是骗来的钱。"一下子四处开始议论，为首的船客冷笑地看着张海盐，喊道："说得对，都是赃钱吧，你身上肯定还有很多钱吧？！"

龙哥看情况不对，马上一把把张海盐推了出去："别轻举妄动！你们自己的恩怨自己解决，别惊动了船老大，否则谁都到不了三藩！"

"这么没义气啊，龙哥。"张海盐狠狠地抽了口烟，看了看众人，自己已经被团团围住。但谁也不愿意第一个出手，都在观望状态。毕竟他们的专业是骗子，不是煽动。

僵持了一会儿，"你这种恶人，就让海上的瘟神收了你吧。"刚才的那个妇女忽然说了一句话，那为首的船客一下醍醐灌顶，立即附和："对，把钱抢回来，把他抛到海里，让海上的瘟神收了他。瘟神的嘴巴里有刀片，让他割了你这张谎话连篇的臭嘴！"

整天和这种人作对，自己能不退步吗？张海盐心里说。为首的船客看还是没有人动，便和两个麻将搭子一使眼色，三个人分三个方向拔出匕首就开始包抄。

第一人冲到了张海盐身后，张海盐轻微闪身，一肘将那人的鼻梁骨直接打碎，人翻了出去。他闪身正好面对第二个，直接一下拍头，把人拍得撞在地上。

整个动作之快，根本无人看清。为首的船客到他面前的时候，已经一把被他捏住脖子，举了起来，吻了上去。

所有人都惊呆了，那船客被吻得四肢乱舞，但完全无法挣脱。

张海盐松手，那船客倒地，抓着脖子开始呕吐。一边的妇女冲了上来：“你这个杀千刀的，你轻薄我男人。”

为首的船客推开妇女，抓着脖子继续呕吐，竟吐出了无数的血和两三枚刀片。刀片落在甲板上的时候，围观的人全都退后了一步。

“不是想见瘟神吗？”张海盐背对着夕阳，双手插兜，张开了嘴巴，嘴巴里寒光凌厉，“好久不见啊，各位。”

哎呀呀呀，张海虾不在身边，我有点放肆啊，但是好舒畅啊，果然还是放肆让人身心愉快啊。张海盐心里说。

何剪西倒在地上，最后一个念头是：他仰慕的英雄，海上的瘟神，保护航路上华人的侠客，是个阴阳人。

第二十章 船变

何剪西被张海盐拍醒。天色已经黑了，人在船舱里，并不在自己的隔间里，而是在大舱里。

张海盐看着他，他也看着张海盐，他的鼻子上敷着草药。

草药气味刺鼻，他想拨弄下来，坐起来。就看到所有的船客和水手，全都在船舱的另外一边，挤在一个角落里，看着他们。

偌大的一个船舱，分成两边，一边只有两个人，一边是一堆人。

“怎、怎么了？”何剪西想提问。张海盐看了看在远处看着他们的人群说道：“你已经昏迷一天了，这不是瘟神应该有的待遇吗？”

“你真的是海上的瘟神？”何剪西问道，摸了摸鼻子，疼得嘶了一声。

“你的鼻子是个宝贝，能保护好就保护好吧。姜黄那么细微的气味，你都能闻得出来，老千要练很久的。”张海盐说道，丢给他一个包裹。何剪西发现是自己的行李。

“你看一下，除了铺盖，我都给你打包好了，里面有没有缺的？”

何剪西翻了翻。他的东西简单，除了必要品，没有冗余的身外之物，一目了然。“为什么要打包行李？”

“因为我们要走了啊。”张海盐看了看远处的人群，“你觉得我们在这艘船上还待得下去吗？”

“什么我们？”何剪西纳闷，心说：就算待不下去，不也是应该你待不下去吗？

“我是海上的瘟神，你是瘟神的表弟，你知道会有多少人来寻你的仇吗？你到岸就会被抓，他们会挖掉你的小西西，逼供你我在哪里。”张海盐说道。

“可我不是你的表弟。”

“你觉得别人会信吗？”张海盐端坐着，看了看外面的海面，海面上一片漆黑。

“你是保护船客的侠客，为什么他们都躲着你，那么怕你？”何剪西有些意外，张海盐回头，毫不在意地看着对面的人：“侠客？侠客没来，我杀心中有愧的人，他们心中难免有愧吧。”说着，张海盐饶有兴趣地看着何剪西，“你不害怕我？你心中无愧？”

“我心中无愧。”何剪西越来越疼，努力克制。

“心中无愧的人要么极善，要么极恶，要么极傻，你是哪一种？”

“都不是。”何剪西说道，“不做亏心事那么难吗？”

张海盐指了指对面的人，所有人都往后缩了一下：“你问问他们。”

何剪西当然不会傻得问他们，他也不明白张海盐说的要走是什么意思。这里是外内海交接的地方，碧海连天，连块礁石都没有，他们能往哪儿去？

张海盐凑近何剪西，问道：“我问你个问题，你从小就那么耿直吗？你是怎么活到现在的？”

何剪西说道：“我是个账房，账房就应该说一不二。我吃的是耿直的饭，如果遇到需要变通的事情，自然有变通的人去负责。既然账房这个活计自古就有，我相信我能活下来。”

“骑士精神。”张海盐有所惊讶，白鬼佬中有人讲究这个，马六甲是没有人讲究的。不过，马六甲有很多英国人，这小子的这种脾气，在英国人中是能吃得开的。到了旧金山，估计就会被埋铁路下面填地基了。

在这艘船上也一样。

张海盐做了决定，他本可以将何剪西留在这里，自己一个人离开的，反正张海琪也教过他们没有良心的技能。这些年来，愣头青他也见过不少，并不都值得同情。但不知道为什么，他觉得何剪西这个人身上，有一种不同的气息。

很难形容这种气息，如果硬要说，张海盐只能告诉你，何剪西运气很好。为何如此说？这上船之后，何剪西做了无数行走江湖的忌讳事，但他毫发无伤。而他的脾气不是今天才有，过去那么长时间，他都没有死，是不是说明，他是一个运气极好的人？

他现在太需要运气了，而且，他也不想因为自己的失误，而伤害无辜人的性命。说到底，如果因为利益牺牲别人，张海盐是可以接受的，但别人不可以为他的错误买单。

看了看表，和他估计的时间差不多了。张海盐活动了一下筋骨，就对着对面的人说道：“美好的时光总是过得很快。我记得你们的脸，随时会回来。你们说我的每一句坏话，我都会知道。你们做的每一件坏事，都会有人告诉我。把你们看到的事情好好传出去，每个人都讲给十个朋友听，否则，你们每次都会遇到我。”

说完把行李递给何剪西，何剪西还没反应过来，张海盐抓着何剪西朝船舷外一扔。何剪西直接被抛入大海中。

船上的其他人发出尖叫。张海盐站到船舷上，往后一翻也跳下海去。

何剪西刚从海里探头上来，看到张海盐也落下来，大骂：“你干什么？！你这个瘟神，怎么不按常理出牌？我们要淹死了！”

张海盐顺着浪浮起身子，看向远方。远方的海上，有一个小小的光点，那是南安号。这和他算的丝毫不差。

“不会淹死的。”

“我要去旧金山！我不要死在这里！”

“你不会死在这里的。”张海盐甩出一根缆绳，让何剪西抓住，“我的被褥！”

张海盐拽着绳子，朝那个光点游去，心里说，只要再给他一天，再给他一天时间，他上船之后，就可以拿到证据抓到人，知道瘟疫的真相，然后偷一艘救生艇，回去救张海虾了。

对于何剪西来说，这在海中的四个小时犹如地狱一样。夜晚的海水冰凉，虽然不是刺骨的那种要人性命的寒冷，但他的脚还是不停地抽筋。

但是这个瘟神，在海中似乎能够呼吸一样，在他游不动的时候，单手可以拉着他游动，速度丝毫不减。在他抽筋的时候，托着他的下巴，就可以让他在水中休息。

但即使如此，这四个小时也太过漫长了。何剪西的意识越来越模糊，都不记得他是怎么上到南安号上。只记得有一个巨大的海上宫殿朝他们行驶而来，是那么巨大，灯火是那么美，犹如仙境一样。他一度认为自己是死了，沉入了水晶宫里。

之后的感觉，就是他的后背触到了结实的甲板。背靠那么硬实的东西，第一次让他觉得那么安心，而且最神奇的是，甲板还是暖的。

因为水太凉了，所以连甲板都是暖的。

张海盐将他拖到一处角落里，给他灌了有手指一节大小的瓶子装的烈酒。何剪西逐渐缓了过来。

他浑身都是软的，似乎骨头全都被抽掉了，肌肉疼得犹如针扎一样。

“这是哪儿？”他有气无力地问道。

“南安号，蒸汽轮，去厦门。”

“为什么要去厦门了？我要去旧金山。大哥你到底在做什么？”

“救你的命。”

张海盐心说，这小子果然运气好，这么难的计划如此顺利就成功了。“你小子这么倔强但是能活这么大是有原因的，上辈子祖上救了不少人吧？”

祖上积德会遇见你吗？何剪西心里想。

船上非常安静，南安号不是军舰，甲板上没有人巡逻。张海盐累得够呛，自己也喝了一瓶烈酒，才开始观察四周。何剪西更加清醒了，忽然明白了刚才张海盐的话，一把抓住张海盐：“你这个王八蛋，我要去旧金山，不要做偷渡客去厦门。我表弟还在等我。”

张海盐捂住他的嘴：“闭嘴，否则你自己游回去！”

何剪西完全抓狂：“我要检举你，我要检举你！”

张海盐拍了拍他：“放心，没有人相信有人能在这个海域偷渡上船，这艘船上没有坏水手，没有骗子。到了厦门之后，我会放你去旧金山。你别害怕，只是走点弯路而已。你先回我房间，我去办点事，回来再和你详细解释，乖。”说着他扶起何剪西，把自己房间的钥匙塞给他。

但何剪西根本站不起来，努力了一下，就瘫倒在地，看着他：“你到底是谁啊？”

张海盐盘算着时间。如果利用救生艇回马六甲，不能再拖了，到了外海洋流里面，自己一双手划到岸上，可能已经是婆罗洲了。他看了看四周，不能把何剪西丢在甲板上，于是扶起他：“那行，我送你去餐厅先坐着。”

两个人往头等舱甲板下的通道走去，已经很晚了，餐厅已经关门了。张海盐推门进去，里面一片漆黑。船上的医务室就在餐厅尽头的走廊下方，三分钟之内，他就能进去。

找个包厢去躺下，张海盐心里说，如果被发现了也会被认为是醉鬼。

他们往黑暗的餐厅里走去。放下何剪西，张海盐努力让自己完全以镇定的心态走向医务室。

船上一共十个医护人员，三个医生，七个护工。散播瘟疫的人，就在里面，最起码有四个人参与了这件事情。他们都睡在医务室的值班宿舍里，现在这个时间还没有完全入睡。

他们的设备一定也在里面，只有在医务室里，这些东西放着才不会让人起疑。

“带走一个，其他三个杀掉。”张海盐露出了狰狞的笑。他在餐厅里打开面包箱，带走一些面包和酒，然后直接上甲板，放下救生艇。顺利的话，明天的这个时候就能够看到岸。

医务室的走廊灯很暗，张海盐放轻脚步，发现医务室里一片漆黑。

按道理医务室是不会关灯的。

他推开门，闪进医务室。才走了两步，由门口射入的光，就看到医务室的椅子上和床上都很奇怪。

他仔细看了一眼，心中咯噔了一声，他发现医务室的椅子和床上都坐着和躺着人。

所有的人都一动不动，没有开灯，也看不清楚情况。

张海盐瞬间完全入定，想寻找空间中的心跳声，却没有任何的声音。他心里说完了。

小心翼翼地靠近，他就看到十几具尸体，堆在他们藏身地方的更后面。全都是船医的尸体，喉咙都被刺穿，嘴巴大张着，躺在黑暗中。

然后，张海盐在这些船医中间，看到了一具不是船医的尸体。

是那个引导他上船的水手。接着，他听到门“咔”的一声锁上的声音。水手，他也已经死了，嘴巴张得很大，在那个水手的身上放着一个信封。

张海盐环视了一圈这个区域，意识到这是一个陷阱。

这是一个设计好的陷阱。他立即转身要走，听到“嘶”的声音，这是从这些尸体的嘴巴里发出的。

毒气。

张海盐立即捂住嘴巴，冲回到门前。从门上的玻璃小窗中，看到三个戴着防毒面具的男人，站在门外，昏暗的灯光下，正朝他招手。

他用尽全身力气撞了一下门，门纹丝不动，那几个男人就这么看着他。张海盐冲回到医疗室里，看通风管道，锁死了，没有窗户，所有的地方都锁死了。

他再次冲回到门口，看着那些人。心里面忽然明白了是怎么回事，他在调查中，所有的违和感在这一刻都得到了解答。

但已经晚了，他死定了。他用尽全身的力气，去撞门，大喊，门锁得非常死，外面的人戏谑地看着他。他所有的愤怒爆发，一拳打碎了窗户，从小窗户伸手，一把抓住了其中一个男人的衣服。

那个男人也不挣扎，冷笑地看着张海盐，慢慢扣住了张海盐的手。张海盐发现，自己已经一点力气都用不上了。

这时候，就听到走廊入口有脚步声，接着何剪西喊了一声：“就是他。”

那个戴防毒面具的人立即回头，就看到门口冲下来好几个船警。看到这种情况，船警立即拔枪：“你们干什么？！”就在这个瞬间，张海盐利用被他抓住的那个人恍神的四分之一秒，用最后的力气，一下抓住了那个人的脖子。那个人反应也非常快，在张海盐用力要捏断他喉管的瞬间，一下把自己的手指插到了张海盐手掌和自己脖子中间。

几乎是同时，另外两个人就朝何剪西和船警冲了过去。张海盐狞笑用力，直接把那个人连同他的手指和喉管一起捏碎。然后，一把把他的防毒面具扯进窗户，给自己戴上。

另一边，两个人直接动手，迎着船警，射出匕首，两个船警还没反应过来就被射死了。

何剪西扶着墙，惊讶地看着这一切。就看到两个人朝他来了。

张海盐戴上面具之后，用力吸了好几口气，终于觉得好一些了。他一下卸掉自己的肩膀关节和肘关节，再次把手伸出窗户。手拉长，直接抓住了门锁，是一根铁棍卡死了把手。他扯开铁棍，门开了。

身上带着毒气，张海盐冲出医务室，他一把扯掉防毒面具。那两个杀手刚逼近何剪西，就听到身后有人冷冷地说道：

“到爸爸这里来，爸爸疼你们。”

第二十一章 猪笼草

张海盐的攻击持续了七分钟。按照他以往的经验，战斗应该瞬间就可以结束，但没有想到，两个杀手竟然完全招架住了。即使张海盐占据了绝对上风，但两个杀手毫不惊慌。

对于普通人来说，双拳双脚双肘双膝，人真正用来直接杀死对方的就这么几个部位，但张海盐还有舌头下面的刀片。

完全放开格斗的时候，张海盐犹如一只动物一样，刀片不仅会忽然射出来，还会抿在他嘴唇间划过对方的喉咙和手腕。以普通人的反应速度，是不太可能和他周旋的。但七分钟之后，这两个杀手身上已经十几处带彩，仍旧没有慌乱。

因为吸入了毒气，张海盐的发力有所停顿，他的肺部开始灼痛，动作开始变慢。终于，两个杀手找到一个机会，射出匕首。在张海盐闪躲的瞬间，两个人直接冲出走廊，冲进了餐厅。然后就开始拍手。

张海盐追了上去。餐厅的门很多，两个杀手瞬间分开，冲入黑暗中。

张海盐找准一个刚想追过去，忽然肺部一疼，跪了下来。

他深吸了几口气，咳了几声，瞬间冷静了下来。

对方太有章法了。

不能追！刚才他们拍了几下手，既然有第一个陷阱，就可能有第二个，自己已经暴露了，而且内脏已经受伤了。

张海盐立即退回去，把何剪西扶起来。何剪西靠在墙上，看着船警的尸体，开始呕吐。

“你真的检举我啊，表弟？”张海盐说道。

“他们来巡逻，发现了我。偷渡客是要坐牢的，我不想被你连累。我要去旧金山，我没有钱再买票了。”

“你要搞清楚，在这艘船上，你才是偷渡客，我是有船票的。”张海盐从口袋里拉出船票的一角，低头看了看船警的尸体，都是一击毙命。“你不杀伯仁，伯仁却因你而死。”

何剪西显然震惊又难过，不知道怎么说。

“这艘船又怎么了？”何剪西问他，“这到底是怎么回事？你到底是什么人？”

“我说了，我会告诉你的，这些人可能是海盗。咱们要先放下个人恩怨，否则船上的金钱要被劫持，妇女要被糟蹋。”

“妇女不会被糟蹋的。”何剪西说道，“刚才和你打斗的是女人。”

“女人？”张海盐愣了一下，刚才打的时候太激烈了，没有注意这个。

“我闻得出来，是女人的味道。”

张海盐看着何剪西，捂着胸口问道：“女人是什么味道？”鼻子好的人，不知道每天生活在什么样的环境中。

何剪西没有回答，看着张海盐捡起防毒面具，把船警的尸体拖到了医务室里。

“如果是海盗的话，我们要提醒船上的人。你在做什么？”

“别想太多了，表弟。”张海盐对他说道，“我们未必能活着去通知任何人。”

何剪西愣了一下，爬起来，靠墙站着深呼吸。

张海盐放下尸体，站在医务室，看着正在消散的毒气。这是一个陷阱，从那个引路水手的死可以知道，设计这个陷阱的人，一知道张瑞朴的水手和他的关系并指导他上船查瘟疫的事情之时，就注意到他了。

如果不是斯蒂文要杀他，他跳海逃生，那他当天就会着急在开船的时候到医务室，现在可能已经死了。老天给他运气，他的调查被斯蒂文中断，让他到达这个陷阱的时间晚了将近两天。

这是一个天和地的差别。因为在当时，杀手们是知道他什么时候到达陷阱的，严阵以待。但他跳海之后，杀手们在陷阱里久等不到，就变成了一个不知道何时会有猎物的情况。

前一种注意力高度集中，后一种会逐渐懈怠。

最大的不同是，他回来的时候，还带着一个倔强的何剪西，执意要检举他。

如果没有这一连串巧合，他怎么样都是死。

但最让他意外的是，船医都死了。

之前的调查里，船医中有三个具有高度嫌疑是散播瘟疫的人，现在这些人都死了。也就是说，除了船医之外，船上还有人参与了散播瘟疫的事件。这些人战斗力很强，下手很狠，这些船医可能只是被利用了，现在被全部灭口。

医务室的毒气逐渐散尽。他戴上防毒面具，让何剪西不要靠近，自己进去掰开了尸体的嘴。

尸体的嘴里塞了一个气瓶，气瓶的栓用一根钢丝从尸体的脊背穿孔出来，顺着椅子脚贴地到门外。

刚刚他才进来，外面的人一拉钢丝，毒气就从尸体的嘴里释放出来。

他把手伸入尸体的喉咙里，把毒气瓶扯出来，上面都是德文，是德国生产的军用毒气。

他看着毒气瓶，想了想，忽然有了灵感。他开始翻找，最后在房间的药品柜子里发现了很多这样的毒气瓶，足有五六十个，堆满了各种柜子的角落。

张海盐明白了。

他从医务室走了出来，提着毒气瓶。何剪西问道："你告诉我，我还能去旧金山吗？"

张海盐把毒气瓶举给他看。

"这是军用毒气瓶，很难搞的，能值不少钱。"如果是因为他上船查瘟疫的案子，被杀手注意到了，要杀他灭口，最多是枪杀或者下毒，怎么会用这种专业的毒气瓶？

这一看就是提前专门准备的，也就是说，这些人一开始就是针对他，要杀他。知道他身手好，所以设计了这种杀人方式。

为什么呢？张海盐想不明白，他完全没有往这个方向想过。难道，是张瑞朴和对方说好的？但如果要杀他，张瑞朴在上船前就可以动手了。

如果不是张瑞朴，那——

看到柜子里更多的毒气瓶的时候，张海盐忽然醍醐灌顶一般，明白了整个逻辑。

如果杀手要杀的不仅仅是他呢？

如果杀手要杀的，是所有上南安号查瘟疫事件的人呢？

那他查到的那个明显的线索，根本不是杀手意外留下的，而是故意的蜜线（猪笼草为了捕猎昆虫，会在身上分泌一条带甜味的线，蚂蚁会跟着这条线进入到猪笼草的笼子里）。

所以查瘟疫案的人，最终都会登上南安号，然后查到这个线索，然后进入他们的毒气陷阱。

那么，如此说来，他想到一个更加恐怖的事情。

他对何剪西道："自己找个地方躲起来。"说完，一路狂奔来到自己房间对面的水手值班房间。里面的水手已经出去巡查了，他打开水手房间里的水手名录，开始翻找。

宋猜宋猜宋猜。

宋猜他找到了，有备注，中越混血，中国名字叫做：张海云。

这是南洋档案馆的命名规则，张姓中字为海、末字取诗词字。

南安号，是猪笼草！他是在提醒后来的特务：整个瘟疫事件，是捕猎南洋档案馆外派特务的猪笼草。

第二十二章 去哪里

宋猜是南洋档案馆的外派特务，和自己一样，在船上执勤，查瘟疫案的时候，失踪了。

他继续找出乘客的全名册，开始看。

他专门去看服务员补充饮料的时候，没有饮料消耗的房间。

这种房间，说明乘客不在房间里。

他发现了十九个房间，长期不需要更换饮料。

张海盐心中无数的疑问落地，但是浑身的鸡皮疙瘩都起来了。

这十九个房间里的乘客，有一半以上都姓张。

他抄下房间号，拿了水手房里挂的房间钥匙，避过查房的水手，进了好几个他抄下的房间。

房间里都没有人，非常整洁，似乎从来没有人住过一样。他站在一间房间里，就看到一只苍蝇，在房间里飞了过去，停在一块毛毡上。

张海盐走了过去，摸了摸那块毛毡。

上面有血。

宋猜是这样才抓的苍蝇，他在寻找血迹。

房间里有过激烈的打斗痕迹。有人受了重伤。

张瑞朴也姓张，南洋档案馆的人一直要杀他，他应该也和南洋档案馆有关。所以他自己不上船，让张海盐上船。南安号是修罗场。

这是一场利用瘟疫，对在马六甲所有南洋档案馆外派特务的围剿。光头等舱就有十九个人，三等舱有多少人就不好说了。

盘花海礁、瘟疫船、五斗病，自己以南洋档案馆的督办名义查案，槟城大瘟疫、猪笼草、南安号，南洋档案馆大部分的马六甲的外派特务估计都被绞杀了。这是他们对于自己破坏盘花海礁的报复？

策划者是谁？用这么巨大的瘟疫阴谋，来报复一个组织。

张海盐坐在沙发上，脑子里乱成一团。张瑞朴知道这是个陷阱，他还让自己上来，目的是为了查案吗？

不可能，目的是让这些杀手以为自己就是张瑞朴。因为南洋档案馆的特务上船都是用的假名，也就是说，张瑞朴这个王八蛋就是让自己上船替死的。他根本就没打算让自己下船。

那交易呢，作为人质的张海虾呢？如果是根本没有交易，那么张海虾会怎么样？

“我要让船掉头。”张海盐看了看外面的茫茫大海。

何剪西根本没有躲，他蹲在地上花了很长时间，看着那具被捏碎脖子的尸体。他想了很多可能性，但所有的可能性，他都无法说清楚。为什么他会出现在船上，并且出现的时候边上还有那么多具尸体？张海盐走了回来。医务室里的尸体很快就会被人发现，他们在这里讲不清楚。有谋杀案，船上负责安保的水手也会严密巡查，他的计划也会受阻。

他把船医和船警的尸体抛入海里，把毒气瓶也全部丢入海里。然后背起最后那具杀手的尸体，对何剪西说道："跟我来，何剪西。"

"去哪里？"

"情况有变。"张海盐点上根烟。现在他的目标变成了两个，杀光那些猪笼草杀手，并且劫持这艘船，回马六甲。

"我们去抓坏人。"张海盐说道，接着在心里说，"之后劫个船。"

第二十三章 三人一缸

张海盐背着这个杀手的尸体，拉着何剪西的手，就往三等舱里去。

他对于人的微小情绪表达非常敏感，如果他和隐藏的杀手在同一个空间里，只要发生突破杀手预料的举动，他就可以找到杀手。因为突发举动，会让人的微小情绪立即在脸上表现出来。

他的想法是，杀手绝对想不到，就在她们暗杀失败之后，他会直接带着尸体，孤身出现在三等舱。

但是他自己不能背进去，他必须混在人群里，否则有任何冲突他会很吃亏，而且背着一个死人也会有视觉上的死角。张海盐想着具体计谋，一边就驴何剪西。

“这里混了很多海盗，我们要去三等舱揭穿他们。”

“但船警根本不是他们的对手，我们现在应该去找更多的船警。”

“来不及了，他们会很快处理掉证据。放心，三等舱里人多，他们不敢怎么样。我们在三等舱里，堵着他们，不让他们有机会把证据丢进海里。”

何剪西不置可否，听张海盐说得似乎有点道理，又觉得哪里不对。

三等舱的舱区有两个部分，一个是散席区，一个是房间区。房间区就是一间一间的四人间。散席区其实是货舱改的，里边设有大通铺，这样可以让一个空间尽可能多地容纳船客。

他们先到了散席区。张海盐举目四望，周围全是穿着粗糙的普通民众和商贩，就把背上的尸体直接过到何剪西身上。

何剪西吓了一跳，张海盐按住想挣扎的他，说道：“现在你直接走进去。你放心，那些海盗不知道情况，不会轻举妄动的。但这样可以让他们停止销毁证据的行动。”

“为，为什么？”

“因为他们不知道你是谁，肯定会以为这是一个挑衅。我在暗处，他们就不敢露出马脚来，只会观察你。”

而我会观察他们，张海盐心说，拍了一下何剪西的屁股，往他屁股缝里掐了一下。何剪西惊叫了一声往前一躲，张海盐就闪入了人群。

散席舱里的人全都被何剪西的叫声吸引，都看着他，他和众人对望。如同条件反射一般，他傻傻地走了进去。

立即有人发现他背着的人是个死人，喉管被撕裂了。众人都发出惊呼，开始退散。张海盐的舌头抵着刀片，混在人群中，一边注视着何剪西的四周。

他的眼神非常快，不停地扫过所有能看到的人的脸。

人群中最显眼的是站在中间的美国大胡子哈迪逊，他是董小姐火枪队的一员，和之前张海盐在上船时见过，看表情，就是在三等舱招嫖。在美国大胡子边上，有一个长发女人正在讲着什么，另外一个短发女人抱胸站在一旁，目光警觉地打量着周围。

何剪西一走过来，两个女人都愣了一下，表情明显不同。

张海盐眯起眼睛，仔细回忆刚才打斗的时候，和他对手的两个人的姿态动作。

那两个和他对打的女人把自己的女性特质几乎完全抹掉了，现在这两个女人女性特征很明显。很难联想出是之前的两个人，但人的姿态习惯是改不掉的。

就是她们。

张海盐环视四周，却看不到其他人了。难道只有她们两个吗？

如果只有两个人，那他直接处理掉算了。但还有很多死角，自己并没有看清楚。

张海盐保持着和何剪西的距离，穿过注意力被吸引的人群，慢慢靠近那两个女人。经过一边，趁旁边的另一个年轻女人不注意，从她的腰间偷走了一条手帕。那一边美国人也看着何剪西，他们停止了交谈，都在看会发生什么。

何剪西继续在中间晃来晃去，他想找张海盐在哪里，但他早已经失去了踪迹。

短发的女人此时已经发现了张海盐，但是不动声色。张海盐也假装完全没有注意到她，从她背后走过去，在她来不及反应前，一把抓住她的左手手腕："姐姐，我找了你好久！"

一瞬间，那个女人右手下意识地想做出防御动作，又硬生生地收住，被抓住的左手手臂肌肉微微隆起。张海盐不动声色，全部看在眼里。老外和另一个女人也回过头。张海盐朝他们温和地微微一笑，还略略鞠了一躬："我刚刚走在你后面，看到你掉了一条手帕，赶紧拿来还你。"

张海盐说着，从口袋里掏出那条手帕。

短发女人看了看，笑了，抬起手拢了拢头发。张海盐盯着她虎口上的老茧和手指。

“这不是我的，先生误会了。”

张海盐一脸茫然地看看手帕，又看短发女人。

“原来不是你的啊……哎，看来它和原主人也没什么缘分，既然我碰到你，就把它送给你吧。”

“多谢先生了，但我素来不用檀香味熏的手帕，恐怕要辜负先生的一番好意。”

“怎么会用不上呢？咦，你看你身后不就有一块血迹吗？”张海盐话音一落，短发女人立即变了脸色。

张海盐笑起来：“哎，你们看，她身后是不是有一块血迹？”

张海盐招呼四周的人，趁这些人不注意，飞快地用手指抹了一下嘴唇，口中刀片割破他的手指，然后用手指点着短发女人的后背。

四周的人立即看到，她的背后确有一块血迹。

和大胡子美国人说话的那个长发女人，不易察觉地一皱眉，随即展颜一笑：“白珠，你看你，刚在厨房就要你仔细些，还是沾上脏东西了吧。”

叫白珠的女人也笑了起来：“是我不小心，多谢先生提醒。”

张海盐点头：“这血迹挺新的，现在去洗的话，肯定能洗掉。你这身衣服这么好看，不能糟蹋了。”

张海盐说罢，马上对旁边的哈迪逊挤挤眼，给他一个暧昧的眼神。

哈迪逊瞬间心领神会，立即道：“白珠小姐，我房间里有很好的洗漱装备，去我那里处理就好了，保证还你一件干净的衣服。”

说完，张海盐就笑了，不等白珠拒绝，他就一把抓住白珠的手：“我来把这位小姐带到您的房间——您的房间是——”

张海盐拉着白珠就走，同时长发女人也拉住白珠，白珠没有动。双方陷入僵持。

一瞬间，在所有看着何剪西的人群中，有几十人同时停下手里的事，侧目到了他们这一边，警觉地向张海盐这个方向看来。

张海盐目光一动，迅速从人群中辨认出所有看过来的人。

1,2,3,4,5……这么多人。他愣了一下，人数远远比他想的多。

他一边清点人数，一边注意到，其中几个人已经暗暗开始掏出武器。

此时，张海盐看到旁边的长发女人手指一动，动作细微，做出一个手势。

手势一出，所有人都开始聚拢过来。

啊哦，张海盐心说不好。

长发女人看向张海盐，用中文说道："先生，我们陪洋大爷，没你什么事吧，难道你也想参加吗？"

张海盐看着大胡子说道："非也，我只是热心，担心洋大爷吃不上热饭，毕竟你们洋文不好。"

长发女人笑了起来，说道："可惜了，你是个短命鬼。"说着搂住了大胡子，"走，我们两个走。白珠，既然这位先生想追求你，你们就好好相处一下。"说着对白珠使了一个眼色，就和大胡子说："我也有衣服要洗，我替我姐妹去洗，好吗？"

张海盐想跟上去，白珠一把拦住了他。

此时，何剪西忽然闻到了什么熟悉的味道。他顺着味道看去，就看到了张海盐和两个女人在味道传来的方向。他走了过来，背着尸体，问张海盐道："现在怎么办，你找到了吗？嗯，我闻到了她们的味道。"

何剪西看向白珠，闻了闻，立即道："就是她，就是她刚才和你打的，身上味道一样。"

张海盐转头去看何剪西："你知道现在有多尴尬吗？"

说着一拍何剪西背上的尸体，尸体落到地上，就看到所有杀手都往他们的四周聚了过来。

张海盐数了数人数，打不过，而且人数太多，只要围着对四周的人说斗殴，外面的人都看不清里面发生了什么。

毫不犹豫，张海盐拉住何剪西，开始往外狂奔。

他离舱口不远，瞬间冲了出去，冲到走廊里。走廊里很暗，没有什么人。几乎在他跳上旋梯的瞬间，眼角的余光看到了白珠已经跟了上来。

白珠一手一把尖刺，直接就刺向张海盐的屁股。张海盐马上把何剪西松开，何剪西一个趔趄摔翻，直接砸在了那白珠的脸上。白珠的目光被何剪西的屁股遮住了，没有刺中，尖刺刺在了旋梯上火星四射。

白珠恼羞成怒。张海盐抓住何剪西的脖子，一把把何剪西提溜了回来，白珠对着前方乱刺，一下刺中了何剪西的裤子腿。

白珠立即搅动尖刺，直接把裤子钩住了。张海盐在上面拉脖子，白珠在下面拉裤子腿，何剪西整个人被绷直了。情急之下，张海盐一把解开何剪西的裤腰带，何剪西的裤子直接就被扯掉了。裤腰带眼看就要和裤子一起被拉掉了。

张海盐上前一把抓住裤腰带，将何剪西直接抽了出来。那白珠直接摔翻下去，但更多的人追了出来。张海盐背起穿着内裤的何剪西，飞也似的上了甲板。然后头也不回，直接飞身跳上头等舱的外壁，像猴子一样一层一层爬了上去。

两边都是阳台。

他的房间是 345，应该是在三楼吧。但是哪里是三楼？管不了了。

张海盐随便挑了一个顺眼的阳台，直接翻了进去。那个阳台里还亮着灯呢，他滚进房间，就看到斯蒂文从浴室里出来，浑身赤裸，正在刮胡子。

这么巧，张海盐四处一看，这个房间就是斯蒂文的房间，那个阳台难怪那么眼熟。他竟然又回来了。

两个人都愣住了，斯蒂文看着一个上半身赤裸的男人背着一个下半身几乎赤裸的男人，站在全身赤裸的自己面前。

“你？！”

张海盐没等斯蒂文大叫，直接把何剪西抛了过去。何剪西虽然不重，但这种抛法还是直接把斯蒂文撞回浴缸。

斯蒂文非常强壮，看似斯文但力气很大，几乎立即站了起来。张海盐毫无征兆地冲了过去，再一下把他压进浴缸里。三个人都摔进浴缸，张海盐一个脑壳撞在斯蒂文的脑门上，直接把他撞晕了。

这一切发生得太快了，何剪西此时才似乎有些清醒过来，就看到包括自己在内，三个男人，挤在一个浴缸里。浴缸里全是泡沫。

他没有说话，眼圈红了。

第二十四章 何剪西哭

何剪西自问有一套生存哲学。这么多年来，对得起天对得起地，这个世界虽然不如意，充斥着不公平，但他自己心中的那一番小天地，从来没有被侵入和动摇过。而且这一路过来，他最大的自信就是，从未有过坏人做出超过他预料的坏事来。

所以，这个世界吓不倒他。

这个自信终于在此刻被击溃了。从遇到张海盐开始，这一连串毫无逻辑的事情，没有一件他是预见到的。而且事情的发展越来越荒诞，他都不知道下一次睁眼，自己会看到什么景象。

决堤一样的委屈和恐惧，让何剪西哭了出来，不是号啕大哭，是那种惊恐而来的低声哭泣。

张海盐也累得够呛，瘫倒在浴缸里。他缓了一会儿，慢慢地站了起来，拧开了热水。水声遮掩了何剪西的抽泣声。

他走了出来，扯出一条干净的毛巾，给自己擦干净。

斯蒂文的晚餐原封不动地放在沙发边上，是红菜汤和面包，张海盐将面包蘸着红菜汤吃了几口。盘算了一下，把红菜汤全部喝光，只剩下两个面包留给何剪西。又想了想，他又吃了一个面包，只剩下了一个。

这是一场计划非常周密的行动，对方绝对不是业余的人，他想不到对方人数也这么多。

他逃入头等舱的行动线，那些杀手肯定都看到了。但他逃入斯蒂文的房间，应该没有人知道。杀手们知道他躲进了头等舱里，但不知道他在哪间。

杀手们不会冒险进攻头等舱，但并不是不能在头等舱里杀人。如果他是杀手，会在头等舱所有通道设立暗哨，等自己出来，自己已经被困在头等舱里。

杀手中有服务员，他们一定也会一间一间排查。

怎么办？如果是他，一定会马上行动，今晚就会下手。

唯一的好消息是，他在三楼，楼上就是船东董小姐住的楼层。

董小姐，这个董小姐也很难搞，但她火力很强。

张海盐原本想先除掉船上的杀手，再劫持董小姐，让船掉头回去。他要回去救张海虾。如今看来，自己一个人除掉船上的杀手是不可能的。

张海盐想了想，势单力薄之下，只有靠脸皮厚了。

他把斯蒂文从浴缸里拖了出来，扯掉他的浴巾，将其捆在了椅子上，然后搬回到浴缸边。接着，他把何剪西揪出来。之后，他找了一盏台灯，扯掉了电线。

斯蒂文醒来的时候，发现自己被绑在椅子上，双脚在浴缸里。

电灯的电线在张海盐手里，就搭在浴缸边上，用毛巾垫着。电线的尽头缠绕着一个杯子，杯子里倒着威士忌。

浴缸边缘不是平坦的，威士忌杯子随时会滑入浴缸。

“你如果敢求救，嘴巴刚发出第一个声音，我就踢一脚浴缸。”张海盐说道。

“张先生，”斯蒂文非常淡定，“你竟然还在船上。你找到你说的匪徒了吗？”

斯蒂文从小就有一种似乎是疾病的心理状态，他极难紧张，但无论遇到任何事情，都很难让他觉得害怕或者焦虑。这让他成了非常优秀的外科大夫，也让他很难有恶习，喝酒、抽烟、种族歧视，他都不需要。

这一生他都在追求紧张感，所以他上了战场，认识了华尔纳，随他去东印度和中国西南部探险，参与中国南疆的土司暴乱，做军火买卖。

没有焦虑其实也就没有善恶、信仰和道德这些束缚，他做任何事情都如鱼得水，小小年纪，就成为华尔纳最得力的学生。

但张海盐完全不在乎。他翻动着从斯蒂文行李里找出来的护照和文件。

“我们长话短说吧，我知道你和董小姐不相信我。但我确实已经找到了匪徒，被他们追杀到这儿来。”

斯蒂文看了看自己的样子，说：“你可以把我放了，然后我们一起去查证？”

张海盐笑了：“你觉得我还会相信你吗？”说着，开始念护照和文件，“斯蒂文，美国人，兰登·华尔纳教授的学生，由美国福格博物馆资助，去中国收购古代文献和壁画，在探险队里担任队医和秘书。”张海盐翻着文件继续说道，“是船东的贵宾。”他踢了一脚一边的行李箱，箱子翻开，里面是子弹和枪，还有各种手术用品、野外装备。“你们随行保护董小姐，我看了你们的行李单，你们三十几个人，里面特殊报关了十八把机关枪，几万发子弹，似乎这个董小姐的仇人数量很多，而且火力很猛啊。一个队医，会忽然对人开枪，枪枪要人命吗？”

斯蒂文默不作声，似乎是在盘算。

“我不管你是不是医生，你们去中国也肯定有其他目的，走私也好，真的保护董小姐也好，我都没有兴趣。现在我和你说，这艘船正在极度危险当中，船上的船警不可能应付，我需要你们的帮忙。”

“我们会帮你的，至少我会帮你协商，但不是这样。”斯蒂文又看了看自己。

“斯蒂文，那个董小姐不会帮我的。”张海盐说道，“我现在只相信我自己。你要想办法，让她到你的房间来，我要亲自和她亲密地沟通。”

“叫到我的房间来？”斯蒂文忽然像听到了一个大笑话，哈哈大笑起来，“不，董小姐哪里都不会去的，她只会待在她的房间里。”

“你是她的人，你应该了解她，总有办法。”张海盐拨动了一下酒杯，酒杯滑向浴缸，同时他笑了起来。斯蒂文愣了一下，他仿佛看到了张海盐嘴巴里的寒光。

斯蒂文问道：“等一等，你该不会就是那个，海上的瘟神？”

张海盐没时间和他废话，酒杯已经贴近掉入浴缸，斯蒂文说道：“瘟神先生，我觉得你误会了。到现在为止，谁也不了解那个女人，甚至，我们都没有见过她真实的面目。没人能说动她做任何事。”

“什么意思？”

斯蒂文就和张海盐说了一个简短的故事。

斯蒂文初见董小姐的时候，正在柔佛州挖掘佛像。英国人从十年前开始，对于马六甲热带雨林的中心就很感兴趣，虽然不明白里面有什么，但是他的老师华尔纳还是争取到了资金，前来和英国人竞争。

柔佛州相对霹雳州更加贫困，挖掘的地点是一处佛寺重新修盖的旧址。挖掘地基的时候，挖出了很多地层里的佛像，都是十六世纪的，因为不知道英国人到底在找什么，华尔纳只好找一些过得去的古迹交差。

那个古庙离城镇其实有一天的路程，离边上最近的村庄也有三个小时的路程，平时除了当地的脚夫，是不会有人来到挖掘区域的。他们砍伐了雨林，做了一个小工作站，有四幢木头房子：两幢宿舍，一幢仓库，一幢办公室。

那个女人是毫无征兆地出现在黄昏的工地上的。她出现的时候，身上挂着十几只人手。

女人裹着印度纱丽，看得出身材娇小，脸也裹在纱丽里。她是从雨林中走出来的，正好路过这个古庙的遗址。

当时所有的工人都停了下来。因为瘟疫横行，女人身上挂着腐烂的人手的臭味让所有人恐惧。

那个女人看到了出土的佛像，停下了脚步。从这些佛像细节造型能够看出是汉族工匠雕刻的，应该是十六世纪来到这里的汉人的作品。女人在佛像前诵经超度。

接着，她来到工地上一处燃烧的给工人烘干身体的地方，将身上挂着的断手抛了进去。

当时是黄昏，雨林缝隙中夕阳的光线和这骇人的景象，还有那个女人妖娆玲珑的曲线，呈现出一种极大的故事感。斯蒂文拿着啤酒靠在宿舍的门上，竟然看呆了。

接着，那个女人看到了那些闻讯出来看的美国人，看到了他们身上的火枪。她就向他们走来。

降头师的传闻美国人都听过，当地人更是害怕，纷纷大叫着“降头！降头！”四散退去，美国人也都举起了枪，害怕女人身上有什么巫术。

没有想到那个女人说一口流利的英文：“我想和你们这里的负责人谈笔生意。”

华尔纳是一个非常专心的人，野心和执行力都非常深远，他埋头在自己的研究里，中途很难被说服。但那个女人用了二十分钟，就让华尔纳完全改变了自己的想法。

那个女人完全没有忌讳，说得非常明白，并且希望所有参与的人都能够知道。

她需要人护送自己回到中国。否则，她会在路上被杀。

要杀她的人，能力非常强。她需要足够的火器。也需要洋人的面孔，因为要杀她的人，会偷别人的脸靠近她，而洋人的脸，对于他们来说，偷就比较困难。

那个女人还告诉他们，她是船王的女儿，南安号是她的船，只要她到达厦门，作为报酬，她可以向华尔纳提供一些东西。

华尔纳当时正对中国有所图谋。他们商量了三个小时，华尔纳相信了那个女人，达成了交易。

于是他们用剩余的资金买了军火，抛弃了这个工地和佛像，带着这个女人，上了南安号。但到目前为止，那个女人除了在华尔纳面前，似乎没有脱下过面罩，也极少和他们交流。当然，他们仍旧听从华尔纳的命令，华尔纳希望他们只保护那个女人。因为交易只限于保护，如果那个女人有什么其他想法，还需要增加价码。所以两方的关系也很微妙。

张海盐听完，看了看自己的手，心说砍手的菩萨，什么意思？这个董小姐不一般。

“你们确定她是船东的女儿吗？”

“那你觉得我们这么多武器，是怎么上的船呢？”斯蒂文问道，“所有的船员都认识她。她安排了所有的过关手续。”

张海盐陷入沉思：“如你所说，这个女人也不是那么难以合作。她不是和你老板达成协议了吗？而且她那么执着地要回厦门，我只要告诉她船上有可能导致这个想法无法完成的意外发生，她应该会重视。”

至少会像刚上船的时候那样。

斯蒂文道：“我说了，她不会到我的房间里来。你去找她，就算你演戏，做任何的动静，她也不会给你开门。你根本见不到她，怎么和她谈合作呢？”斯蒂文顿了顿，又说道，“你需要我去帮你传话。”

斯蒂文说完，看了看一边的留言条。

船上的电话还没有普及，舱和舱之间都有一种小便条，用来传递消息。

“我可以通过四楼的岗哨，把纸条和报纸一起，塞进她的房间。这是她现在唯一和外界的沟通方式，东方人的脸，是过不去岗哨的。”

张海盐看着狡猾的斯蒂文，心说老外真藏不住事。

“她其实也不信任我们。为了防止下毒，所有的食物，都是她自己储备的。她的房间里有足够的食物。”斯蒂文继续道，“瘟神先生，我觉得你怎么验证都不可能验证我说的是真是假，你只能相信我，冒险一试，反正结果对你差不多，对吧？”

张海盐看着斯蒂文，笑了：“对不起，其实我可以验证你说的是真是假。董小姐是哪间房间？”

“444，但——”

斯蒂文还未说完，张海盐一下把他捏晕，然后用擦手布塞住他的嘴巴。

普通人是有能力把擦手布吐出来的，但张海盐很有经验，他用擦手布死死压住斯蒂文的喉咙和舌头，然后外面还用浴巾勒住，这样斯蒂文几乎只能发出蚊子般的叫声。

何剪西默默地看着眼前的这一切。

张海盐走过来，将斯蒂文的裤子丢给他，然后贴墙来到窗户边缘。

外面一片漆黑，什么都看不到。杀手不知道在何处行动。

张海盐把窗关上，关灯，用台灯电线捆住窗把手，用椅子抵住门。

何剪西刚刚穿好裤子，看到了浴巾，默默地脱掉上衣，拧干放到一边，用浴巾擦干身体，被张海盐一下捏了后脖子，直接晕了过去。张海盐扶住，将他丢到床上。

“怎么不知不觉捡了那么多东西？”张海盐看着两个人，叹气。

张海盐在台灯光下，摊开了自己的贴身包裹，里面是一套特殊的装备。

这种装备，是用来制作不同的脸的。南洋档案馆作为特务机关的核心技术，就是人皮面具。

张海盐开始仔细地丈量斯蒂文的脸。他有不同的素模，可以快速地修订。但外国人，确实会难一些。他开始慢慢地入了神。

在厦门，学习制作面具易容的基础，就是绘画。

“张海楼，你画的是什么东西？”

“干娘，这是画眉鸟，是我画给干娘的。”

“画画眉鸟做什么？”

“好看啊？”

“张海侠，你的眉毛是怎么回事？”

“张海楼给我画的。”

“干娘，画眉鸟当然要画眉，我用他的眉毛练习一下。”

“张海侠，去把眉毛洗了。”

张海侠“哦”了一声，转身去洗脸，他那干娘快速地在画眉鸟边上画了一条巨大的蛇。

张海盐问道：“这是什么？”

他的干娘说道：“这是你的本相。你要克服你的本相。”

第二十五章 月下飞天镜，云生结海楼

那天的画作让张海盐记忆犹新，画眉鸟的边上，有一条虎视眈眈的巨蛇，似乎要将其吞入腹中。

干娘阅人无数，这么说必然是有道理的。他的记忆中尚未有干娘看错的人性，但是干娘从不说明，往往只是说出一种意象。据说是因为和人说道理，永远没用。

但那图中隐含的意义，在他人生的各个阶段，都不停地闪现在他的脑海里。最深刻的一次，就是他发现张海虾站不起来的时候。

画眉鸟是张海虾吗？他时常在想，干娘是否早就看到了那一天，他的性格会伤害到身边的人，即使那个人声如名伶，展翅能飞，稍有一丝疏忽，就会死在他的手里。

张海盐如果平日里和张海虾少一些吹牛，多一些走心，也许就不会如此焦灼。张海虾毕竟比他通晓隐喻桑槐之理，他可以告诉张海盐，人经历的事情会在心中埋下东西。张海盐童年那些常人无法忍受的痛苦，演变成如今诡谲的行事逻辑，以及他见到的那些人间地狱，除了痛苦之外，还伴生了各种欲望，正在内心中引诱着他。

张海盐很久之后才会明白，终有一天要面对自己心中的那条蛇。他也很久之后才会明白，何剪西和他在一起，如同躺在蛇窟里的那种胆寒。

何剪西晕过去的时间并没有多久。但至关重要，他醒过来之后，觉得浑身瘫软酸痛，连呼吸都觉得肺部充斥着血味，三魂七魄已经归位了。

海上的日出早，似乎有了点天光。

张海盐已经完成了面具，并且戴了上去，正在窗边画画。他的速写能力很强，因为常年要做人皮面具，他必须让自己学会快速记得人的细节。

他画的画全都贴在墙上，都是各种各样的人脸。这些是他在散席舱和三等舱巡视的时候，辨认出来的猪笼草杀手。

那一眼他把能记得的特征，全画了下来。

这些就是他要给董小姐的纸条。

董小姐非常谨慎，他之前胡扯，都给了他三天，他把这些线索给到董小姐，董小姐肯定会查。而这些杀手，一个也许还能混淆视听，但两个、三个，只要查，一定会查出端倪来。

他对船上的这个千金已经十分好奇，第一次见面，就显示出不是普通人的魄力。现在他只有相信自己看人的判断。

张海虾啊张海虾，看来自己掉头回马六甲还是需要一段时间，你要靠你的聪明才智撑住啊。

窗帘拉开了一条缝隙，外面的海上微光照进来，正照到昨晚何剪西看到的鬼佬。他还没有清醒，看上去像死了一样。

何剪西努力回忆了一下经过。

私酒生意被合法化，他失去了工作，拿了遣散费，准备去三藩找自己的表弟，买了船票上了包恩号，然后摔了一跤后，去了厕所。

嗯，之后就完全无法回忆了，自己真的不应该去上那个厕所。

张海盐听到何剪西的鼻息声放轻，知道他醒了，看向他。何剪西愣了一下。

他发现张海盐转过来的脸，不是张海盐的脸，而是一张鬼佬的脸。

他又看了看鬼佬斯蒂文，斯蒂文就被绑在那里。

何剪西愣了一下，仔细盘了盘，两边的脸都看了一下，就确定了：张海盐不见了，房间里有两个鬼佬，长得一模一样。

何剪西一时间也分不清楚醒来和两个裸男泡在浴缸里，和醒来房间里有两个一模一样的鬼佬，两件事情哪件更离谱一点。但他确定了一件事情，不能闭眼，闭眼再睁眼，世界观就会再崩塌一次。

“对了，你叫什么名字？”那个在窗口的鬼佬，用流利的中文问他，声音就是之前那个瘟神的声音。

啊，大逻辑没有崩坏，这还是那个瘟神搞的鬼。

这个瘟神能够随意变成任何人的样子吗？

“我叫何剪西，何当共剪西窗烛的意思。”何剪西再次证明自己是个刚毅的人，他坐了起来，决定接受一切，正视命运。

看到何剪西看自己的脸，张海盐解释了一下：“这是魔术，别担心。我的名字叫做张海楼，你可以叫我张海盐，月下飞天镜，云生结海楼。海盐是大马人叫我的发音。”张海盐站了起来，“相识一场，相信你已经知道我是干什么的了。带你到这里来，绝非我的本意，但我确实没有选择。现在，如果你想平安下船转去旧金山的话，我需要你的协助。”

何剪西默默地看着张海盐，没有回答。他猜测张海盐根本不在乎他是否会答应，他就是发布命令，如果自己不答应，就会被丢到海里去。

果然，张海盐直接就开始布置任务：“首先，我需要你做的，就是看好这个人。这里有一把刀，如果他试图逃跑，你就从这个位置插死他，记得，一定是从这个地方直接插进去，而且要插到这个深度。我给你做了标记，只有这个深度才能插破心脏，他才会立即就死。”

斯蒂文的眼皮抖动了一下。

何剪西目瞪口呆。张海盐看着何剪西：“你要记住，如果你不杀他，他恢复了自由，一定会杀了你。我得去船上四处走走。”说着，张海盐一刀划过斯蒂文的小腿，斯蒂文立即疼得睁开眼睛，挣扎了一下。张海盐也不理他，继续对何剪西道，“还有，他早就醒了，一直在装睡。你记得一定要和他保持距离，不要跟他说话，不要让他觉得你很好玩。没准他会把你当成游戏来挑战，等恢复了自由，上了你也说不定。”

第二十六章 推理

云生结海楼，海楼是海市蜃楼的意思，张海盐之后很感谢自己的那个咸湿的别称。否则人生如海市蜃楼一般，未必如他所愿。

张海盐出门。杀手应该还没有到这一层，他还有时间。

对于何剪西能不能看住斯蒂文，他是一点信心都没有。斯蒂文是一个精明的人，何剪西肯定不是他的对手。但他相信，何剪西撑一个小时，问题不大，他有这一个小时就够了。

他抬腿就往董小姐房间走去。如果他是斯蒂文，不论是什么守卫，都应该不会拦他。

他来到了楼梯口，转头看了看，知道了斯蒂文的下半句话是什么，门牌全部被铲掉了。

真狠。

但他觉得有些好笑。他立即知道哪个是董小姐的房间，根本不用看门牌，因为门口有十几个美国守卫，端着冲锋枪坐着。都在闭目养神，一看个个都是一把好手。

他朝那十几个守卫走了过去，立即有人端起了枪，问道：“斯蒂文，回答问题，白天鹅的父亲为什么游过了密西西比就不见了？”

张海盐愣了一下，对方说道：“你必须直接回答，否则就对不起了！”说着就拉上了枪栓，“三，二，一。”

这种暗号法叫做剪径法，是古代军营的一种暗号方式。古代军营灯光并不明亮，在士兵穿着大同小异，人数众多互相不熟悉的情况下，见面都会相报密码。密码有很多种，每次都不尽相同，使得突袭的战术困难重重。

鬼佬用剪径法的可能性不大，应该是那个董小姐教的。张海盐看了看后退的距离和对方的冲锋枪。

在这种枪的火力下，他技术再好也不可能逃脱。而看对方的样子，如果自己回答不上来答案，对方会毫不犹豫地开枪。

还未想到办法，那守卫已经做出了一个开枪的假动作：“乒乒乒。”然后守卫们都笑了起来。

张海盐才意识到他们在开玩笑。

“那个女人的办法还挺唬人，斯蒂文你还对她有什么想法吗？”

张海盐不知道这个故事，只好笑了一笑：“报纸和纸条。”

“还是你的情书吗？”守卫们又大笑，“我告诉你，那个只是谣传，东方女人没有你想的那么紧。”

张海盐愣了一下。这个斯蒂文看着挺斯文，为什么这些守卫在和他讨论这些？

他只好笑着来到了他们守着的那个房间门口，将报纸和纸条从门的下面塞进去。

因为有很多画，他塞了两次。

好了，证实斯蒂文说的是没错的。刚想离开，忽然他塞的那个房门就开了。一个大块头的白人胖子就从里面走了出来，看了看地上的报纸。

“斯蒂文，你做什么？”

张海盐愣了一下，就看到守卫们哄堂大笑：“这小子害臊到连门都搞错了，华尔纳先生。”

张海盐愣了一下，冷汗开始下来了。他们守卫的那个房门，不是董小姐的房门吗？

华尔纳先生没笑，弯腰捡起了报纸和那些画。他翻了翻，脸色立即变了，说道：“这些是什么，斯蒂文不会搞错房间的。”

张海盐已经快步往下走，就听到所有人都停止了笑声，反应了一下，就听到了举枪的声音。

张海盐只能停下脚步，就听到华尔纳问道：“斯蒂文，先别走，白天鹅的父亲为什么游过了密西西比就不见了？”

完了，败露了。

张海盐只有一秒的时间，他做出了最正确的决定。用舌头下面的刀片，刮破了自己的舌头，然后用力挤压鲜血，一个咳嗽，把血和刀片一起吐了出来。

同时他一个趔趄，摔倒在地，让血顺着嘴角流出来，做抽搐状。

一群守卫愣了一下，面面相觑，好久才反应过来发生了什么，这才有人走过来。

看到吐出来的刀片，众人骇然：“这是什么手法？”华尔纳拨开众人，看了看楼梯下，脸色严肃，“把所有人都叫起来，任何人靠近我们超过十米就开枪。”

众人纷纷开始找自己的防御位置，为首的守卫扒开斯蒂文的嘴，看了看，华尔纳就让他把人搬进自己的房间。

张海盐被抱了起来，送到了华尔纳的房间，放在了沙发上。张海盐偷偷看了看四周，屋子里堆满了各种老旧的图纸。华尔纳非常狡猾，完全没有靠近他，否则他可以暴起劫持。

他用力挤压舌头，让血不停地流淌，任谁看到都觉得他伤势很重。

那华尔纳目光炯炯，点上雪茄坐到张海盐对面。为首的守卫过来检查伤口，用镊子把刀片从他嘴巴里钳出来。张海盐假装昏迷。因为只要他醒过来，就得告诉白天鹅的父亲去哪儿了。

“人死不了，可能说话得等几天。”守卫头领说。

华尔纳和守卫头领都看着张海盐，华尔纳还在翻看那张纸条。

纸条上除了人脸，还写着：这些都是你船上的强盗，一查便知我所言非虚。

“哈迪逊，是不是斯蒂文当时没有抓住的那个奇怪的人，说船上有劫船的。”华尔纳能看懂中文。为首叫做哈迪逊的头领点头：“好像那个奇怪的人就是这么说的。”

华尔纳就看着张海盐：“看样子斯蒂文是被那个人胁迫来送信的。”

“但是我从来没有见过这样的胁迫方法。”

两个人对视了一眼，华尔纳就对哈迪逊说：“那个女人说，要杀他的人，可能会变脸。你看看。”

哈迪逊吞了一口口水，来到张海盐边上，就开始撕张海盐的脸。华尔纳举起一边的机关枪，对着张海盐的脑袋。

张海盐一身冷汗，努力压住自己的惊讶。不是这鬼佬过于聪明了，而是这个鬼佬，知道世界上有人皮面具易容这种东西。

但撕脸是撕不下来的。张海盐的面具，要从锁骨开始撕起，这是他听到斯蒂文说的话之后做的决定。

哈迪逊撕了半天，没有撕下来。

华尔纳看着张海盐，忽然摸了摸自己的脸，骂道："荒谬，真的荒谬，我真的相信那个女人的鬼话，这个世界上怎么可能有人能够换脸。那个女人真的容易蛊惑人心。"

哈迪逊说道："您觉得她是在危言耸听？"

华尔纳道："黄皮骗子喜欢故弄玄虚，我们代表的是先进的一方，那些神神鬼鬼的事情大多都是障眼法。我现在只相信她可以帮我走私那些古代艺术品，不知道她到底在搞什么。"

第二十七章 三千年前的建筑

张海盐继续装死。他知道自己已经可以醒过来了，华尔纳已经打消了他不是斯蒂文的这个念头。但马上醒过来，还是会显得鸡贼。

“现在怎么处理？”哈迪逊问道，“那个女人一直希望可以和我们达成更大的交易，为什么华尔纳先生，你不答应她？据说她答应带我们去看一处三千年前的地下古建筑。这不是我们的目的吗？”

“她只答应带我们进去，我们什么都拿不出来，有什么意义？”

华尔纳抽着雪茄：“现在这个阶段，我们不能轻易答应她任何事情。我们要等她的耐心用尽，再给予我们的诚意，就容易拿到更加丰厚的条件。我们不能思考她能给什么，而是我们要什么，人生才能顺利前进。在她不能答应我们更大的要求之前，我们只负责把她活着带到厦门，绝对不多做一步。”

哈迪逊点头。

“找个医生来把斯蒂文弄醒。问问到底发生了什么。”华尔纳想了想，把报纸、纸条和速写都给了哈迪逊，“你把东西给她，看看她接下来会做什么。”

哈迪逊再点头：“华尔纳先生，你说了，这个女人是个妖怪，我总觉得她一定会做出什么来。”

华尔纳摸了摸手枪：“现在不是妖怪的时代了。”

哈迪逊写了纸条，让人去找船医。

这个是会出事的，船医已经死绝了，来的可能会是一个乔装的杀手。

语言气口刚刚好，张海盐立即呻吟了一声，做出自己苏醒的样子，喃喃道：“是那个人，那个跳进海里的人，他还在船上。”说着剧烈地咳嗽。

哈迪逊立即倒水给张海盐漱口，华尔纳问道：“到底怎么回事？”

张海盐艰难地说道：“那个说船上有强盗的人，给我吞了包东西。说如果我不按照他的说法，他施法，就可以把这包东西弄破，里面的刀片会让我肠穿肚烂，这是法术。他让我来送纸条。”

哈迪逊和华尔纳对视了一眼，哈迪逊问道：“看样子这个人确实有点问题，要不我们还是查一下吧。”

“绝对不要，免得中了那个女人的计。我们就把消息给那个女人，不管是真是假，让她有更大的压力，逼她在此和我们谈条件。”华尔纳靠在椅子上，看外面的大海。

“我可以自己去找船医吗？”张海盐这次的求生欲很幸运，华尔纳没有阻拦，放了他。

第二十八章 斯蒂文的计划

再回到房间的时候，张海盐浑身瘫软。信算是送进去了吧，现在就要看董小姐的反应了。何剪西冷冷地看着他进来，张海盐问斯蒂文："你有烟吗？"

斯蒂文看着张海盐的脸，说道："真神奇，我就知道那个女的说的都是真的。"

"有烟吗？"

斯蒂文看了看一个角落，张海盐在里面找到一包烟，点了起来。"鹅爸爸到底去哪儿了？"张海盐问斯蒂文。

斯蒂文笑道："这是一个笑话。董小姐让我们用这个方法，但我们拒绝了，当是玩笑就是这个谜题。事实上很多话只有我信她。”

“你为什么不告诉我，房间号都被挖掉了？”

斯蒂文摇头：“你太着急了，没有听我把话说完，我们需要充分沟通。”

张海盐看了看何剪西：“他没有轻举妄动吧？”何剪西摇头。张海盐就想把斯蒂文的嘴巴再堵住，斯蒂文显然是实在不想再被堵住了，立即道：“纸条你送进去了吗？”

张海盐点头，斯蒂文说道：“你现在应该继续送第二张。”

张海盐看了看窗外，开始摆弄斯蒂文的火枪和炸药。在董小姐反馈之前，杀手正在逼近。此时最好的办法，就是到第四层，到董小姐的身边去。目前看来，这些美国人分不清谁是谁，那些杀手在第四层只要有点动静，美国人就会干掉他们。

他准备牺牲掉斯蒂文，这个人抬手就想杀他，不如让他替自己掩护吧。

斯蒂文感觉到了张海盐的杀心，继续道：“追求女性，要一次一次表达自己的衷心。你不能停下来。”

张海盐抬手打后脑，第三次搞晕了斯蒂文，何剪西问道：“这样下去，他会死吗？”

张海盐说道：“他不会这么死。”刚想再说话，忽然门铃响了。

张海盐一愣，直接把斯蒂文扯到门口的盲区后面，示意何剪西躲到床帘后面去。

他反手拿住餐刀，来到门的后面，用英文问道：“是谁？”

门口的水手说道：“我是来送请柬的。”

“我不需要。”

“没有关系，您需要看一眼，签一个字。”

张海盐趴到地上，看到门缝后就一双皮鞋。

他说道：“我在洗澡，你从门缝里塞进来。”

“好，先生。”

门缝里塞进来一张纸，张海盐拿起来，水手就离开了。

听脚步声是个普通人，张海盐松了一口气。打开那张纸，是一张舞会的请帖。舞会的举办人，是董小姐。

在打开纸的时候，墨水滑了一条线，说明墨还没有干。这张请帖是刚才写的。

闭门不出的董小姐，在收到自己的信之后，立即就要举办舞会了。

张海盐笑了笑，这个董小姐上路，动作真快。他在纸条里写了董小姐回应他的方式，就是举办一个宴会，看来，他的纸条的诚意很够。

他会在宴会中和董小姐会合，寻找机会见面。

他打开斯蒂文的衣柜，开始找晚礼服。

第二十九章 莫云高

我们把视线拉回中国，来到中国南疆的北海港，北部湾通往东南亚的重要口岸之一。

这里天气非常炎热潮湿。莫云高在这里有一处很大的宅邸，是英国人当年开埠之后，这里的回商马有保的宅邸，有大庄园，满院子的棕榈树和香蕉，主体建筑有六十几个房间。

马宅已经很久没有修缮了。军阀混战之后，桂系几派势力在北海拉锯了多次，使得这里的船运停滞，船都转向厦门。洋人来得少了，能修这种宅子的修道士也来得少了。

这种欧式带天主教风格的官邸，在桂西是很稀奇的。莫云高第一次打进北海，看到这个宅子，就选这里做了司令部，到现在一直没有走过。

年代久远了之后，大宅子里很多钥匙都找不到了。管家几次在抱怨这件事情，不由得让他想起了陈西风。当年接管这里，给所有的东西归档的陈西风如果还在的话，就不会那么麻烦了。

陈西风是帮他打下北海的第一功臣，北海的防御也是陈西风做的规划。作为他的副官，陈西风还活着的时候，就帮莫云高打下了非常夯实的统治基础。

可惜，三年之前，他死在了马六甲的归船上。虽然如约，陈西风带回了自己要的东西，但回来的时候，尸体已经膨胀。

莫云高曾经认为陈西风这样的人是不会死的，所以当他看到陈西风的尸体时，很久不能相信。

那剧烈的臭味让他眼睛都睁不开。

毫无疑问，陈西风是一个非常有用的人，但是如果死了，和他手下其他蠢货死了一样，一样还是恶臭难忍。

当时那个密封罐就在陈西风的手里。据说他死死抱着这个罐子，别人无法掰开。说一定要亲手交给师座。

莫云高大概有一丝被触动。大概几秒钟，他觉得自己失去了什么，但很快，他对于那个罐子的兴趣就超过了陈西风带来的所有一切。他捂住鼻子，让人剪开陈西风的手指，把罐子掰了出来。

陈西风的尸体倒在地上，莫云高躲开流出来的体液，让人赶紧烧了。当时陈西风的亲信都问，是不是要按军礼出葬，可莫云高已经离开，再也没有过问过陈西风的事情。

尸体是在院子里被草草烧掉的。

当时连同那个罐子，还有一封陈西风的亲笔信，在罐子的底部。里面写着张海盐和南洋档案馆，马六甲部门的信息。

陈西风，是被一个叫做张海盐的人杀死的。

姓张？

不知道为什么，莫云高对于这个姓特别敏感，从而对于南洋档案馆产生了极端浓厚的兴趣。

命运是如何运转的，从这件事情上得到了巨大的体现。张海盐调皮的一段话，在有心人陈西风的记录下，传递到了莫云高这里，处处堆叠，展开波澜壮阔的画卷。

第三十章 恐惧

张海盐没有想到会那么顺利。他原以为董小姐至少要查一下，才会有反应。董小姐应该有一些信息已经知道了，才会那么快有反应。

餐厅就是舞会举办的地方，楼上的包厢，楼下的舞池，吃饭的桌子都在四周，一边还有唱歌的舞台和乐队的场地。张海盐来到舞会现场。舞会前的准备已经迅速开始了，董小姐的命令非常有效率。他看了看手表，舞会的时间从今天下午开始。海报全都贴了出来，头等舱的客人可以免费参加。

而在这个招贴最显眼的位置写着：董小姐将亲自颁发舞会的最佳着装。

董小姐。

董小姐的形象被招贴画上黑色的剪影所替代，显得尤其神秘。

张海盐从神秘中嗅出了一丝危险。之前他跟董小姐胡扯说有劫匪，这次又传纸条说有杀手，不知道会不会演变成“狼来了”，自己直接就被谨慎的董小姐干掉。张海盐暗自祈祷，董小姐的好奇心能战胜她的谨慎，给自己一个单独谈话的机会。

张海盐仔细地看了看四周环境，他意识到，这个地方并不适合接头。因为只有两个出入口。她身边全是火枪队，贸然靠近接头，如果自己处理不好，或者她有其他想法，可能她会利用这个机会抓自己，甚至直接将自己打死。

得有特别精巧的办法。张海盐是个杀手，他想这和杀人是差不多的。

这里的餐厅二楼是直接可以通往头等舱的四楼的，董小姐从房间里出来，大概一分钟内就能到达舞厅。这样路上被伏击的可能性非常小，杀手行动必须要在舞厅里。

如果自己假扮成船员或服务人员，或者其他的头等舱客人，这些身份因为四楼被华尔纳的火枪队封锁，只能从一楼舞池进来。二楼全是包厢，就像一个一个罐子，进去如果有什么意外根本出不来。

最好的机会就是她下来跳舞的时候。但这是谁都会想到的事情，且不说她会不会下来。如果她下来了，斯蒂文的身份，不知道能不能让她下舞池。

他需要一个意外，让整个舞会陷入混乱。在混乱中，来到董小姐身边，谋求单独相处的机会。

他想了想，有了一个灵感。

瘟疫。

张海盐上楼下楼走了两圈，忽然看到了一个女孩子从他身边走过，走路的样子似曾相识。他仔细看了看，意识到这个女孩就是当时的其中一个杀手。不知道为什么，他看到她走路的样子心中涌起的恐惧，竟然和马上要发生的杀机没有关系。他觉得心里的恐惧是另外一种，他想不明白的一种。

为什么他不在意那个女孩是杀手，反而会在意她走路的样子？这个突如其来的想法让张海盐十分焦虑。他看着那个女孩的背影，想上去直接架到角落里，好好研究一番，到底自己在害怕她身上什么东西。

但他还是忍住了。他离开了舞厅，回到了房间，找到了那几个毒气罐子，将里面的毒气放空，只留了一只没剩多少的，装进了手提包里。

那天下午，张海盐提前进入舞会现场，将包放在自己的座位上面。舞会已经开始了大概半个小时，音乐已经从最开始的轻逸变成了欢快和鼓舞。

上流社会的舞会他不是没有混进去过，洋人小姐们花枝招展，在各种西装革履的盛装男人之间寻找舞伴。其中有一些华人富豪，但他们极少跳舞，因为华人就算再富有，在这种场合也较难找到舞伴。

人正在陆续到齐，通往舞厅的走廊上也全是人。很多人看着海面聊天，因为到了舞会最高潮的时候，船的两边会发射烟花。环境非常复杂，他感觉到了巨大的压力。他再一次习惯性地转头，就看到身后是一个漂亮的少妇。

他报以微笑，那个少妇走了过来。张海盐点点头，两人跳起第一支舞。一边在舞池中旋转，一边张海盐不时看向二楼，那个少妇就咯咯笑了起来。

“先生，你是对那位神秘的董小姐怀有好奇吗？听说整个头等舱的男人都在议论她。”

“是啊，据说谁也没有见过这位董小姐，她的保镖也是十分尽责。这么怕见人，想必，是一个丑八怪吧。”张海盐用流利的英语和少妇说道。

少妇就笑了起来：“你们男人心里，女孩子只有美丑之分吗？”

“也许她长得十分美丽，却高傲地觉得自己的脸不能轻易示人，那也是十分让人讨厌的。”

说什么其实不重要。就在此时，宴会厅一阵骚动，张海盐的注意力一下子就被那里吸引。转头，远远看到一个美丽却冷漠的中国女子出现在二楼的楼梯口。

董小姐身穿一件缎子面礼服旗袍，肩膀罩着一件金丝镂空小坎，华丽动人。贴身的裙子显示出她的好身材，裙摆下一双小腿笔直修长。她神色冷艳中带着威严，冷漠地扫过整个宴会厅，气场强大，一时间很多人往上注目。

第三十一章 董小姐

张海盐随着董小姐的视线扫视人群。他之前在三等舱辨认出来的杀手，好几个都在舞厅内，有侍应生，有乐师。

如果用自己的脸进来，此时估计已经被盯上了。他不动声色，看着董小姐走下楼来，向下面的人点头示意。

火枪队已经全部来到了二楼的栏杆处。能看到火枪队的人都将手插在口袋里，对着楼下，这些应该都是枪法最好的火枪手。这个董小姐对于自己的安危，真的看得很重。

张海盐抬头看的时候，火枪队的人认识他，和他打了招呼，他也回礼表示礼貌。

“董小姐是船东的女儿，这一次正好在船上。董家是厦门首富了，和各种元首都有关系，革命军和清廷都要给几分面子。”有人议论。

张海盐的女伴有些吃醋：“你看，不是丑八怪吧。好看的姑娘，你们男人总是一个表情。”

张海盐礼貌地松手，说：“我只是被这个董小姐的阵仗惊呆了，不好意思。如果惹你不高兴了，我向你道歉。但现在我要服侍我的老师了。”

“老师！”张海盐上前恭敬地叫华尔纳。

“斯蒂文，你……？”华尔纳看了一眼董小姐，随即闭嘴，眼神在张海盐的腹部停顿了一下。张海盐心照不宣地点点头。

华尔纳说道：“和我一起入席吧。我们赶紧吃完， 然后马上下来陪女士们开心。”

张海盐点头，这是晚餐加舞会，两人礼貌地和一楼所有人打过招呼，就上到了二楼。

张海盐看了看二楼，火枪队成员完全没有松懈。一楼和楼梯都在火枪的射程内，不能动手，只能乖乖地跟着，上到了二楼的其中一个包厢内。

董小姐和华尔纳坐了下来。包厢的门没有关，里面摆放着一些精致的前餐。华尔纳问道：“听说有舞会专用的酒，给我们每人一杯。”斯蒂文看了看四周没有侍从，就知道华尔纳是和自己说。

他心中暗骂，站了起来，原来让他入席是为了做服务的。来到包厢的酒柜边上，里面有一瓶已经醒好的红酒。还有一个盒子。张海盐有些纳闷，看了华尔纳一眼，华尔纳使了一个眼色。

张海盐就把盒子和酒都拿了过来。

“董小姐，我上次提的事情，你考虑得怎么样了？”华尔纳一边围上餐巾，一边问道。

“我说了，我们上船时候的交易，就是最终的版本。你的额外要求，我满足不了。”董小姐点上一根烟，看了看斯蒂文，有点轻蔑。

张海盐则还在看守在门外的两个火枪手。门没有关，他可以直接放倒华尔纳，劫持董小姐。但他知道，枪法好的人，就算他劫持了董小姐，这么近的距离还是可以直接打中他。

他又不想真的取董小姐性命，只是希望她帮助自己对抗那些杀手。

得想个办法关上门。

“不是额外要求，是追加交易。”华尔纳打开那个盒子，里面是一块翡翠，“我知道钱对于你们家已经没有什么用处了。这是一块在中亚发现的翡翠，应该是当时阿拉伯人从缅甸经中国进口的，我知道你们家一直在收藏这种东西。你的父亲一定会喜欢的，这是这种品类的石头里最难获得的一件了，我希望可以用它敲开我们合作的大门。”

张海盐听着，觉得老外真直接，吃饭菜还没上呢，就直接切入正题了。

董小姐看着华尔纳：“确实非常名贵，但用这个换走私通道，是让我们家用人头换一块石头。我觉得我父亲可能很难同意，而且我还没有到厦门，我们的第一个交易，还没有完成呢，何必着急？”

华尔纳道：“到了厦门，恐怕一块石头就不够了。我的意思是，你现在收下这块石头，拍电报给你父亲。你到厦门之前，给我们开放走私通道。你到了厦门，通道收回。我只需要这么点时间。”

董小姐笑了：“感觉你这是用我威胁我父亲。”

华尔纳摇头：“是生意，董小姐，是生意。船是你的，只不过，船上火力最强的是我，而且，是你批准我们上船的。匹夫畏国，菩萨畏因。你不想想，是什么让你那么害怕，要我来保护？”

董小姐似乎被华尔纳的话触动了一下，想了想，问道：“华尔纳先生，你说了你的人都是杀人不眨眼的魔鬼对吧。”

华尔纳点头：“是，是听我命令的，杀人不眨眼的魔头。对吧？斯蒂文。”

张海盐点头。

张海盐给两个人倒上酒，也给自己倒了一点，就偷偷往门口靠去，准备去关门。华尔纳看着董小姐：“你已经拖延了很久了，今天你要给我这个答复，否则，我们都可能会在今天受到惊吓。”

董小姐笑了：“你必然是会受到惊吓的。”又对着门关了一半的张海盐用中文说道：“这位假脸先生，就算你把这扇门关上，你想做的事情也不可能成功。”

张海盐愣了一下，但是手完全没有停下来，还是想把门继续合拢。华尔纳还没有反应过来，董小姐忽然直接单手撑桌，一个横飞，一脚踢中了桌上的盒子。门没关成功，盒子飞了出去，直接越过栏杆，飞下二楼。

张海盐没有想到这个董小姐那么剽悍，刚转身，董小姐又一个飞腿，张海盐开门一个后空翻就翻了出去。董小姐的动作丝毫不比他慢，接着就跟了出来，火枪队的人还没明白发生了什么事，董小姐已经来到了张海盐的面前。

张海盐心说这也太横了，这哪里是船王的女儿，这简直就是他自己会教出来的女儿，立即用中文道：“我是来谈生意的，我递的纸条。”

董小姐丝毫不理，直接就抠他的眼睛。张海盐见状，立即一个翻身，从二楼跃下一楼。还没落地，董小姐几乎贴着他也跃了下来。

“你肯定不是富二代。”张海盐在心里说，“船王都流行把女儿送少林寺吗？”一落地，张海盐就势一个打滚。下面的舞池乱成一团，张海盐一个抬头的机会，看到了头顶的吊灯，再次躲过董小姐的一记抠眼，这一下已经非常接近了。他勉力抬头打出一枚刀片，直接打断了吊灯的电线。

吊灯没有落下来，但电线火星四射，灯立即熄灭。整个舞池一暗，众人抱头鼠窜。

张海盐翻到一个角落，立即脱掉外衣，又把脸上的面具一撕，随手就往舞池中间丢去。几乎是同时，舞池的日常灯亮了。这个灯非常亮，所有人都犹如初醒一样。张海盐看到董小姐没有再追过来，然后就拿着那个翡翠盒子躲到了角落里。

华尔纳追了下来，看着董小姐："斯蒂文怎么了？我的翡翠呢？"

"你的翡翠被斯蒂文抢走了。"

"斯蒂文怎么回事？刚才好像猴子一样。"火枪手们在后面议论。

华尔纳有些气恼地说："董小姐，我在你船上丢了东西，你得负责啊。"

董小姐点上一根烟："不对吧，抢你东西的，不是你的人吗？"

华尔纳为之气结，一下掏出手枪，对准董小姐："你他妈的设计我对吧？刚才那个根本不是斯蒂文！斯蒂文要是能从这里跳下来还能跑，我就给你舔脚！"

董小姐冷眼看他，只往前走了一步，华尔纳手里的手枪就不见了。他愣了一下，董小姐已经把枪塞进了他的枪套里。

"他的目的既然是翡翠，船没有靠岸之前，翡翠自然是在船上，你担心什么？"董小姐说道，"从现在开始搜查，向所有人通报这个消息，所有乘客留在自己的房间里，等待华尔纳先生的检查。"

张海盐躲在角落里，看着董小姐，心生疑惑：这个女人到底要干什么？

第三十二章 失控

张海盐的疑问很快就得到了解答。这艘船上有八百多人，如果平均每四个人一个房间，就有二百多个房间。船长在遇到突发事件的时候，有权进行船禁，要求所有乘客待在船舱里，以便控制事态。

船上开始不停地广播。张海盐隐约意识到，这件事情非常麻烦。

众人纷纷往自己的房间赶。张海盐混在人群中往外走，就看到华尔纳比画着，指挥哈迪逊往头等舱查看。

这是要去斯蒂文的房间查看，何剪西和斯蒂文就在里面。船禁期间，只要是不在房间里的人，不管是否有嫌疑，都会被抓，甚至被当场枪决。所有人都必须要有一个合法的房间待着，他现在就算立即把何剪西和斯蒂文带回自己的房间，华尔纳也一定会来查房。

现在能做的就是把斯蒂文直接拧断脖子，丢到海里去，而何剪西立即回到三等舱，否则他们都会遭殃。

但华尔纳他们的动作很快，张海盐不敢跑起来，怕引起怀疑。可能没有办法做得那么天衣无缝。

何剪西啊何剪西，如果是张海虾一定会立即反应过来，但何剪西却没法指望。

顺着人群，张海盐和一个杀手擦肩而过。那个杀手看着他，他也看着那个杀手，两个人都没有出手。来到走廊上，张海盐忽然意识到了什么。

回头张海盐就看到董小姐亲自带着火枪队从舞厅走了出来，手里提着一杆冲锋枪，正在拉枪栓。华尔纳跟在她身后："如果董小姐不把我的东西找回来，我们可能就不去厦门了。董小姐，你的父亲得付出更多的东西才能让船靠岸。"

"你用埃及博物馆的藏品来和我做交易，真是空手套白狼。埃及博物馆知道你的套路吗？"

"用一件中亚的国宝换取你们中国的十件国宝的走私权，当然是一笔合适的买卖，但丢了就不合适了。"

"你就再去不了中亚了。你在美国都会受到通缉，学术地位也会失去。"董小姐说道，"如此说来，你如果没有这块翡翠，你就完蛋了。"

"是我们就完蛋了，董小姐。"

董小姐从衣服里拿出了一张纸条，就是张海盐给她的那张纸条，看了看："那就好，我们的命运是一致的，华尔纳先生，请你把你的火枪队的指挥权交给我。今天晚上，我帮你把翡翠找回来，之后我们的交易，另说。"

华尔纳看了看身后的人，点头。董小姐就对华尔纳身后的火枪队说道："先生们，没有任何规矩，我要杀的人，无论是小孩大人，还是老人女人，我只要说杀，立即开枪，否则我无法保证你们的安全。”

众人面面相觑。董小姐说完急速往前走。张海盐镇定了一下，点上了一根烟，然后看到四周的人群中，所有的杀手都看着自己，但都不敢发难。

这正是有意思的情况，张海盐确定了，首先，这个董小姐在今晚之前，其实是一个被软禁的状态，但是因为自己的行动，让她得到了这支火枪队的控制权；其次，董小姐知道船上发生的很多事情；第三，不管自己是想和董小姐合作，还是想劫持她控制这艘船，他都是善意的，并没有伤害对方，但董小姐不是。对于董小姐来说，她认为船上可能要杀她的人，和他张海盐，今晚她全都要除掉。

无可厚非，这没什么错。如果他是她，思维方式应该也是相同的。

虽然不知道董小姐为什么会觉得船上有人要杀她，但她利用火枪队的强势火力和杀手的弱点下的这一步棋非常冒险和高明。

杀手们如果集合起来，和火枪队在甲板上对冲，会直接一个不剩地被扫死。

所以，火枪队上船之后就没有分开过，一直是固定地集中火力优势，到现在这一群人仍旧都在一起。

这样，慢慢消耗火枪队的办法就没有办法实施。

既然不能硬拼，杀手们现在有两个选择。一个是留在外面，然后船禁被抓，如果反抗的话就地射死。一个是回到自己的房间，被这艘船无数的房间分割成两个人、三个人的区域，对于几十支冲锋枪的火力来说，这基本上是等着董小姐一个房间一个房间来拿人。

只要她知道哪些是杀手。

她是知道的，他都告诉她了。

张海盐心里非常矛盾，一是他想劫持董小姐，然后利用董小姐的能力去对付那些杀手的计划。人家早就执行了，而且想得比自己周到。况且以董小姐的武力值，杀手们想要掐头反杀也十分困难，他们这一次肯定会被端掉。

二是，他自己也被看作杀手了。从他们走的方向算，可能第一个被端掉的就是自己。

张海盐冲回到自己房间，已经想好了大概的办法。斯蒂文，首先必须要处理掉斯蒂文。他不想杀他，那他们三个人又要去乘风破浪，在船下挂几个小时了。

“表弟，收拾一下，我们得跳海。”张海盐走进房间，就发现斯蒂文和何剪西都不见了。

他愣了一下，发现捆着斯蒂文的电线是被刀割开的。

他回忆了一下出来的时候，何剪西都没有怎么说话，斯蒂文一直在滔滔不绝，当时他不觉得有问题，现在仔细一想……

何剪西这个傻瓜，该不是被斯蒂文忽悠，把他放了吧？

张海盐忽然有一种武大郎的感觉，这两个奸夫淫妇。正想着，就听到了何剪西的喊冤声从阳台传进来。他来到窗边，探头去看，就看到斯蒂文和何剪西，两个人都被打翻在地，华尔纳在撕斯蒂文的脸。而一边的哈迪逊，直接拔枪，抵住了何剪西的后脑。

第三十三章 大开杀戒

对于南安号那天晚上发生的所有事情，后来南洋档案馆中的档案是这么记录的。

董小姐带着华尔纳的火枪队，一共进行了十四场火并，零星的火并暂时不表，最大的一场，是在通铺舱。

通铺舱就是货舱改成客舱的区域，很多人挤在一个客舱里，里面有小商贩，打着地铺。

即使是南安号也允许有这么一个货舱，用来扩大运输人数。

杀手们最开始并不知道，董小姐手里有他们的资料，张海盐提供的资料也未必是周全的，但当董小姐抓小鸡一样在人群中抓出一个又一个杀手，让他们面对着墙跪下的时候，这些人意识到了问题。

很多时候，人只要赢了百分之五十，后面的百分之五十就会易如反掌，南安号当天晚上就是这样。剩下的杀手以为董小姐手里有全部的名单，为了自保，他们孤注一掷，冲向了董小姐，希望可以控制住人质。

事实上，当时的情况，董小姐看似冒险，但赢面非常大。如果有人把舞会上董小姐的表现及时通知给所有人，那么，这些冲向董小姐以为可以瞬间得手的人，就不会显得那么惊讶。

董小姐仅仅是往后退了几步，那几个可怜的人连董小姐的衣襟都没有抓着。董小姐直接抓住第一个人的手腕，扭转，挡住后面射来的暗器。而此时，火枪队举起了冲锋枪，跟着冲过来的四个杀手瞬间被打成马蜂窝，血雾如莲花一样绽放。

剩下的杀手顺手抓起边上的妇孺，想以妇孺为人质。但他们太低估了华尔纳火枪手的素质，这些在西进政策和印第安人战争中所训练出来的火枪手，他们以短距离射击的速度和精度，从人质的肩膀、腋窝、肋侧找到空隙，毫无阻碍地枪杀了这些杀手。

在整个过程中，有没有误杀和误伤的事件发生，南洋档案馆中的档案里没有记载。从结果上看，天亮之后，整个船上被击毙的杀手有三十四名。

有七名杀手跳海逃生。有一艘救生艇不知所终。

只有一个杀手被俘虏，这个杀手的名字叫做何剪西。事后审讯确定为被人胁迫，得以无罪释放。火枪手这一边共死亡五人。

从到达马六甲开始，瘟疫传播，船上总共有十九名乘客失踪，死了三十四名杀手、五名火枪手，有七名杀手跳海逃生，这在当时为特大海上犯罪案件。报纸号外报道，整个南方都惊叹咋舌。顺带一提，张海盐在失踪人员的名单里，没有在击毙名单里。

那么张海盐去了哪儿呢？为什么何剪西没有死呢？

当时，董小姐看着何剪西，斯蒂文在边上把所有的经过简单说了一遍。

华尔纳用挑战意味的眼神看着董小姐，他想知道这个女人是否是虚张声势。但董小姐没有任何犹豫。

“杀了。”董小姐说完，就继续带队前进。何剪西惊恐地看着哈迪逊掏出手枪，哈迪逊说：“转过头去，不要看开枪的人。”

这时候，斯蒂文按住哈迪逊的手：“留几个活的，万一是这个女的监守自盗、杀人灭口呢？”

此时张海盐已经从阳台出来，爬到了走廊上方的管道处。只要哈迪逊开枪，他就直接射出刀片，然后拽着何剪西跳海。

但哈迪逊想了想，把枪收了回来，让斯蒂文把何剪西绑下去，自己跟着董小姐继续往前。

张海盐松了口气，偷偷顺着管道，跟着绑何剪西的几个人，到了一个没人的角落。他一下射掉吊灯，从上头拽住何剪西的脖子，扯到了管道上。

两个人一路狂奔，逃到了一处管舱内，就听到了枪声。董小姐不是开玩笑，已经开始大开杀戒。张海盐想到自己心情不好就想杀人的状态，忽然明白自己还是纯良的，这个女人才是行动力的表率。

“表弟，你出卖我。”张海盐说，“你这个潘金莲，我白疼你了。”

“他突发心脏病，我怕他死了，没有想到他是装的。”何剪西急道，仍旧心有余悸。他见过老板自杀的脑浆，想到刚才斯蒂文的脑浆就要涂地，顿时浑身起鸡皮疙瘩。

“现在全船都在搜捕你，你能不能听听我的话？”

“明明是——搜捕你吧？”何剪西怒道，“我只是你雇来抓苍蝇的。”

张海盐在心里快速盘算。在封闭的船上，以董小姐的惯例，自己是逃不掉了。这个时候，他看到了远处甲板上的救生艇。

茫茫大海，他当然不会想着靠救生艇去厦门，而且，现在张瑞朴的算盘自己已经一清二楚。他必须用最快的时间赶回到霹雳州，查清张海虾的安危，为此他也顾不上太多了，不由得心生一计。

第三十四章 苹果骗局

张海琪在桌子上放了七个苹果，张海虾和张海盐坐在桌子的对面。

张海琪穿得很少。夏天的厦门非常炎热，如果不是张海盐和张海虾已经进入青春期了，张海盐认为他干娘肯定会脱光的。

是的，他记得小时候干娘的样子。

张海琪吃着第八个苹果，说话非常含糊，脸是红的，似乎是喝了不少酒。她对他们两个说道：“我只做了一个人的饭，现在我问你们一个问题，谁先答出来，谁先吃饭。”说完打了个嗝。

有鸡汤味，张海盐心里门清。他看了看一边的桌子上，所谓的饭，是一个面饼、一个煎蛋。

他和张海虾对视了一眼，张海琪就发火了，直接把苹果丢到张海盐的脸上："两个大男人不要眉来眼去的！"

张海盐立即坐正。张海琪道："好，这一桌子苹果是我的，你们要把苹果从这个房间里偷出去，但你们必须想办法让我不怀疑你们。你们各想办法，不能合谋。"

张海盐"嗯"了一声，他连问题都没有听懂。

他条件反射地想看张海虾，但是想到刚才被揍，立即把脖子绷住了。

张海琪看着他，点上一支烟："我再说一遍，这一桌子苹果是我的，你们要把苹果从这个房间里偷出去，但你们必须想办法让我不怀疑你们。你们各想办法，不能合谋。"

张海盐这次听懂了。他仔细思考，他脑子转得很快，突然灵光一闪，他思考到了一个方向。

他正准备顺着这个想法想下去，张海虾就在边上默默地说道："我会把六个苹果都给张海盐，让他先跑，我在这里拿最后一个。你回来之后，我会告诉你，七个苹果都被张海盐拿走了。"

张海琪看着张海虾。

"对于张海盐来说，他拿走的无论是六个还是七个，你已经足够生气了。他也无心和你强调到底是几个，因为他挨揍是必然的。"张海虾继续道。

张海盐转头看张海虾："你这个禽兽，你竟然会想出这种办法，我刚才想的还是赖在隔壁二狗家的孩子身上。"

张海琪示意张海虾去吃饭，然后对着张海盐说："你饿肚子的时候，好好考虑这个问题。以后遇到需要脱身的时候，你应该知道如何让自己可以成功脱罪。"

张海盐看着张海虾吃面饼，捂了捂肚子，张海琪就上楼去了。张海琪前脚刚上楼，张海虾后脚立即把面饼撕了一半，丢给张海盐。

如今的情况是一样的。船上的尸体和船员都是固定的，如果自己既不在尸体里，也不在船员里，就一定在船上。他需要一艘救生艇落入海里，让所有人看到，认为有杀手逃离了船。这样，他才能继续混在船上，到达厦门，然后以最快的速度回到马六甲。

但空的救生艇是没有用的，也就是说，现在这种情况下，他不是要帮董小姐，而是得帮一到两个杀手逃跑。

得迎难而上啊，他看着何剪西："你坚持二十分钟行吗？躲二十分钟。"

"你又要干什么？"

"我没空和你解释。你到救生艇里去先躲一下，咱们两个都得在那个疯女人手下活下来。"张海盐把他塞进救生艇里，然后就顺着枪声摸过去。

枪声是从货舱那边传过来的。他摸到附近，远远听到有火枪手跑过去，有火枪手倒在地上。显然这些杀手开始反抗了，其中一个道："有三个人退进货舱了，我们堵在门口。他们有暗器，董小姐不让我们进去，自己进去了。"

在黑暗的地方对于集群火力不利，容易被人打游击分块吃掉。这个董小姐也是胆子大的，应该是认为自己一对三没有问题。一个人在黑暗中比三个人更隐蔽，这是对于自己的潜行能力非常有自信。

少林寺也不教这个，这个董小姐不知道是从哪里来的。

张海盐一路在管道上犹如壁虎一样攀爬，然后爬到了货舱附近。门口全是火枪队的人，几乎是阵地战，枪全部对着门内，都是冲锋枪。

这是绝对冲不出来的，当然也冲不进去。张海盐四处看了看，就看到有另外一个人也躲在同样的管道上，两个人面面相觑。

那个杀手愣了一下，场面非常尴尬。几乎就是瞬间，那个杀手就动手了，他抬手从袖子里射出一根钉子来。张海盐偏头躲开，钉子撞在金属墙壁上发出声音，火枪队的人马上回头看。

张海盐做了一个手势，让他别发出声音，然后用唇语说：“肉搏吧，哥们。”那个杀手也如壁虎一样顺了过来，和张海盐在狭小的空间里开始互相抓对方的咽喉。

抓了几下，两个人都退开了。张海盐做了一个暂停的动作，用唇语说道：“哥们，你如果抓住我，我肯定大叫，我们一起被火枪队的人打死。如果我抓住你，你肯定大叫，我们还是一起被火枪队的人打死，没必要啊。现在我们要一起合作啊。”

唇语太复杂，对方蒙了，一直在皱眉。张海盐忽然吐出刀片，刀片直接打进对方的咽喉，力道正好，从后脖子出来三分之一，没有射穿，对方瞬间死亡。张海盐上前一下接住滴下的血，正好下面有火枪队的人走过。他脱掉对方的衬衫，包住脖子让血被衣服吸收。

第三十五章 白珠

何剪西躲在救生艇里。这个地方非常冷，他浑身打着摆子缩在角落里。

他本来是一个私酒庄的账房，每天看人眼色收账，然后老板忽然自杀了，自己回三藩，先是在驳船上被抢劫，又被人在远海丢下船，在一个岛也没有的大洋上漂了半天，爬到一艘铁皮轮上成了偷渡客，十分钟之后目击重大杀人案，又成为绑架犯。

自己一生谨慎做人，除了在私酒生意上有一些瑕疵之外，做事坦坦荡荡，结果在三四天的时间里已经身负多条重罪。他自问再耿直，也没信心能够解释清楚。

他已经没有想象力能想象出这样的情况会以什么方式结局。一开始他还能怪罪张海盐，如今他在恍惚的时候，也想明白了。这种规模的变故，恐怕只能怪自己的八字不好吧。

还会发生什么呢？他会被乱枪打死吗？他想起了自己的老板，在这个世界上，死去并不稀奇吧。又或者他可以脱身，就当作这是一场梦一样。

就在这个时候，他忽然听到外面有声音，他偷偷地揭开一条帆布的缝隙——救生艇是帆布盖着的——就看到斯蒂文带人拖着一个女人。

这个女人，身上已经中枪了，但是还没有死，被人用皮带绑着。

他认得这个女人。这个女人就是他和张海盐爬上船之后，攻击张海盐的两个女人之一。他记得，当时这两个女人一个长发，一个短发，这个是短发的，应该是叫做白珠。

白珠非常痛苦，咬着牙。斯蒂文用枪对着她的头，一直在看四周。看四周没有人，斯蒂文就深吸一口气，对白珠说道："你是我杀的第一个东方女人，希望我们都印象深刻。"说着，把白珠的上半身往何剪西的救生艇上一架，就开始做准备工作。

白珠的身材非常好，能看得出是水性极佳的姑娘，腿很长。斯蒂文故意划开她的伤口。

白珠咬着牙，疼得满头冷汗。何剪西也不知道这个女人是否还有力气感知接下来要发生的事情，就听到白珠说道："先杀了我。"

"我听说当时印第安女人也会说这样的话。"斯蒂文喘着气，非常兴奋，"我的叔叔告诉我，不可以先割掉头皮，必须先慢慢地放血，否则很快会有苍蝇。"他往白珠的腿上划了一刀，血开始顺着船舷往下流，斯蒂文把白珠的上半身塞进了救生艇里。

白珠被塞了进来，看到了里面的何剪西。何剪西看着她，不知道怎么办。斯蒂文体会到了将人凌迟的快感，他在手上抹了抹口水，又看了看四周，把枪放到了救生艇的船沿上。从何剪西的位置，正好抬手就能拿到这把枪。

白珠并不知道何剪西是谁，但她没有叫出来。她看着何剪西，对他道：

“杀了我。”

何剪西想起张海盐曾经说的话，一瞬间竟然觉得白珠的要求是合理的，可是……

斯蒂文在外面说道：“我会在你最惧怕的瞬间，在你的后脑上打一枪，据说这样你会死得很痛苦。”

何剪西看着白珠的脸。好漂亮的女人啊，虽然她杀人不眨眼，但现在，她和自己捡到的其他在马六甲受欺负的女人没有任何区别。

“杀了我。”白珠的泪水在眼眶中打转。何剪西忽然下定了决心，直接抓住斯蒂文的枪，翻开帆布，对准了斯蒂文。

斯蒂文刚要开始第一步，一下被忽然翻起的何剪西吓了一跳，他一个踉跄，几乎摔倒。何剪西说：“每个人都有权利受到审判。”斯蒂文立即转身拉开距离，单手已经握住了腰带上的匕首。

几乎是瞬间，斯蒂文看到白光一闪。白珠修长的双腿直接翻起，一把夹住了他的脖子，猛地一扭，嘎嘣一声，斯蒂文的脖子被扭断。白珠用力一翻，斯蒂文直接被甩出船舷，甩进海里。

白珠摔倒在地，痛苦地蜷缩起来，但还是咬牙看着何剪西。何剪西举着枪，对着斯蒂文，发现斯蒂文死了，立即又对着白珠。

白珠咬牙想起来，因为腿上受了伤，刚才的动作又拉扯了伤口，所以努力了几次，却以失败告终。何剪西呆了，他小心翼翼地走出救生艇，发现白珠的上衣已经被血染透了，但血已经不流了。

“要去货舱，我们已经准备好了，要杀掉那个女人，我们能赢。”白珠意识不清晰，看着何剪西，不知道误认为他是谁了，断断续续地说道，“不能让别人知道我们，船上的人都要死。”

何剪西看了看手里的枪，要他杀人是万万不可能的。但躺在这里，迟早会被火枪队的人看到，这个女人要么被杀死，要么被强奸，不可能有被审讯的机会。

不知道为什么，何剪西不希望她死。也许是涉世未深，对于好看的女人，他有一种莫名的好感。

瘟神呢？那个瘟神，那个瘟神看上去是一个能够商量的人。何剪西把手枪插入自己的后兜，然后帮白珠穿上裤子，放进救生艇里。然后他从口袋里掏出张海盐给他的烈酒，里边还有些，他将酒倒在白珠的伤口上，但她已经完全没有反应了。

找瘟神，瘟神是要顺着枪声去找的，何剪西顺着枪声走了过去。

他走到走廊的时候，正好是张海盐干掉那个杀手的瞬间。

火枪手走了过去，没有发现管道上有人。张海盐松了口气，那个杀手怒目圆睁地看着他。张海盐摇头心说，你这种时候还被人驴，也该命短。

忽然他就发现不对。下面走过的不是火枪手，是何剪西。

臭小子正晃晃悠悠地摸着墙往前探，他再走几步就会到货舱口，被火枪手打成筛子。

张海盐立即从管道上挂下去，一下抓住何剪西的脖子把他扯了上来。

何剪西吓了一跳，刚想大叫，就看到是张海盐。

张海盐骂道："你就不能听话一次吗？"

"出事了。"何剪西说道，"我躲在救生艇里。那个叫白珠的，被抓住了，斯蒂文要虐杀她。我本来要阻止斯蒂文的，还没来得及，白珠就杀死了斯蒂文。然后她意识模糊，失去知觉了。我把她拉到救生艇上，我想如果和她躲在一起，我怕她醒来杀了我。如果我把她丢在甲板上，我又怕有人来强奸她。所以我，我不知道怎么办，就来找你了。"

"丢海里啊。"张海盐说道，白珠这种女人，身上背负的血债太多，死不足惜的。

"我杀不了人。"何剪西说道。张海盐叹气，他也从来不指望何剪西能杀人。何剪西看到前面的火枪队，问："他们在干什么？你别看了，快回去看看怎么办。"

“这是货舱，董小姐在里面，杀手逃进去了。我想想办法搞几具尸体放到救生艇上，你做得不错，如果白珠在里面躺尸了，我可以少弄一具。”张海盐说道，指了指一边的尸体。何剪西已经见怪不怪了，此时他灵光一闪：“等一下，货舱？”

货舱是个陷阱。何剪西想这么说，但他话要出口的时候，忽然闻到了一股奇怪的味道。何剪西舌头一秃噜，脱口而出：“有煳味。”

“什么？”

何剪西就看向张海盐的头顶，说道：“那里面有什么东西烧煳了？”

张海盐回头看了一下，发现自己趴的地方的上头，那地方有一个铁皮盖子。此时，他也闻到了一点味道，于是直接掰开那个盖子，里面正好是电线箱，有一串冒着火星的陶罐挂在上面。

这是一串老式的手榴弹，有六七个，军阀混战的时候用来攻碉楼的。

张海盐愣了一下，意识到刚才那个杀手不是在这里趴着躲人，是在炸电线箱。

我操，他意识到的时候，火星几乎烧完了，张海盐抱着何剪西和尸体翻身下来，立即后背压住何剪西，然后抬起尸体挡住自己。第一个陶罐就炸了。

尸体正面被炸成了马蜂窝，一边的火枪手立即被惊动了。张海盐爬起来，正看到火枪手过来，他也管不了那么多，背起何剪西朝火枪手冲去，同时火枪手抬枪，第二个陶罐也炸了。

巨大的爆炸从后面冲出来。张海盐抱住何剪西，在地上打滚。火枪手开枪了，但同时，这一层船舱所有的灯，全部灭了。

雨点一样的子弹在黑暗中拉出曳光，到处是火星。接着，陶罐连续爆炸。火枪手立即卧倒，炸了六下才炸完。所有这一层的电路全部被炸烂了，火枪手爬起来。风灯全部点起来，就看到他们射击的地方，全是尸体的碎片。

“刚才好像是两个人，怎么就这么点？”一个火枪手惊讶地问。

而此时，张海盐已经背着何剪西冲进了仓库里。

仓库里一片漆黑，唯一的光线是从门口和侧窗皮球一样大的窗户里射进来地。

他背着何剪西直接翻到两件货物中间的缝隙，死死捂住何剪西的嘴巴，躲了进去，之后才感觉到自己的背上火辣辣的疼。

肯定被刚才的陶罐炸伤了。和他想的不一样，董小姐的反击没有让这些杀手乱了阵脚，他们还在抵抗。

他十分用力，何剪西几乎要被闷死了，轻轻拍了拍他的手，他这才松手。他发现何剪西喘着气，惊魂未定，但已经不如之前那么害怕了。

这小子应该习惯了。

他抓住何剪西的手，在他手上写了一行字：别发出声音，有杀手。

何剪西点头。

他仔细听了一下，仓库中一片寂静，董小姐的声音也听不见，杀手们的声音也听不见，这种黑暗就算在他对面他都看不见。如果再听不见声音的话，说明两方势力都在隐藏。

炸电线箱是有计划的。张海盐明白，如果炸电线箱是有计划的，那么把仓库搞得黑暗也是设计好的，也就是说，这些杀手本来打算在仓库里解决战斗。如果不是董小姐一个人进来，而是火枪手全部进来的话，这一把他们已经翻盘了。黑暗中太适合伏击了。

但现在非常尴尬，因为只进来一个内行的董小姐，董小姐不动，杀手们就不知道董小姐在哪里。杀手们也不会动，所以董小姐也不知道他们在哪儿。

都是老狐狸，张海盐更尴尬。本来想找几具尸体的，现在不仅被炸伤了，还困在决赛圈里。

他背后的血都开始滴落到腰部，然后顺着腰线往臀部渗透。张海盐用尽全身的力气，让自己的耳朵发挥到极限。

船在晃动，货物被固定住，随着船的摆动，木箱子被各种拉扯，发出轻微的木头摩擦声。

这些人放轻了自己的呼吸，减缓了自己的心跳，把自己的声音隐藏在木头摩擦声中。

过了四五分钟，因为安静，张海盐感觉好像已经过了十几分钟了。

张海盐尝试着动了一下，动作非常非常慢。他慢慢地往上移动，想到所有货物的上方去。他往上爬过了两只货物箱，忽然，他的手摸到了，自己躲的地方的货物上面挂着一个东西。

他几乎是本能地停住手，然后极轻地摸了一下。

是头发。他屏住呼吸，没有听到心跳声，正在纳闷怎么会有头发，就感觉到有东西滴在自己的手上。

他不用摸就知道，是血。

他伸手去摸，结果摸到一具还有余温的尸体，是一个男人，已经死了。

下巴被撕掉了，董小姐是一个人进来的，那么这是杀手。

真厉害。已经干掉一个了。

张海盐擦了擦手上的血，刚想继续往前，忽然何剪西拉住了他，在他手心里写了一句：左边，有气味，男人。

张海盐看向左边，左边一片漆黑。

何剪西继续在他手上写字：货舱里起码有十几个人。

张海盐回了一个问号。

何剪西又继续写：很多味道。

第三十六章 再见

张海盐缩回到原来的缝隙处。

他平缓呼吸，脱掉了一身军装，只穿着短裤。因为衣服都被血浸透了。

陶片的碎片打进肉里，一时半会儿抠不出来。他动了一下，非常疼，但不影响行动。

他相信何剪西的话。事到如今，他觉得何剪西虽然各种惹麻烦，但这个人的运气，实在太好了。他开始怀疑何剪西是老天派来的行路菩萨，等事情解决会化作一缕青烟，哈哈大笑而去。

如果这个货舱里有十几个人，至少可以证明几件事情。第一，船上的杀手比他预计的还要多。他在散席舱和三等舱粗略发现的，只是其中一部分。第二，这个货舱是反击的陷阱。

一对三他不担心董小姐，但无论是谁，都不可能一对十几。

历史上一对十几能赢的，只有他自己。但那一次张海虾非常不推崇，那就是在赌场上连续十几次赢的，概率是有的，但靠这种概率吃饭绝对不会有第二次。

所以董小姐才完全不露踪迹。她已经踏入了陷阱，她现在需要的是自保，而不是追捕。

他当然必须帮董小姐。他要劫船也好，要从救生艇走也好，都不能让杀死南洋档案馆同僚的人赢，否则，整艘船都可能会被炸沉，掩盖散播瘟疫的证据。

但他也没有完全的把握，事实上，他算是一个杀手和董小姐两边计划中的意外。就算他和董小姐有默契，在这个货舱里，两个和一个都没有什么用。

但何剪西的存在，让事情发生了变化。

张海虾在的话，他也能闻到很多气味。此时，张海虾必然会和张海盐两个人缓缓移动，在黑暗中逐个靠近那些散发气味的人，二对一，将他们全部干掉。但何剪西没有那种默契。这些杀手说实话身手都不差，张海盐杀人抢半拍，很多人无法习惯他的行动方式。但在黑暗中，半拍抢不中，就很难秒杀对方。

而且对方既然设了陷阱，必然有在黑暗中互相策应的方式。如果自己不能快速干掉对方，三四招下来，对方就会围死自己。

张海盐心念如电，若干年后有一个叫吴邪的人和他沟通的时候，总会指出他在这样那样的场合，可以用更加精巧的小诡计。但张海盐当时的行为更加符合他自己的英雄主义。

张海盐决定全力以赴，他用舌头数了数嘴巴里的刀片，朝何剪西指的方向摸了过去。

人的汗毛有感应物体的能力，对方的体温、心跳、呼吸，只要距离够近，就算意识没有感觉到，汗毛也能感觉到。说起来好笑，张海盐用自己的汗毛来感知四周的气流。

很快，他就感觉到了藏在黑暗中的第一个杀手，他对着那个方向射出一枚刀片。

他是用尽全身力气射出了这一枚刀片。让他尴尬的是，他紧跟着冲了过去的瞬间，在四个方向，忽然有汽灯亮了。

不是货舱的灯，是那种镁光灯，但不是照相的秒灯，可以持续二十秒。这是用来打海上灯号的。

强烈的白光几乎闪瞎了张海盐的狗眼。而对面的杀手早有准备，一直闭着眼睛，此时忽然睁开，就看到一个裸男朝自己冲了过来。

两个人瞬间交手，三下之后，灯再次灭掉。

快速闪动几乎让他暴盲，他不知道怎么回事。但瞬间灯又亮了，张海盐意识到，这就是杀手们的战术，在黑暗的空间，控制闪动的灯光。

灯再亮的时候，张海盐已经看不见了，但是杀手能看见。杀手绕到张海盐的身后，张海盐猛地一躲，看不到边上的货箱直接撞上去，撞出了内伤。货箱直接被撞倒在地，里面的货物都被撞了出来。

光一下又暗了。

张海盐的眼睛马上舒服了一点，他立即闭眼，找地方去跑。但是刚才方寸之间方向已经乱了，他再次撞上货物。货箱很重，倒地摔碎。他也滚进了货物里。

光再次亮起，他眯起眼睛，一下光线就好多了。那个杀手没有立即扑上来，他看了一下四周，忽然发现，被他撞翻的货物里，摔出来的货物，都不是货物，而是人的尸体。尸体脸都发青了。看样子是经过了防腐处理的。

一股熟悉的消毒水的味道，是在盘花海礁上闻到的那种消毒水。

他们把失踪的南洋特务都藏在这里了吗？

张海盐要先稳住自己。他迅速闪入货物中，到处都是人影，也不知道董小姐的情况怎么样。灯再次暗掉，张海盐推倒货箱，不管是看得见看不见，先让地上不好走。

灯再次亮起的时候，张海盐已经推倒了十几个货箱。并不是所有的货箱中都装有尸体，但也有六七具了。货舱的这个角落，四面都有杀手踩着货物朝他冲过来。张海盐已经适应了光线，他舔出刀片决定拼命了。这个时候，他忽然看到了他前面的一具尸体。

他愣了一下，那具尸体的脸他记得，是张瑞朴的脸。他怎么在船上，而且还死了？

接着，他又看到了张瑞朴边上的一具尸体。

第一眼他没有反应过来，又看了一眼。

他的血液急停，脑子“嗡”的一声响了。

张海虾！！！

第三十七章 望盼小楼东风，终归游侠故里

时光回溯，岁月流转回马六甲，张海盐没有回头，张瑞朴在阳台看着他的那个时候。

张海虾被放到带轮子的藤椅上，推到了街道上。他们朝着张海盐相反的方向而去。一切看似平常，但其实在张海娇贴身侍奉他的时候，他闻到了张海娇身上的味道，发生了变化。

人和人的味道是不同的。这个张海娇已经不是张海盐带回来的那个张海娇了。

起初张海虾认为这是张瑞朴的设计，为了这次的交易以防万一。但他

很快发现不是，因为当他刻意去注意张海娇，就发现她不属于任何一方。

他们两个人被张瑞朴的人威胁，但在两方人中间，似乎还有第三方人存在，这个人是谁？为什么会人皮面具的技术？

细思极恐。

但那个时候，张海盐将踏上南安号，而这个张海娇将陪着自己被张瑞朴软禁。在情况未明的状况下，张海虾没有暴露出这件事情。他的想法是，张海盐踏上了南安号，至少脱离了张瑞朴的威胁。

他们来到街道上。张瑞朴的年轻随从们，在张瑞朴的四周走着。马六甲的街道其实很安全，张海虾和张海盐一样，却立即觉得有问题。

张海虾认为，街道上有着巨大的威胁，而他同时就闻到了血腥味。在如常的街道上，他闻到了平常没有的血腥味，是隐藏的凶器散发出来的。

这个时候，他看到了何剪西。

何剪西正在被人殴打。张海虾注意到了何剪西的鼻子，那是和他一样的鼻子。

这个小青年的鼻子，有可能和自己一样，在嗅觉上比普通人要灵敏。

这是上帝给出的一个接力。一个神迹。

他用指甲在钱上画出了提示，递给了张海娇，让张海娇转交给何剪西。张海娇的气味混在了钱上。

张海虾其实在当时还推测出了很多东西，都隐藏在提示中。为了叙事方便，暂且不表。这已经关系到相当深的线索。只是当时，他已经知道街上全是埋伏，而第一个动手的，会是张海娇。

如果是这样，张瑞朴自身难保，为何还要去查瘟疫案？肯定另有隐情，而他害怕的杀手也已经如影随形。

有一种强烈的直觉，他和张海盐这一别，如此随意，竟然是永别了。

他的双腿不能动。这条街道不长，张海盐到达南安号下，开始排队的时候，街道也到了极热闹的一段。

此时张海虾喊停了队伍，对张瑞朴说：“他们要动手了。”

张海娇回身看着他，张海虾也看着张海娇。阳光明艳，人声鼎沸，张海虾闭上了眼睛，仰起头。最终，还是你一个人回去了。张海楼。

南安号事件的最后结局，南洋档案馆最终的留档上是这样记录的。

张海盐杀光了货舱里的杀手。

没有更多的细节。在闪动的灯光下，张海盐明白了没有过路菩萨，没有好运，没有他臆想出来的种种命运。

从一开始，就已经结束了。

在闪动的灯光下，董小姐满身是血，她杀死了对手，从货箱中走出来，准备迎接陷阱里的杀手围剿。她只看到了满地的尸体、和一个抱着一具尸体，一动不动的男人。

董小姐在他身后默默地看着，她非常安静地看着。

接着，她走了过去，从衣服中掏出了之前张海盐扔掉的斯蒂文的面具，蹲到这个男人面前，给他重新戴上。然后转身走向出口。

何剪西抱着他从斯蒂文手里拿来的左轮手枪，躲在门口的货物缝隙中。董小姐看了他一眼，没有理会。

她来到门口，点上一根烟，从衣服里掏出那块中亚翡翠，对火枪队的人说：“都结束了。”

第三十八章 归乡

张海虾和一行人的尸体被妥善安排在货舱里，尸体已经经过了防腐的处理。具体后续不作表述。总之林林总总，一切渐渐如常。

张海盐此后便生活在斯蒂文的房间里，何剪西也被安排和他同住一个房间。

瘟神犹如失去了灵魂，一直不吃不喝，在窗口看海。

何剪西一路照顾他，无论他吃或不吃。瘟神的悲伤，何剪西感受不到，觉得莫名其妙，但痛苦，却是世俗简单的。

不知道为什么，董小姐放过了他们，并且给予了礼遇。但因为张海盐无所谓了，所以他完全不知道其间发生了什么。

白珠所在的救生艇不见了踪迹。船上也许还有杀手，但应该也是零星不多，董小姐又经过了几轮排查，风波渐停。华尔纳和董小姐的后续，这里也无从知晓。

张海盐是在靠近厦门的时候开始重新吃饭的，此时，他已经瘦得脱形。

他每夜都做梦，梦见盘花海礁，梦见张海虾。他重新点起烟的时候，已经意识到，事情并未结束。

船上用来杀人的很多武器，都是军队用的。有军阀当年在盘花海礁挖掘瘟疫船，如今瘟疫重新在马六甲肆虐。南安号猎杀南洋档案馆特务，背后一定有一个主谋。

瘟疫的真相仍旧扑朔迷离。盘花海礁案仍旧没有结案。

而张海虾，不能白死。

张海盐长久没有进食，喉咙发干，但仍旧开始逼自己吃所有种类的食物。他需要立即恢复体力。

他尝试和董小姐沟通。但董小姐并不理会他，在厦门下船之时，董小姐也未出现，只是托人给了他一张纸条——上面写着董公馆的地址，还有张海虾的尸体。

字条内容：世道艰难，江湖不见，如执念不消，百思不得解，可到此处一叙。记住，最好不见。本无话可说。

字条的内容很有意思，但张海盐没时间陪她玩字谜。他帮自己和张海虾烫好了军装，穿戴整齐后，背着张海虾的尸体，与何剪西一起下船。时隔多年，重新踏上了厦门的土地。

“你看，你算错了，我们是一起回来的。”张海盐对张海虾说道。

出了港口，一切都不一样了。马路上有汽车开过，马车、黄包车比比皆是，人的服装也和他走的时候很不一样。

厦门的空气湿润干净，但没有马六甲炎热的阳光，整个人清爽自在。

张海盐背着张海虾的尸体，没有办法坐在小吃摊上吃童年的小吃，他和何剪西站在路边面面相觑。张海盐从口袋里掏出钱来，数给何剪西："何剪西，你在驳船上小命差点不保，我自作主张，带你下海，你该还的，该怨的，我们都两清了。这些钱够你去旧金山的了，找一艘大点的船，我们就此别过。"

何剪西看着张海盐和他背上的尸体。

"相识一场，你不想我帮忙送你这个朋友一程吗？"何剪西多少能猜到张海盐发生了什么变化。人这种生物，只要有感情原因，很多事情总能理清逻辑。

"不用。"张海盐背着张海虾，就此往他印象中的街道走去。何剪西站在路边，看了看厦门的天，看了看手里的钱，忽然有些恍惚。

他是要去旧金山，但脚踏实地的感觉，真好啊。

张海盐一路走着，不久就来到了老街。老街还是一样，没有什么变化，住的人，他依稀还能认出几个街坊来。

他来到了张海琪的住处，发现这里已经变成了喉糖店。喉糖店的老板是他不认识的人。张海盐上去询问之前的住客去了哪里，老板看到他背着的人面色发青，有点害怕，于是说已经几道转手，早不知道那么久的房主去哪里了。

干娘这个人的脾气，张海盐也是知道的，搬家不通知，非常干娘了。背着尸体没法投店，他就寻到当年他们接受训练的南洋档案馆。南洋档案馆在南洋海事衙门的东边，在公共租界。去了一看，也已经变成了银行，名字叫做海利，应该是外国人开的。

张海盐背着尸体，来到了海事衙门内，把尸体放到一边的等待凳上，整理了军装，然后问门口的办事员："请问，南洋档案馆搬到哪里去了？"

办事员有十几个，都在窗口写表格，抬头看着他："什么？"

“南洋档案馆，我看已经搬走了，搬哪里去了？我是外派的，很久没有回来了。”

“南洋档案馆？”两个办事员互相看了看，都摇头，“我没听过什么档案馆，这里是南洋海事衙门。”

“是这样的，南洋档案馆是南洋海事衙门下属的机构，我和你们是同僚。我外派回国，地址已经搬了，所以来问一下，你们帮我查一下好吗？”

看张海盐穿的军装很考究，办事员不敢得罪他，就站起来，往楼上走去。隔了一会儿，办事员拿着一沓文件下来，对张海盐说：“先生，我问了几个工作了二十年以上的老督办，他们说，南洋海事衙门成立到现在，从来就没有过一个机构叫做南洋档案馆。你是不是弄错了？”

第三十九章 寄居蟹

张海盐冲到了海事衙门的二楼，坐在了老督办的面前，老督办说了三遍，张海盐都摇头。

“绝对不可能，我在南洋档案馆受训，一直是海事督办。”张海盐把自己的证件推到老督办面前，老督办翻开证件，然后摇头。

“我们从来没有发过这样的证件，而且我们是管船运的，不管任何的查案。”老督办看着张海盐。张海盐继续道：“培训我们的人叫做张海琪，是她把我们养大的。”

“很明显，这个把你养大的人，骗了你们。”老督办从边上拿起一把钥匙，交给办事员，“这位先生，不知道你经历了什么，这是我们资料室的钥匙，你可以检查所有资料。我可以保证，你看不到任何一张纸上写着‘南洋档案馆’五个字。”

张海盐看着老督办，接过钥匙，老督办对办事员说：“请不要打乱文件，保持冷静。我们与人为善，你不要让我们难堪。”

张海盐在办事员的陪同下，在资料室里一直看到了黄昏。

没有任何一张纸上写着“南洋档案馆”五个字，甚至，海事衙门从成立开始就没有任何的下属机关。

张海盐默默地道了谢，背起张海虾离开。黄昏如血，他的脑子一片空白，来到了海利银行的门口。

银行快要打烊了，他走了进去，在雇员的注视下，他发现原来档案馆里所有的装饰都变了，连结构都完全不同。

如果不是外面的一些细节还是一样，他真的也会怀疑自己是不是走错地方了。

他被保安请出了银行，在银行对面的街角坐了下来，一直看着银行。他和张海虾两个人靠着墙坐下，他开始回忆起自己的童年。

海事衙门是自己的直属领导单位，自己是不需要对海事衙门汇报的，只需要对干娘汇报就可以了。从小，他们的薪水、福利、服装、教育，全都来自于南洋档案馆，他们都从来没有怀疑过，自己是为一个海事衙门的官方机构工作的。

“难道干娘在骗我们吗？”张海盐无法理解。

为什么要骗我？如果自己不是为了官方工作的，那么自己这么多年来杀的人——那自己不就和船上的那些人一样，是杀手吗？

不可能，南洋档案馆，一定是被一个巨大的势力抹杀了。是那个瘟疫背后的真凶吗？

但那个老督办看上去是个好人，他自己也查了所有的资料。如果被抹杀，能抹杀得那么彻底吗？

张海盐看着张海虾。

我一定很笨吧。

他心里这么想着，默默地点上一根烟，忽然想起了口袋里的纸条。

董小姐给的纸条。

董小姐不是一个普通人。她一定是知道船上有杀手，否则不可能如此杀伐决断，利用自己的出现，直接接管了华尔纳的火枪队，将船上的杀手清干净。

这个女人上船的时候，其实身边一个帮手都没有。她在船上耐心地等这个机会，利用了华尔纳的贪欲实现了自己的目的。

但这件事情原本与她无关，这些杀手要杀的是南洋档案馆的人，为什么她要冒那么大的险围剿这些杀手呢？

难道，她和南洋档案馆也有关系，就像张瑞朴一样？

张海盐看着纸条，此时已经无处可查，银行已经打烊。如果要抹杀痕迹，连南洋海事衙门里都那么干净了，银行里更加什么都不会有。

张海盐有一种被抛弃感。他看着纸条，这是他完全没有预料过的情况，他得思考下一步该怎么办。忽然，他就看到纸条上，角落里，画着简笔画，非常抽象但很容易辨认，是一只寄居蟹。

他低头看了看手表，他的手表上，也有一只寄居蟹。这是南洋档案馆的标志。

第四十章 低级特务张海盐

董公馆是厦门的大庄园，洋式楼和中式楼交相辉映，前门的洋式楼原是租界临时政府所在，原为马姓富商参考白金汉宫仿造的缩小版。但仿造得实在不成功，也只有一个大概样子，如今爬满了爬山虎。后面由原来的三家土宅改造，原本是传教士买下做孤儿院的。两边打通，不中不西，但面积是巨大的。

前门洋式楼有巨大的前院，种满了巨树，喷泉立在前大门外，两边可以停车。董船王据说喜欢清静，宅邸下人不多，也不太走动。除了宴会，其他时候董公馆只有洋式楼的左右翼是亮灯的。

改造的时候，左右翼特地做得和南安号很像，有阳台凸出。张海盐如今就在其中一间亮灯的房间里坐着，董小姐正在给他泡咖啡。

房间的装潢也和南安号几乎一样，张海盐心里想：不恶心吗？坐完船回家肯定是希望家里完全不同，这好像又回到船上了一样。

“你父亲是真的喜欢那艘船。”张海盐说道，他喝不惯咖啡，对于他来说他的行动力已经过强，他不需要再用咖啡因来刺激自己。

“船家总要讲究一些风水。南安号是董家船队的头船，董宅也是厦门船运的头家，风水摆布都是一个师傅，所以都差不多。”董小姐穿着睡衣，把一盘瓜果递给张海盐，后者吃起来，他一天没吃东西了。甜食能让他平静。

“我原以为你会在外面待上几个星期，才会来找我，没想到来得这么快。我行李都没有收拾完。”董小姐坐到他对面的沙发上，“你的伤好了吗？”

“你船上的船医都死光了。我自己处理的，应该不会太好。”张海盐目不转睛地看着董小姐的眼睛，丝毫没有被睡衣难掩的小腿和锁骨吸引。“只是不明白，在船上董小姐为什么不和我沟通，非要等到下船才邀请我，而且——”他把纸条递过去，“懂得画这只寄居蟹的，难道是故人？”

“我知道你有很多问题，我既然让你来，就是准备回答你所有问题的。你大可不必绕弯。”

张海盐点头，刚想提问，董小姐就说道：“你猜得对，我也是南洋档案馆的人。”

张海盐张嘴，还没合上，董小姐又说：“南洋档案馆已经没有了，在你在马六甲的最后一年里，南洋档案馆被人灭了。下手的人，是一个西南的军阀，名字叫做莫云高。这次的南安号惨案，也是他策划的，目的是为了清除南洋档案馆在海外的势力。”

张海盐心说爽快到我连提问都来不及，董小姐继续道：“从目前来看，南洋档案馆就只剩下你我两个人了。按建馆规则，只要有两个高级特务，就可以重新建馆。但很不幸，你是个低级特务，所以从本质上说，南洋档案馆已经没有了。”

第四十一章 东北张家

张海盐吃了一块饼干，然后笑了。他的军衔比张海虾低那么多，张海虾尚且是个小角色，自己恐怕就更差了，不过他从来没关注过这些。比起这个，如今军衔、等级不都是笑话吗？

他对董小姐说道："董小姐，我实话和你说，我的疑问现在倒不光是这些。我的第一个问题，其实是：南洋档案馆是真的存在吗？"

董小姐想说话，这次张海盐抢先说："你知道吗？南洋海事衙门告诉我，他们下属机构中从来就没有南洋档案馆，他们也没有听说过这个机构。我查了所有的资料，确实没有——你知道这是怎么回事吗？"

董小姐点上一根烟："所以说你是低级特务。"

张海盐看着她，心说：你要用等级不够来搪塞我吗？就算我等级不够，也不至于用这么大一个骗局来防备自己的初级员工吧。

“南洋档案馆从来就和南洋海事衙门无关，使用这种说法，只是因为让你们这些人理解南洋档案馆的由来太过复杂，不如直接告诉你们是官办的简单。”董小姐推了推烟灰缸，示意张海盐可以抽烟，“事实上，南洋档案馆的来历更加复杂，不是官办，不等于它不存在。”

“如果不是官办，难道是私办的吗？”张海盐问道，“这不是黑帮吗？我们是青帮的下属机构？”

“那我就要和你讲个故事了。”董小姐起身，打开身后的柜子，张海盐就发现柜子里是一条通道。

董小姐示意他跟过来，张海盐也点上烟，走了过去，董小姐说道：“我接下来要给你看南洋档案馆的真相。你现在还是一个普通人，可以选择离开。这些东西，并不那么好看，看完之后，很多东西也会发生变化。”

张海盐失笑，在满是瘟疫病人的礁石上，没有食物没有淡水地活下来，在水中游几十千米上到船上杀人，再跳入海中离开，割开舌头下面的皮肉，放入刀片。这些事情，早就让他不是普通人了。

而且，如果没有南洋档案馆，他是什么呢？普通不普通，对于他有意义吗？

他得知道真相。

“我知道你在想什么。”董小姐说，“普通人做了一些不普通的事情，总是以为自己已经不是尘世中的人了，这么长时间以来，我见过太多了，走吧。”董小姐自己先走了进去，张海盐跟进去，他首先看到了通道两边全是人皮，人皮上都是一种兽类的文身。

“这是？”

“你知道为什么南洋档案馆的人，大部分都姓张吗？”董小姐问道。张海盐摇头，张姓海字他是知道的，至于理由他从来没有兴趣。个人想法，张姓是一个大姓，也许是不想引人注目，总比叫百里的好，一听就有故事。

“中国的东北有一个张姓家族，常驻白山，做一种特殊的买卖。”董小姐在一张人皮前停下来，眼神似乎梦回到了很久以前。

第四十二章 天之骄子

董小姐看着人皮，这一张人皮明显比其他的人皮要古老很多，颜色发黑，上面全是皲裂。人皮上的文身，是比较古老的图案，颜色也是单色的，非常简单。

“这一张有几千年历史了，张家人都有文身，位置各不一样，这个家族传承了很久。”董小姐说道，“在一千多年前，他们就成立了西部档案馆，专门调查西藏一带的奇怪事件。之后各地都有档案馆成立，调查解决各地奇怪事件，南洋档案馆是最晚成立的，只有六十多年的历史。”

“张家管那么宽？老佛爷都不管，东北屯里没农活干吗？”张海盐问。

“没有人知道张家为什么要做这些事情，有人说，张家人做的生意和古墓有关。他们常年盗墓，需要墓室的传说消息，所以才设立档案馆。最开始，档案馆的人都是张家本家人，但从上世纪开始，张家人丁减少，在偏远南洋的部分开始招揽孤儿。”董小姐说道。

张海盐沉默不语，董小姐继续往里走：“事实上，我们这些做事的人，只知道每年都有成吨的档案运往东北。除了帮张家收集各地的消息，我们还收养孤儿，培训他们，然后猎杀张家的叛徒——张瑞朴。这些张家人，很难对付，相信你有体会。”

“听上去就是一个帮派。”张海盐心里说，也就是东北张家是一个东北的黑帮，听上去是那种世袭成体系的“胡子”，历史悠久，有点像哥老会，可能有神秘的宗教习俗。于是各地设立档案馆，拜拜黄田老祖抓抓鬼什么的，同时发展下线。

张海盐跟上去，很快他们到达了一个暗室。张海盐看了一眼暗室的装潢，都是档案柜子，和之前南洋档案馆用的一样。“这里本来准备用来扩建南洋档案馆，现在这是仅剩下的了。”董小姐说着，扯掉房间中间的一块白布，就看到张瑞朴的尸体躺在房间中间的台子上。

董小姐移开挂在尸体上面的白炽灯，拿起尸体的一只手给张海盐看。张海盐看到这只手上有三根手指非常长，有一丝畸形的意味。“张家人的特征之一，手指是长的，张瑞朴有三根，属于资质比较平庸的。手指据说是盗墓的时候用来破解机关的，长的手指数量越少，就能进入越细小的地方。”说完她从一边拿出一份档案，“张瑞朴的档案。”翻了几页，出现了一张照片。

里面是一张道台样人和张瑞朴的合影，董小姐继续道：“这是道光二十四年两广总督兼五口通商大臣耆英在澳门与法国进行商谈时候拍的。这个人是张瑞朴，这个人是耆英。”能看到张瑞朴是五十多岁的样子，和现在差不多。

张海盐拿过照片，和尸体对比了一下。道光二十四年，距今已经快七十年了。就算当时张瑞朴只有二十岁，现在也九十岁了。但张瑞朴的尸体，还是五十多岁的样子。

“他，为什么没有老？”张海盐问道。

“这就是张家人，他们几乎不会老。”董小姐脱掉张瑞朴的衣服，从边上拿了一瓶白兰地，用酒浸透衣服，然后点着，糊到尸体的肩膀处，拍了十几下，将火拍灭。张海盐就看到张瑞朴的身上出现了一个麒麟的文身。

之后再把档案翻了一页，后面是一张麒麟文身的描图。

“他们身上都文着文身，特殊的草药禽血调配的，血热才会出现。这是他文身的拓印，用来验明正身，因为每个人的文身都不一样。”董小姐把文件放到张瑞朴尸体边上。张海盐意识到，细节一模一样，尸体就是本人。

“你是说，张家人长生不老？是——一群妖怪。”

“所以，有人传言他们盗掘古墓，设立档案馆，是为了寻找古墓里的长生不老药。”董小姐道，“当然都是传言，活得长又不是什么好事。如果在乎的人都死了，自己活着做什么呢？”

张海盐沉默不语。如果是在南安号上船之前，他听到这个事情，可能会很兴奋，觉得自己的老板是一群神仙，那自己就是座下童子，但张海虾已经死了。如今才知道，人可以长生不死，他心中存疑，又觉得好笑。

长生不死又如何，不是也躺在这里吗？

“天下间没有长生不死的人。”张海盐说，“我在南洋有见到很多苦修的降头师，都说自己是从葡萄牙人时代活过来的，埋入地下都不会死，到现在他们都没有从地里出来，只是地上的水稻长得特别好。照片这种东西，理应有造假的可能。”

董小姐翻动档案，里面全都是耆英当时谈判的记录照片，里面用红圈画出了张瑞朴：“张瑞朴参与了这次谈判，并且获得了橡胶的独家经营权。这些照片都是来自当时在法国的档案。法国人不会帮着他作假的。”

张海盐摇头，他是希望自己可以相信这些的，但这么多年，他在南洋碰到的都是骗局。他已经变成一个唯物主义者了。

张海盐道：“你得有更直接的证据。就算是我，我照着照片做一张假脸，你也看不出来。”

董小姐笑了：“直接的证据，当然有。”说着继续往里走。张海盐问道：“那你推论一下，你觉得张家人设立南洋档案馆，是为了什么。真的是为了长生不老吗？你真信？”

“他们在等待一件事情发生，一件非常非常大的事情。我猜测他们在千年之前就知道这件事情会发生，所以一直在等。他们同时知道，事情发生之前，可能各地都会有各种端倪，被传言为匪夷所思的事件，所以他们设立档案馆，监控有没有暴发大规模无法解释的现象的可能性。”

莫云高正是利用南洋档案馆这样的特性散播的瘟疫。张海盐摇头，董小姐继续道：“你说是推论，我说了，没有人真正知道张家人想做什么。”

“既然张家如此神秘，你这么告诉我，我会不会有什么危险？”

董小姐没有回答。两个人继续往里走，里面是一个一个房间，但都是空的。他们走到了通道的尽头，然后看到了一道铁门，此时他们已经走入很深了。张海盐忽然想到一个问题，问道：“你说南洋档案馆只有我们两个人了，那你知不知道，一个叫做张海琪的人，在哪里？”

“你在马六甲的时候，莫云高带部队突袭档案馆，除了我之外，无人幸免。”董小姐说道，“她应该死了。”

张海盐又摇头：“不会的，干娘她是我见过的最厉害的女人，她不会这么容易死的。”

“你的好朋友，不是也死了吗？”董小姐回头冷笑，“凭什么你认识的人，就都是天之骄子？”

张海盐心里很不舒服。他知道自己仍旧会否定一切，就算铁门里的东西再有说服力，他也不会相信，因为相信了董小姐，他在这个世界上，就真的是孤身一人了。

第四十三章 张海琪

铁门被打开了，里面一片漆黑。

他不害怕董小姐暗算自己，因为在船上他可以死一百次。但这个暗室应该已经在地下了，就算他再野，进到这么黑的地方，多少也应该谨慎点。

刚才看的是尸体，难道这里面会有野兽吗？又或是更多的尸体、档案馆的遗迹什么的？

董小姐不杀自己，但是进到里面直接把铁门带上，他就被软禁了，也没那么好玩。他想了想，想让董小姐先走进去，自己走后面，于是放慢了脚步。

董小姐毫不犹豫地先走了进去，对他道：“把门带上。”

张海盐心说，行，可以。董小姐的行动一直在他的小心思之前，似乎非常了解他，他的各种小九九的想法，在无意间就被化解了。

房间里很暖和，能听到四周有流水的声音，声音非常好听，在空间中有回音，空灵得似乎有女孩在喘息。张海盐进来把门带上，特地虚掩，等下实在有事可以跑出去。接着，张海盐发现有石头台阶往下延伸，走了几步，就有水，是暖和的。

是温泉。

董小姐在前面走着，有水声，应该是涉水了。很快，她在深处点燃了一个蜡烛台，空间亮了起来。

蜡烛是大蜡烛，很亮。这是一个不大的石头房间，有温泉从墙壁上流入一个水池。在水池的中间摆着一张石头桌子，桌子角上全都是硫黄结成的类似于钟乳一样的东西。显然在这里放了很久。

桌子上有很多工具，用麻布包着。除此之外，这个房间里什么东西都没有了。

“证据在哪儿？”张海盐问道，“这不是个澡堂子吗？”

董小姐的睡衣被水浸湿了，温泉水顺着吸水的睡衣往上，热气蒸腾。张海盐就看到董小姐来到桌边，开始摆弄那些工具。同时，随着热气，她身上露出的部分，开始出现文身的图案。

因为热气从下往上，所有文身犹如花一样从董小姐的手臂开始往上长，她的文身是彩色的。这一幕把张海盐看呆了。

很快他就发现，那不是一朵花，那是一只麒麟。

因为睡衣变成贴身的，董小姐的身材也显现了出来。两个人四目相对。

“这就是你说的证据？你是张家人？”张海盐道，“我不信，你根本不像活了那么久的。而且你不是姓董吗？”

“张家人用假名，如果年纪超过一百岁，都偏以董为姓。我的假名叫做董灼华。”董小姐道，“你好像从来不好奇，为什么我既是南洋档案馆的人，又是船王的女儿？”

“我猜船王并不知道他女儿已经不是他女儿了，你这张脸，恐怕不是长这样的。”张海盐此时已经有点觉得哪里不对，董小姐的脸不过二十刚出头，但在船上和这里说话的方式，确实感觉有一些岁数了。

而且董小姐太有耐心了，讲得太多了，自己一路奚落不捧场，她不仅在船上没有杀自己，还那么耐心地骗自己，好像没有逻辑。

而且，眼神中的这种淡定是装不出来的。

但如果她是戴着面具的，那就好解释了。这种身材，应该是三十多岁的女性该有的。经历如果坎坷一些，性格如此淡定也有可能。骗自己肯定有所图谋，不如直接说，张海盐现在犹如丧家之犬，有姑娘敢用这样的方式面对自己，不好好听听，难道散乱江湖，真的去做乞丐吗？

于是张海盐道：“张姐在船上留我不死，如果有什么需要我做的，可以直接说，不用逼我相信这个故事。我只需要知道，南洋档案馆的存在有意义，那张海虾就不至于白死。如今他不在了，也是命运难抗。我只怕我们做了这么多，都是白日梦一场，连一个记得的人都没有。”

董小姐翻开桌子上的抹布，里面都是一些笔一样的东西，说道：“张海楼，和你说过多少次了，做事情要多藏动机，这一点张海侠不知道比你强多少。”

张海盐愣了。董小姐继续说道：“我本以为张海侠跟你去马六甲，你们两个可以有个善终。临走我和你说，记得我的话的人才有活路。你口口声声说想念我，却连我的话都没有遵守。三十年期没到，你就违背诺言回来，菩萨畏因，匹夫畏果，你终究还是选了做匹夫。”

她理了理自己的头发，从下巴开始撕自己的脸，一张人皮面具从她的脸上撕了下来。

张海盐本能反应，戒备地后退，就看到一张无比年轻的脸，出现在他面前。愣了半天，他道：“娘？”

年轻的女人看着他，眼中冷静，毫无思绪流淌。

“你自己的因已经种下了，如今最后一次让你离开这件事情的机会也没有了，那么你就老老实实地接受自己的命运吧。”张海琪把面具丢到一边，张海盐惊奇地看着她。这个女人，自己的师傅、干娘、上司，和当年他离开的时候一模一样，皮肤犹如少女。

是他的干娘，张海琪。

他心中一暖，一慌，又一愣，脑子就卡住了。刚想说话，忽然觉得头昏脑涨，眼前的张海琪模糊起来。他看到张海琪打开了桌子上的一个陶罐，里面似乎是颜料，张海盐一个趔趄，有些站立不稳。

“娘，太好了，你没死——我怎么了？我——我没保住海侠——我这是怎么了？”

无论一个男人再怎么强悍，看到养大他的女人，还是会立即回到当年的少年状态。那一瞬间，无数的委屈、孤独、痛苦，自己舔伤口的苦楚，都在张海盐心中狂奔而来，狂奔而去。但是他一句话也说不出来，不知道是因为激动，还是这里水太热了，还是因为，他觉得他眼前的张海琪，有一丝陌生，有一丝和童年记忆中的不一样。

“这儿的温泉中，加了迷药，血质普通的人，支撑不了多久。”

张海盐忽然跪倒在温泉里，张海琪来到他身后，开始帮他文起身来。

“今日起你将身饲喂血，血热则出，从而立于洪荒，无事不允。”

张海盐迷迷糊糊，失去了知觉。

第四十四章 认亲

张海虾的尸体默默地坐在董宅的客厅里，生命流逝，他已经和世界脱开关系，奔向轮回。

张海琪擦着手上的颜料，来到了张海虾的面前。她摸着张海虾犹如沉睡的脸颊，蹲了下来。

岁月啊，她不知道自己是第几次送走养大的孩子了。

“回家了，虾仔。”她轻声对张海虾说道。

这个孩子，从小安静、听话，除了宠着张海盐，没有什么毛病。他总是看着张海琪的眼睛，在上课的时候，在想睡觉的时候。他不会去抢夺自己的宠爱，只是在感知母亲需要什么。

床边的花从来没有枯萎过，她带的孩子们从来没有走失过，没有邻居告状，没有烧煳过饭。

张海虾在的时候，一切犹如精确的钟表一样运转。

张海虾害怕失去那种平静和幸福，所以他牢牢地守着。

张海琪和张海虾额头对额头，孩子的额头冰凉，似北方的冬天，不似在厦门的夏天。

她抱起张海虾，往后院走去，将其葬在了墓园之中。墓园之中有很多很多的墓碑，每一次都是告别，她无数次地以为自己习惯了。

真的是无论活多久，都不喜欢这种时刻。

张海琪在墓园外的晚风中站立了很久。风从墓碑中吹过，呜咽环绕。

张海盐醒过来的时候，赤身裸体，是趴在床上的。

他想了想之前发生了什么，这个动作让人浮想联翩，但他立即想起了张海琪。

“娘。”他迷糊地自言自语了一声，就看到张海琪坐在床对面的沙发上看报纸，没有理会他。

张海盐感觉他的背和手臂非常刺疼，立即回头看，却发现背上和手臂上什么都没有。

“娘，我怎么了？你对我做了什么？”说着他就去拉边上的毯子。

“帮你重新处理了一下背上的伤口。”张海琪说道。

张海盐松了口气，就看到门被打开了，有下人进来送早饭。张海琪还是自己的脸，张海盐条件反射想吐出刀片，发现嘴巴里的刀片都没有了。

下人很快出去，张海琪说道：“别闹了，我两张脸在这里都能用。现在我是董小姐的朋友。”

张海盐围着床单从床上下来，找自己的衣服，睡衣就在床边上，他躲在角落里换完，说道：“娘，这到底是怎么回事？你怎么会是董小姐？你怎么在船上不认我？你昨天和我说的那些都是真的吗？”

张海琪翻动报纸："不是董小姐，难道是董夫人吗？我怎么知道你在马六甲有没有学坏，变成张瑞朴那样的人？你和张瑞朴的人混在一起，我高度怀疑你已经变节了，当然要观察一段时间。"

"你对我就这么没信心，我对娘会有二心吗？"张海盐道。

"你单独一个人出现，我就对你没有信心。"张海琪放下报纸。

张海盐的眼神黯淡下来，难过地说："我没保住海侠。"

"好了，吃饭。"张海琪坐到餐桌边，"以前我不是和你们讲过一个故事嘛，事情要往长远看。还记得吗？"张海盐摇头。他熟悉干娘的套路，大部分时候干娘这么说，肯定是没说过，现编的。

"一百年后你也会死的，长远的遗憾，反复的唏嘘，对于后世来说，也都是一笔带过。终究会不存在的东西，现在你就能克服。你只要知道，没有任何东西能改变你和他共存于时空的事实。"张海琪道。

张海盐品了品，他一如既往没有听懂。张海琪把边上的一沓资料递给他："给自己一个难过的期限，尽情难过，然后做正事。"

张海盐翻看这些资料，都是和昨天张瑞朴一样的资料，后面是莫云高的资料，资料上有照片，穿着军服，非常干练的一个人。上面写着西南金边军排长。

"这是他没有升职的时候。后来他快速升到了师长，并且控制了北海。现在，他这一支军阀也归联合军政府管辖，但实际上还是自治的状态，和政府的关系很微妙。"

"昨天说的事情，都是真的？"张海盐还是不相信。张海琪说道："你觉得我有变老任何一分吗？"

张海盐仔细观瞧，张海琪不仅没有变老，不知道为什么，可能是在海上闭门不出，反而显得更加年轻了。

这其实是不可能的，他出门那么久，不可能一点岁月的痕迹都看不到。

"您一百多岁了？"那岂不是干太祖奶奶的岁数。他绝对无法相信。张海琪显然没指望他能信，也不解释。"没事，你总有一天会相信的。"

“张家那么厉害，南洋档案馆被拔了，他们不出动其他档案馆报仇吗？”

“我们从两年前开始就联系不到张家了。”张海琪道，“但历史上有好几次都是相隔十年以上才再次联系，张家时不时会进入静默状态，指望不了他们。”

“老板真是任性，吼。”张海盐吃着面包，嘴巴里没有刀片，他觉得不舒服，吃东西都很不习惯。

“对于我来说，娘就是南洋档案馆，就是老板。娘你打算做什么，我们为海虾报仇吗？”

“莫云高在北海经营多年，非常成熟，不似一般军阀，占领一个地方就想收几年税就走。所以联合军政府也以安抚为主，不会专门去刺激他。我们只有两个人了，两个人对一个城的士兵，非常困难，况且他身边是有很多少数民族高手的。”张海琪道，“但他在南洋散播瘟疫，怎么看都是在做试验，他真正要做的事情还没有显现出来，我担心，他会——”

“在国内散播吗？”

张海琪点头：“目的不明。这个莫云高行事乖张，这件事情如果不查清楚，我担心恐怕不是简单报仇的问题。”

“当时盘花海礁案，我们上报之后，档案馆没有继续追查吗？”张海盐本来就有这个疑问。

张海琪看着窗外，说：“这个案子被张家暂停了。”

“为什么？”既然张家是监控奇怪事情发生的，为什么这么奇怪的事情，张家反而要停呢？这个东北黑帮也太任性了。

张海琪没有说话。她其实知道，张家干涉案件调查，只有一个可能：停止的案件和张家族长有关系。

“我们得重建档案馆，并且处理掉莫云高，他已经知道了南洋档案馆的存在，按道理是不能活着的。但现在，我们两个人的实力不够。我们要先去长沙，找一个人帮忙。”

第四十五章 流水账以及山海隔千年

这里草草交代一下过程。

其实在厦门还发生了很多事情，张海盐和张海琪以及何剪西还有一些交集，这里都一一略过。他们修整一番之后，即刻上路。

和张海琪重聚，对于张海盐来说就如同做梦一般，在心中燃起了新的希望。

去往长沙的火车行驶在阴雨绵绵的东南山区，莽莽大山湿雾笼罩，车厢里阴冷潮湿，但张海盐心中是暖的。看着窗外有时候雨云闪电频发，他也会想起张海虾，他原先预想的画面里应该是有他的。

五味杂陈，让两个人都不说话。

张海盐仔细考虑了和张海琪的相处模式。切入到正常沟通的方式，最简单的就是聊工作。刚见面的时候因为惊讶和太多疑问，所以沟通非常顺畅。但一旦安静下来，就会发现，多年不见的母子，还是会有些生疏的。

两个人没有一起生活太久了，母亲又是一个不愿意怀旧、不愿意聊家常的人，套近乎没有那么简单。

一般遇到这种情况，张海盐都是随遇而安的，但张海琪不行，他有些担心张海琪感觉到这种生疏。

小时候，所有人在张海琪面前都是舔狗，只是大家舔的方式不同而已。张海盐就是那个负责绝对不能冷场的。

张海琪一直在看资料，这一次他们去长沙要拜访的人，叫做张启山。

张启山是九门之首。九门是长沙的九个盗墓家族，具体背景非常复杂，这里也不需要知道那么多。张启山同时还是长沙的布防官，刚刚上任不久。日本人在西南活动猖獗，这个调动应该是和遏制日本人的特务活动有关。

找这个人不是张海琪的关系，是因为张海盐在盘花海礁案的报告里，写了当时陈西风说的和张启山有关的话，进而去调查了张启山。这才让张海琪对张启山有所了解。当时张大佛爷的名号已经无人不知，对于张海琪来说，一个张姓带山字的名字，她肯定会有其他方面的注意。

但张启山在长沙耳目通天，所有去长沙查探的特务，进城的第二天就被五花大绑送到城外。两次之后，张海琪在董公馆就收到了长沙寄来的特产宁乡沩山毛尖茶，里面有一张纸条：事不过三。

此事只好作罢。张海琪不知道张启山是如何知道自己的存在的，但既然对方是当政的布防官，又是盘花海礁案罪犯提防的人，多查也有些叨扰，反而容易坏了人家的事情。于是送了回礼，是厦门青津果。

如今去长沙拜会，算是走投无路。如果她猜得没错，张启山一定也和张家有关。

但对方如果是张家人，必然是山字辈的。

山海隔千年，戚戚不可见。山和海在张家的谚语里，是终生不可能见面的两批人。山海相见的时候，张家必定会灭亡。这是她很久很久以前听到的说法。

不知道自己见到张启山会有什么不可预测的后果。自己作为“海”字少数几个本家，其实是远离核心，早已失势，对于张家并不了解。这一次她是既紧张，又有些期待。

而此时的何剪西已经在码头边的小旅馆睡了三天。他每日看人来人往，安静入定，其实已经决定留在厦门。

他不愿意再漂泊了。但厦门的发展超出他的想象，在租界，像他这样的账房并不少见，工作并不好找，而且在厦门，外面的洋行在账房上面不是特别相信中国人。

他的钱还能够撑一段时间，但租界物价很贵，他知道回乡则只能做体力活，不能发挥所长，有些焦虑。

钱花着花着，他就开始习惯性地整理钞票来，因为得知道数量，每天才能算得清楚。他又看到了钱上面的涂鸦。

这个时候，他忽然意识到，钱上面画着的那个嘴巴里有刀片的瘟神，就是张海盐。

他觉得意外，两件事情他早就知道，但船上发生的事情太过惨烈，他现在才反应过来。

他忽然觉得奇怪，为什么会这样？难道帮自己解围的这个人，和那个瘟神是认识的？

事后何剪西仔细想过，他是感激张海盐的，如果不是张海盐，他可能早就死了，也没有后面那么多可以怪罪他的事情。但第一个救他的，还是张海虾，那位先生接济的钱可能是老板没有杀他的关键。

如果他们认识。

何剪西想到了张海虾当时的眼神。

如果他们认识，那么这个涂鸦是什么意思呢？是随手涂的？画自己朋友的脸？

何剪西开始仔细地看所有的钱。很快他就发现，所有的钱上几乎都有涂鸦，而且涂鸦很急，速度非常快，没有瘟神的那张那么明显。而在其中一张上，用英文划了一句话：“Plz, deliver letters.”

何剪西坐了起来，意识到这是消息，是那个坐轮椅的先生想要让他帮忙转达的，转达给谁？难道是那个瘟神吗？

他看那些钱，钱上的图案各不相同，有英文，有图案。他找了一张英文比较多的钱，上面的英文是：Killers are not ordinary people.

杀人者并不是寻常人。

是什么意思？

那些杀手吗？

对于何剪西来说，只要能杀人的，就肯定不是普通人。

在那张钱上还有一张图，是一个小孩子，背上背着一个大人，而大人的身上有一个更大的人。在那个小孩子的手上，画着一张奇怪的人脸，人脸在小孩子的手心里。

小孩背着大人，大人背着巨人？还是说，小人背着大人，而小小人背着小人？这是一种什么象征？

手上的人脸是什么？

何剪西百思不得其解。他想了想，开始把钱上所有的划痕都临摹下来，他准备去找张海盐。

既然这些钱不是施舍，是送信费，自己必须要把信送到。

就这样，何剪西打开了张海虾临死之前留下的谜语 box。现在还没有人知道这个 box 里信息的丰富程度，何剪西只是开始解析和瞎猜。但多日之后，何剪西分析出的这些信息，将改变这个故事的进程。

第四十六章 长沙大吉祥

长沙城不若厦门，内陆的大城潮湿没有风，各路小摊的臭豆腐、炒辣子味混杂在空气中，空气中飘着不知道是油烟、雾气，还是柴火烟。叫卖的货郎，各地的商贩骡子，湘西的少数民族里混着和尚、道士及修道士，还有披头散发的乞丐和坐着三轮人力车的富人，你很难用一个词语来形容长沙。

从长沙站下车，先吃了一碗辣子米粉。张海盐在马六甲也吃辣椒，但从来不是这种辣法，他强忍着吃完，满头细汗。

长沙的主街非常繁华，和租界里已经没什么区别，弄堂里也是青石条的路，有很多茶馆，都是人满为患，湘剧、花鼓戏、弹词的声音充斥着大街小巷。当时的长沙还有五十多家戏院，各种戏曲演出昼夜不停。花灯上华灯下，有着湘人特有的尽欢享乐，热辣淋漓的气氛。

和出身环境大不相同，张海盐有一种自由而新鲜的感觉，觉得一切都那么不同，又那么有烟火气，活力四射。张海琪似乎来过长沙，故地重游，有些感慨。张海盐也不知道，这上一次，是不是在半个世纪以前了。

两人吃完东西，走路消食。他们在来之前已经电报送上拜帖，担心到了这里被误认为是特务。他们住的大酒店叫做大吉祥旅社，长沙甲等，如今是淡季，没有妓女、弹唱的密集往来，十分清静。

到了酒店，已经有张启山的副官在门口等候。一个穿着军装的军官，就在酒店的大堂，背手看着酒店墙壁上的一幅横墙字画，若有所思。

张海琪和张海盐走进去，就有下人来接衣服，接着，外面的守卫就把门窗都关了，在屋里点了灯。

这个人是张启山没错了，张海盐心说。张海琪走到大堂的沙发边上，看到一边的洋式壁炉也点了起来。张启山回头和他们两个人对望。

张海盐对人是有理解的。张启山这个人，他看过去，人如其名，整个的气息像一座山一样，觉得不可撼动。

“一般情况我是不欢迎张家人的。但既然来了，也不好让你们马上就走，我们是要先叙旧，还是聊正事？”张启山坐到沙发上，请他们落座后，问道，“张小姐应该和我有很多事可以聊。但我公务繁忙，最好长话短说。”

张海琪也看着张启山，神情就这么轻描淡写的。所谓山海不可见，这不就见面了吗？

“你也是张家人？”

“其实我不想叙旧。以前是，现在不是。”

“可以不是？”

“我亲身所试，可以。”张启山说道，“你如果是来告诉我不可以的，那我劝你别开口。”

张海盐仔细观察了这个酒店，这个酒店里应该全都是张启山的人。显然张启山对他们是防备的。这种气氛，他在张瑞朴那儿感觉到过。但被正规军虎狼环伺，还是第一次。

张海琪感觉到了紧张的气氛，也看了看四周，说："我不知道你和张家的关系和过往，但肯定和我没关系，海楼，你说一下我们的来意吧。"

张海盐看了一眼张海琪，心说这么难说出口的话，还想看看干娘怎么说出来不丢气势，没有想到是让他说。张海盐咳嗽了一声，张启山冷冷地看着他们。

张海盐道："其实是这样的，大家都姓张嘛，我们是来投奔亲戚的。在厦门遇到了棘手的事，人手不够，希望亲戚一场，可以借几个师给我们。"

张启山看着张海盐，又看了看张海琪，双手合指，盘动了一下，对副官道："如果下句话这个人还开玩笑，就把他们两个都带走。"

副官点头，手放到了腰间的枪上。

张海盐意识到这是个一本正经的人，有些头疼。张启山这种行事风格，其实他们在路上就有所耳闻，但没有想到会如此直接。

这时候张海琪问道："你和莫云高是什么关系？"

张启山歪头看着张海琪，显然有些意外，他想了想，没有回答。张海琪继续说道："我知道你在查他，我把我们知道的告诉你，你把你知道的告诉我们，我们目标一致，不用浪费时间。"说着看了一眼张海盐。

接下来，张海盐把事情的大概经过对张启山说了一遍。

张启山听得很认真，听完陷入了沉默，歪头看着窗外："南洋档案馆竟然被一个西南军阀给破坏了，而且，你们认为他有继续散播瘟疫的可能性，这个莫云高目的不明，行事诡异。"

张海盐点头，张启山起身道："我在查莫云高没错。在北海发生太多起人员失踪，上头让我低调追查，一直没有进展。如果你们能够提供你们说的这些实际的证据，我可以强行收缴他的指挥权，让他的部队没有办法行动。你们可以按照你们的想法，处理他。但如果没有证据，现在政局混乱，恐怕上头不会多生事端，我调动长沙布防军进攻北海，也根本不可能。”

张海盐此时意识到，虽然他们的对话很生硬，但是是有效的，这个张启山是一个不讲究气氛、只讲究沟通的人。

“如果你愿意合作，我们会提供证据给你。”张海琪道，“但，莫云高一定要给我们。”

张启山站起来，点头：“事实上，我很多年前和莫云高有过一面之缘。他有一个很奇怪的举动，他对我的姓表示羡慕，并且，和我讲了一个故事。他说，有一次西南军阀大战，他还是排长的时候，进入了一个瘟疫区，当时西南大疫，他所在部队的其他人都死了，他自己躲入了一个疫村，被一个张姓的青年用自己的血液所救。从此，他认为自己见到异人了。”

“异人？”

“我觉得，结合你们的说法，会不会他在瘟疫中见到了一个张家人，看到了张家人的特殊能力，为了再次见到张家人，所以才散播瘟疫？”张启山接过副官递来的军帽，“两位，我所知不多，也已经全部相告。我们约定在此，我等你们的证据。如果你们愿意，既然为同宗，山海相逢就说明东北已经产生混乱，长沙可以收留你们，为国效力。此外——”

张启山顿了一下，继续说道：“莫云高此时正在前往南京的路上，此时各地军官都要去南京复命，你们要谋划什么。我在南京可以协助你们。”

说完，张启山就离开了，外面汽车开走了。副官交代了，老板要好好招待，放话让他们好好休整，外面有卫兵包围，保护他们安全。

张海盐心说，有这么忙吗？穷亲戚上门就是这副样子，刚想说话，张海琪道：“莫云高见过族长。”

“族长？”

“他以为族长是异人。”张海琪说道，“如此说来，莫云高知道张家的存在，至少知道一些。他做了那么多事，是想知道得更多。”

所以那些南安号上的杀手，才会把尸体都运回来。

第四十七章 南京

张海琪知道，张启山说的是对的，而且这一定不是推论。张启山肯定有其他的证据，只是不愿意多说，只是轻描淡写地透露给他们。

那莫云高真的是一个非常可怕的人。

躺在床上，张海盐看着天花板，长沙的潮气让他有些难以入眠。

他在今天有一种很微妙的感觉，因为张海琪说了“族长”二字。

从小到大，张海盐对于人世间的感觉都是凋零的，从来没有感受过人群中的苟且感。但是“族长”二字，让他忽然感觉到一种家族庞杂、家族事务纷至沓来的感觉。

我有一个族长，也就是说，我有一大家子人。

在这茕茕孑立的人世间，这种感觉让他莫名有安全感。

走亲戚，就算富亲戚对我不好，那也是亲戚。

族长，他是一个什么样的人，能够让人散播巨大的瘟疫，冒着会死十几万人的风险，要再见他一面？

张海盐从床上坐起来，他睡不着，来到阳台上，就看到隔壁房间的阳台上站着张海琪。

张海琪穿着睡衣，正在抽烟。外面月亮很大，湘江就在肉眼能看到的地方，中间一片灯火。

“张启山这算是帮我们，还是不帮我们？”张海盐问。

找到证据，当然比干掉莫云高要简单一些，而且他们本来就是特务，这是本行。但细想起来，如此缜密的计划，证据应该都在莫云高的府邸，还是要去北海，避开所有耳目，潜入北海司令部。

这比直接杀掉莫云高也差不了多少了。

“张启山的意思是，莫云高正前往南京，应该直接在南京劫持莫云高，审问出瘟疫证据所在。然后电报给北海的队伍，直接抓人、封司令部。”

“在南京下手？”

“他会帮我们接近莫云高。”张海琪说。

张海盐沉默。不得不说，这是精巧的办法，是当兵的会想出来的方案。可以推测，张启山要的是全面取缔莫云高的防区，让联合军进驻北海，避免莫云高被抓之后的军阀割据。

而莫云高在北海的时候，就算抓住了莫云高，他多年经营的体系也未必马上就范，即有可能他们和莫云高一起被蒙在北海。

自古抓藩王，都是要在京城抓的。

“我们能信任他吗？”

“我们如果已经拿住了莫云高，只要审完，莫云高如何处置就是我们决定的。张启山也不信任我们，所以这个办法，他拿他的北海，我们拿我们的莫司令。”张海琪抽了一口烟。张海盐问道：“这么完美，你却睡不着，哪里有问题？”

“考你，你说。”

“我在想，为什么莫云高要去南京？”张海盐道，这个西南军阀中不起眼的人物，已经完全消灭了南洋档案馆，他的计划正应该是全面展开的时候，加上他和联合军的关系那么微妙，为什么要去南京呢？如果是他，就敲断自己的腿哪儿也不去。

他去南京能有什么好处呢？

“北海到南京，路途遥远，也许他的目的不是南京，而是路上的某一个点呢？”张海琪道。

张海盐一个翻身翻到张海琪的阳台上，张海琪看着他继续道：“从北海出发要水路先到广州，然后火车过长沙，过武汉，去南京。”

张海盐忽然心念一动，想到了什么，进房间里拿出纸笔，开始在纸上画。

“这是马六甲暴发瘟疫的几个村子的位置，和他们中间的连线，这是广州，长沙，武汉，南京。”

村子连线之后的形状，和广州、长沙、武汉、南京四城的连线，一模一样。

张海盐沉默，马六甲的村子真的只是实验。

莫云高特地找了相似距离的村子释放瘟疫，来研究传播速度。现在，这个莫云高要在大陆玩真格的了。

“马六甲村子里的瘟疫是同时暴发的，也就是说，这四个城市的疫病也会同时暴发。”张海盐说道，“关键的时间，是莫云高到达南京的时间，南京会是他发出信号的地方。信号发出，所有城市会同时开始发病。”

张海琪点头同意，就在这个时候，他们同时看到楼下有车到。

张海盐问道：“是谁？”

“是接我们的，刚才我已经把我的猜测——和你的一样，通过卫兵交给张启山了。”张海琪把烟掐灭，张海盐看到她行李都没有拆，问道：“我们去南京？”

莫云高坐在火车餐车里，看着自己面前的一只小瓶子。

小瓶子里有一只甲虫，看得出是西南的品种，是七星瓢虫的一类。

他的边上站着一个青年，一脸的不知所措。

莫云高拿着一根针，非常仔细地刺了一下那个青年的食指。

他刺得很慢，非常深，感觉要从另一面刺出来了。青年十分痛苦，但是身后有士兵架着，他动不了。

然后拔出针来，伤口渗出血滴，他非常认真地把血挤出来，滴入那只小瓶。

里面的甲虫无动于衷。

莫云高放下针，看着坐在他面前的女孩。

“没有用。”

外面是山区，这里是长沙往武汉的丘陵地带，远处有炊烟和夕阳。

“你需要耐心。”

“我有耐心。”莫云高对女孩说。“我看上去很急躁的样子吗？”他把甲虫从瓶子里倒出来，放到手指上，甲虫也显得有点不知所措。

莫云高一下捏死了它。

“我不喜欢别人随便定义我。”莫云高看着女孩，又问，“你的妹妹找到了吗？”

女孩摇头。

“我已经派人在各大码头打听了。这非常浪费我的精力，作为报答，我希望你能够尽快找到我要的东西来。”

莫云高站起来，对士兵做了一个清理的手势，士兵一下就拧断了青年的脖子。

青年倒在地上。

莫云高回到自己的房间，脱掉军装、军裤、军帽，并将它们整齐地摆好，然后犹如尸体一样躺到床上。

他闭上眼睛，就看到了那个年轻人。少年还是青年？分不清楚。

时间过去了很久，但每次闭上眼睛，他都能看到那个年轻人，用深潭一样的眸子看着自己。

“我要死了。”当时的莫云高还是一个青年，他虚弱地对那个少年说，“你最好不要在这个地方久待，否则你也会死的。”

“我不会死。”那个年轻人对他说，“我要赶路，到山里去，你知道路怎么走吗？”

“我以前也以为自己不会死。”莫云高笑了，“你去那座山里做什么？”

莫云高看了看，他躺在一处土坡上。这里的战斗刚刚结束，他的士兵已经全部死亡了。年轻人对他说道：“山里，有东西要出来了。”

第四十八章 快速计划

莫云高望向那个年轻人看的方向。那座大山后面，连接着数不清的大山，山后有山，山中有山，山下还有山。

他忽然涌起了一种生的希望，捂着肩膀上的枪伤："那你背着我，我就一边帮你指路。"

这里民风淳朴，虽然这个人看上去是个北方来的，但年纪尚小，应该可以欺骗。

只要离开这个战场，他把军装一抛，就应该能活下来。

年轻人没有理会他，在他面前整理行装。年轻人的左手有伤，用尸体上的绷带裹了一下，说道："你现在走还来得及。"而他自己继续往前走去。

莫云高的希望随着年轻人的离开，慢慢变成了绝望。他冷笑起来，因为年轻人走的那条路，之后是一条山体的缝隙，他们就是在那条路上被袭击的，里面有土匪的埋伏。

“行路菩萨，应该救人，否则就回天上去吧。”他嘿嘿笑起来。

他抓了手榴弹，这颗手榴弹，可以免去他被俘之后的折磨。土匪会活剥了他的皮，挂到镇上去，让老百姓害怕。

他在山坡上等到了天黑，又等到了天亮，等来的，只有啃食尸体的野猪。

没有土匪来收拾战场。

莫云高有些意外，他的伤口已经止血了。他爬了起来，身体有一些恢复，收了一些尸体身上的干粮和水，脱掉了军装，就想逃命去了。

但莫云高和普通人有些不一样，他往山外走了几步，忽然就想，为什么土匪没有从山里出来？

明明他们已经全败了。以往剿匪的时候被埋伏，土匪绝对不会留情。

他想到了那个年轻人。

那个不肯救人的小鬼，应该已经死了。

他走着走着，鬼使神差地开始回头，往后面的山中那条缝隙走去。他想去看看，到底怎么了。

太阳刚刚出来。莫云高清晰地记得那一天爽朗的空气，天蓝得不成样子。

他走入那条缝隙，四周变得很暗，所有的蓝天都从头顶倾泻而下，这是一种很奇妙的景色。

在不久之前，蓝天的位置，都是汉阳造，土匪们在山顶缝隙的外面向里射击。他们只能依靠凸起的岩石做掩护，抬头射击头顶的目标，弹道毫无经验。

之后，土匪们的土手雷丢下来，他们就招架不住了，只能逃窜。

如今，缝隙中安静得有点吓人。

他继续往前走着，越来越安静，大概三个小时之后，他竟然走到了缝隙的另一头。

他就看到了所有的土匪的尸体，呈放射状，死在了出口的位置，像是从缝隙中狂奔出来，然后忽然倒地，死亡。

更加离奇的是，尸体上面全是苍蝇，比他们战士的尸体上的苍蝇要多得多了。

他仔细去看，就发现尸体大部分高度腐烂，不似刚死的样子。

他有些惊讶，忽然意识到，自己到底睡了几天了？

他没有看到年轻人的尸体。但当地人都知道，缝隙的另一边全是土匪控制的，除了被掠进山后的妇女，谁也没有见过缝隙另一头的样子。他如今进来了。

莫云高继续往里走，就闻到了滔天的恶臭。再往前走了几步，他就看到缝隙后面有一个村子，几乎被苍蝇笼罩。到处都是尸体。

整个缝隙后面的土匪寨子，都烂了。

他看到了在村子的后面，苍蝇聚集得更多，到处是蛆和尸水。

莫云高不知道发生了什么，他朝着村子的后面走去，就看到大部分土匪的尸体，都在村后的一个大坑中被堆了起来。苍蝇像云一样。

他缓缓地靠近，苍蝇不停地撞击他的脸。

忽然，他发现苍蝇之中，有飞着不是苍蝇的东西。就在他想拍死一个看一下的时候，忽然有人一下抓住了他的后脖子，直接把他提溜到了边上的树上。

那人就像提麻袋一样，瞬间上了高的树枝。莫云高一看，就是之前的那个年轻人。

“这里怎么了？”莫云高抬头问他，“你把他们杀光了？”

年轻人看着下面的尸体堆，说道：“别说话，那东西，马上要出来了。”

刚说完，莫云高就看到那尸体堆动了一下。

火车震动了一下，莫云高醒了过来。

他睁眼看着车顶板。良久，他才坐了起来。

“到哪里了？”他问了一声，外面的警卫员立即开门回应：“刚刚过长沙。停车的时候，张启山让人送来了礼物。”

“那些不实惠的吃吃喝喝的东西，就不要给我看了。”莫云高说，“张启山出发了吗？”

“听说还有两三日。送来的不是吃的，张启山说，是师座梦寐以求的东西。”警卫员说道，压低了声音，“是一个张姓的女人。”

莫云高停顿了一下，缓缓地穿上军装，跟着警卫员出去。

这辆火车是莫云高包下的专列。平日里有十节车厢都在车库里，从广州上车之前，租一个火车头。当时张作霖的专列有二十八节，莫云高的排场算是比较勉强的地方军阀中的垫脚。

即使如此，莫云高的办公室、卧室仍旧比较宽敞，警卫和随从的房间分布两边。

莫云高来到自己的办公室，就看到张海琪被五花大绑，正坐在自己的沙发上。

莫云高没有立即靠近，警卫员递给莫云高一张纸条。是张启山的留言。

“此人到我府上，约我合作，找你北海妄政的证据。同僚一场，不愿相扰，交由你自己处置。另，此女身上文有麒麟，血热则现。听闻莫贤弟久寻不得，如今可得偿所愿。”

莫云高坐到了办公椅上，让警卫员把前后门都关上，然后看着窗外。

警卫员问道：“师座，你怎么看？”

“张启山表面上不输礼节，其实一直在查我，会这么好心送张家人给我？是怕我怀疑他是张家人，所以洗清嫌疑？”莫云高不以为意，他要的东西从来就不是简单的权力或者其他。他看着张海琪，忽然从抽屉里拿出一份报告，翻了翻，问道：“你是南洋档案馆的人吧？”报告中夹着一根针，他从另一边抽屉拿出一只小瓶子，里面是瓢虫。

第四十九章 钱上的暗示

莫云高来到张海琪的身边，张海琪冷冷地看着他。这个传说中的幕后黑手，显然长期遭受失眠的折磨，整个人呈现出一种虚弱的气息，但是他的眼神中闪烁着琉璃一样多变的光芒，充斥着一种变化力。

你并不能看透这种人，因为这种人没有固定的形态。

莫云高抚摸张海琪的耳朵，抓住她的耳根，用针刺了进去，然后挤出血来，滴入瓶子里。

血落入瓶子，里面的瓢虫像疯了一样开始在瓶子里乱跑。

莫云高有点不敢相信自己的眼睛。他晃了晃瓶，瓢虫跌倒，爬起来，开始在瓶子里飞起来，不停地撞击瓶子，想要出来。

莫云高看着张海琪："你真的是张家人。"

他跌坐在张海琪面前的沙发上，捂着脸，沉默了一会儿。接着，莫云高跪了下来，向张海琪恭恭敬敬地磕了个头。

张海琪没有预料到事情会如此发展。她看着莫云高，莫云高长跪不起，非常虔诚，就如同看到了神迹一般。

但是他没有给张海琪松绑。

这个人心理有问题，他很喜欢表演。

坐回到沙发上之后，他说道："我研究了很多的典籍，上一次有普通人抓到张家人还是在明朝的时候。不知道是不是小说家乱言，据说，张家人认为，每隔一段时间会有当世奇才出现，对这个家族产生威胁。"

"这个时代没有当世奇才。"张海琪说道，"你能对张家产生威胁，是张家自己的问题。"

"听说你们是长生不老的？"莫云高看着张海琪的脸。

"没有任何东西可以长生不老。就算是张家，也有寿命，世界上从未有东西是永恒的。"

莫云高点头："你说得对，但张启山为什么要把你送给我？你和他，有什么打算？"说着就忽然掏出了手枪，指着张海琪，"你们张家人要解开绳子手铐，很简单吧？！"

张海琪身上的绳子和手铐，是真的锁上的。

张海琪没有动："你应该去问他，投怀送李，应该是有交易要做。"

莫云高从边上拿出一张纸条，写上电报，让警卫员去发电报给张启山。

"你已经抓到了张家人，是否可以停止散播瘟疫？我们好好聊聊，你到底想知道什么？"

莫云高笑了："我做什么你们都猜得到，哈？"他看了看窗外，"我要找的不是张家人，你搞错了。你们没有资格让我做那么多事，我要见的，是那个特定的人。"

张海琪看着他：“你怎么知道他一定会出现？”

“他会知道我在找他。只要你们一个一个都消失了。这样我就会逼他出来见我。”莫云高的眼前又忽然闪过那一堆尸体。

尸体拱了起来，有东西要从里面出来。

他恍惚了一下说：“你不要搞错，你并不是我找到的第一个张家人，我已经见过三个了。但我很尊敬你们。你们身上所有的东西都不会被浪费。”

张海琪冷冷地看着他，莫云高继续说道：“我的警卫员，怎么到现在还没有回来？你说，他会不会是第一次当我的警卫员，所以在车上找不到路了？”

张海琪眉头一动，她看到这个车厢两边的门都关了，而且被锁上了。“你是在转移注意力，有一个换脸的，换成我身边的警卫员，去找我计划的证据了吗？”莫云高说道，“张启山一向喜欢耍这样的小聪明。”

张海琪活动手腕，手铐的链条直接被扯到极限，再一用力，就会断。莫云高继续说道：“我能和张家作对，你们能用普通人的方法对付我吗？你们不能如愿的。”

假扮成警卫员的张海盐，拿着电报纸，推开了下一节车厢的门。这个车厢非常暗，没有卫兵，电报室就在这一节车厢的后面。

他打起火折子，发现这一节车厢里全是瓶瓶罐罐。里面都是些人体器官，像泡酒一样泡在里面。

他凑近看，就看到很多瓶瓶罐罐里装的都是手，有几只手的手指很长。

接着，他看到了一个大罐子，罐子很大，里面有半个人。已经泡得发白，死了很久了，不知道用了什么方法。这个人身上有麒麟的文身。

这个人是被炸死的。

张海盐看了看四周没有人，点上了烟。火折子没有点着烟，灭了。

他又打起一个火折子，火光下，就看到罐子的倒影，倒映出他身后有一个女孩。

他转过身，一个女孩不知道什么时候站在他身后，身材修长苗条，和他在南安号上看到的那个一模一样。

他愣了一下，发现不对，并不是一模一样，但非常相像，是双胞胎。

“我打电报。”张海盐默默地说道。

那个女孩忽然对张海盐说道：“我可以要你吗？”

张海盐嗯了一声，心说：什么，警卫员和这个姑娘有一腿？现在要来事？

“师座还在等着。”张海盐说道，“等会儿。”

那女孩说道：“我现在就要。”

张海盐抚摸女孩的头发，心说，这么小就不要搞七搞八了。忽然，他的手被女孩捏住了。

何剪西拿着钱，在阳光下看着。他看着小一点的人背着大一点的人，再背着更大的人。

这是什么意思呢？在这个序列里，年纪越小的人，承受的重量越大，也就是说，他们越强壮。

张海盐感觉到，一股巨大的力量从女孩的手上传来。这种力量都不像人类的力量，感觉像一种动物。

张海盐打架打得太多了，一感受到力量的苗头，就知道不好。

张海盐立即张大嘴巴，露出了舌头下面藏着的刀片。女孩被刀片吸引的瞬间，张海盐一把甩掉了抓住自己的手，往后翻了一个跟头。

刚落地，那女孩已经贴到了他的面前，再次，抓住了他的手。“我先要手。”女孩说道。张海盐觉得手忽然一重，手腕已经变形了。他感觉吃痛，忙用尽全身的力气直接一肘击，女孩轻微侧身躲过，一下抓住了他的另外一只手。

第五十章 「海」字辈

张海盐成年以后，已经不知道有多久没有遇到强到无法理解的对手了。

对于他来说，只要是能打的，打得过的不说，打不过的，瞬间他就知道为什么打不过，在什么情况下能打得过。

所谓强到无法理解，就是不知道发生了什么。

那无论打多少次，你都不会知道发生了什么，这说明双方实力差距太大了。

这个女孩的实力虽然没有那么夸张，但也很靠近了。

不是招式的问题。

说实话，力气大，韧带松，速度快，不需要招式。

这个女孩，力气太大，速度太快了。

张海盐快速甩掉了那个女孩的手，知道不能轻敌，直接对准女孩的咽喉近距离射出刀片。

连射了十二枚，几乎涵盖了女孩所有可能躲避的方位。

这么近的距离，原则上是不可能躲掉的，女孩也没有躲，直接一巴掌拍在张海盐的脸上。

张海盐的脖子几乎被拍断。所有的刀片射偏，打在一边的罐子上，罐子全部被打碎。

但这一下，张海盐的另外一只手没有被抓住，他的手伸到防腐的液体里，直接泼起液体。

女孩立即松手去护眼睛，张海盐这才得以脱身。就地翻滚之后，不敢再停顿，直接后退了十几步。

女孩拿边上的手帕，擦掉身上的水。

都说莫云高身边有很多少数民族的高手，这个女孩应该是白姓双胞胎姐妹吧。这哪里是少数民族高手，这是少数民族的神仙。

“你吃什么长大的？” 张海盐握住自己的手腕。手腕双腕骨，有一根骨头已经断了，手开始肿了起来。

“吃你们这种人。”女孩舔了舔手上的液体。张海盐发现，这不是防腐液，这是烧酒。

他刚才看到的不是标本。是药酒吗？拿张家人泡酒喝大补吗？

张家人是唐僧肉吗？发愣的工夫，女孩完全不给他喘息的机会，又贴了过来。火车晃动，张海盐看到女孩趔趄了一下。

没有基本功，就是单纯的快和力气大。

张海盐立即决定玩心理战。他算着距离提前后退，已经退到了下一截车厢边缘，说道：“白姑娘，其实是白珠让我过来的。”

那女孩明显愣了一下，张海盐继续道：“她说，她很想你，希望能够和你尽快见面。如果你杀了我，你们就见不着了。”

那女孩冷冷地逼近，张海盐看着女孩，就听到电报室那边的人过来敲门：“白玉，怎么了？”

白玉立即道：“有东西被打破了，我在清理。”

眼看电报室那个方向的门就要开了，白玉立即来到张海盐边上，一下扯掉他的外套裹在自己手里。

进来一个警卫兵，看了看满地狼藉，警卫员对白玉说道：“你们没事吧？”

张海盐看了一眼白玉，把纸条递给警卫兵：“给张启山发报。”

警卫兵接过纸条离开。张海盐看着白玉，刚想说话，白玉一下又抓住了张海盐的另外一只手：“我妹妹在哪儿？”

张海琪和莫云高站在他的办公室车厢里，莫云高毫不畏惧张海琪。

“你把我们两个人关在这里，你知道我可以直接杀了你吗？”张海琪问道。

“现在可不可以别杀我。”莫云高说道，“可能对大家都有风险。”

张海琪看到，从莫云高办公室的各个角落里有蛇爬出来。

蛇都是绿色的，吐着蛇信，每一条大概有手臂粗细。

“这些蛇的主人就在隔壁，他可以通过他的方式控制这些蛇保护我。”莫云高道，“南疆的这些玩意儿，我是不懂的，都是陈西风帮我找来的。但你们应该听说过，我身边有不少能人异士。你们知道，要和你们斗，我肯定不敢找普通人。”

张海琪用眼角余光看着房间里的蛇，到处都是，都在不起眼的地方。自己刚才根本没有发现。

“蛇的嗅觉很好，在我身边用假脸是没有用的。”

“所以，你一早就发现了。”

“据说这种蛇叫做信蛇，会替人警戒，不知道我有没有记错。”莫云高看了看身后，“等我的人把你的朋友请回来，我们再来聊后续的事情。”

争气一点儿子，张海琪心里说。

“当然，如果你能丢个什么东西过来，直接打穿我的喉咙，就像你们那个张海盐一样。”莫云高看着张海琪，“蛇也没那么快。所以——”莫云高从沙发下面掏出来一个箱子，箱子正在缓慢地喷着气。

“这是一种神经毒气，你的沙发下面也有一个。我坐到沙发上这个位置，下面的机关就会被我压下去，你沙发下那个就会开始释放毒气。而我在来之前，喝了一杯咖啡，里面有中和的血清。但你现在就很麻烦了，你可能连手都举不起来。”莫云高示意张海琪抬一下手，“是不是有点站不住了？”

张海琪活动了一下手，完全没有障碍，她想了想：“不好意思，我是海字辈，气息很小，在水里呼吸一次可以潜水很久，这是我们的特长，平时我们也不需要像普通人这样大喘气。”

说着，张海琪抓住沙发，单手用力往边上拉了一下。沙发是固定在地面上的，她这样用力一拉，固定的钉子都被扯了出来。沙发被挪到一边，沙发下面有一个气瓶。

莫云高拔腿就跑。

他脑子里闪过那个年轻人从树上跳下去，如精灵一般落向从尸体堆里出来的那个黑影。莫云高看不清那是什么，熊吗，还是僵尸？但是它太大了。莫云高吓得尿了裤子。

年轻人落在了黑影的脖子上，双膝下压，把那个黑影压得跪了下来。然后直接扭动腰部，黑影的脑袋不自然地被扭了一百八十度。接着，那个年轻人拔出腰间的刀，刺入黑影的咽喉，整个人绕着黑影翻了一周，直接把头拔了下来。

年轻人提着那个头，刀已经被扭成花。他看了看刀，将刀抛入尸体堆中。年轻人抬头看着莫云高。莫云高发现，空气中那些不是苍蝇的虫子，开始逼近自己，这些虫子竟然是从黑影上飞起来的。

那年轻人举起手，张开手掌，伤口裂开，渗出鲜血。尸体堆上所有的苍蝇和其他虫子，犹如疯了一般逃开了，整个空间好像被暴风雨攻击了一样。

四周，一下变得清净。

第五十一章 她就是个骗子

张海盐看着白玉，女孩对于妹妹的感情是真挚的。但从白玉刚才的表现看，她们姐妹俩……应该都是杀人狂魔。

张海盐从不因为女孩长得漂亮，而有任何的偏颇，他也不相信因年纪小而罪不至死的说法。

女孩眼神中流露出来对妹妹的担忧，让人觉得我见犹怜。但在张海盐的眼中，那是一条垂头的毒蛇，他的目光还是离不开七寸的位置。

“你妹妹还在厦门，在我们手里。”张海盐毫不犹豫地驴她，“放心，她得到了很好的照顾。但你们杀了我们这么多人，如果我这次回不去，你妹妹会死得很惨。”

“我怎么知道你说的是真的？”

白珠很可能已经死在海上了，她从远洋坐救生艇逃走，能够从厦门上岸的可能性太小了。

“你只能相信我，因为我从南安号上活着下来了。其他人不可能知道她的下落。”张海盐说道。

白玉眼神凶狠地看着张海盐：“我可以放你走，你要怎么样才能把我妹妹放回来？”

“你背叛了莫云高，你应该不会有什么好下场吧？”张海盐说道。他觉得年纪轻，就算身手强健，心理还是太容易被控制了。

“他不会知道的。我会说你跳下车了。”

张海盐笑了，他看了看边上的警铃，说：“没有达成目的，我是不会走的。”

就像那种长得好看的花花公子一样，张海盐在心里说，不停地强调自己要什么，让她没有办法去认真思考。因为喜欢把对方直接杀掉的人，一定很难接受真正的压力。

任何时候，让敌人活着的压力，一定比杀死敌人更大。

白玉看着他，说道：“你要做什么？”

“我要你们在每个城市的部署。”张海盐说道，“如果你让瘟疫在这些城市暴发，我保证你妹妹一定也会在这些城市中的某个城市中被杀死。白玉，你看，我现在做的是好事，我是好人，好人会让你和你妹妹团聚。”

然后一起杀了，张海盐心里想，如果你妹妹还活着。

白玉看着他，僵持了一会儿，问道：“你想阻止瘟疫暴发？”

“对。”

“我们的队伍会带着瘟水，倒入每个城市的水源，他们是自由行动的。师座用电报通知他们，他们就会在收到电报的第二天开始进行。”

“如果收不到电报呢？”

“会在下个星期一的下午十二点，在各地启动。南京我会带队。”白玉说道，“但，肯定不会是下个星期一的下午了。”

“为什么？”

“你刚刚把释放瘟疫的电报给了电报房。”

“什么？！”张海盐愣住了。

白玉说道：“你刚才的电报，就是密令。如果是师座给你的，他就是希望你亲自把这个电报发布出去，他就是那样的人。”

张海盐转身冲向门口。他打开门，狂风吹进来，他立即推开门到电报房里，就看到张海琪已经拧断了发报员的脖子。

“干娘？你怎么在这儿？”

“莫云高跑了。”张海琪道。刚才莫云高直接跑了出去，她追的时候被蛇攻击，蛇的速度非常快。张海琪追出来的时候，莫云高已经不见了。她第一反应是，先干掉发报员。

张海盐直接冲过去，看发报员有没有把电报发出去。发现电报机还没有打开，他才松了一口气。

张海琪问怎么了，张海盐说了来龙去脉。白玉就在另一节车厢的门口看着他们。

张海琪看着白玉，对张海盐说道：“还是除掉吧。”

白玉立即退入了黑暗，张海盐说道：“我还有事要问她。”

“这是个骗子。”张海琪说道。

张海盐愣了一下，张海琪说道：“相信我，女人一眼就知道。和她没有什么好说的。”

张海琪单手提着尸体，直接将尸体丢下车。紧接着，他们听到警卫的声音，原来是莫云高通知了警卫，他们的奇袭失败了。

张海琪对张海盐说道：“扛三分钟。”说完，就坐到发报机前，开始给张启山发报。

张海盐出去，关上发报车厢的门，就看到对面车厢的灯亮了，里面全是荷枪实弹的警卫员。这些人都用勃朗宁M1910手枪，在当时叫花口撸子，枪十分秀气但威力惊人。张海盐忙低下头，他站的地方后面的门已经被打了四五个枪洞。张海盐翻到火车的下面，一下拧开了火车的连接处。

两节车厢立即分开，但是因为惯性，车厢分开得非常慢。

张海盐的脚几乎碰到枕木。有警卫想跳到对面的电报车厢，被他一下抓住脚，直接摔下来卷进铁轨。

骨头被碾碎的声音让人打了个寒战。

后来者不敢再跳，对着下面开枪。张海盐迅速爬到了拿张家人泡酒的那节车厢的下面，他的手非常疼，手肿得有些变形。有警卫探头下来射击，被张海盐一刀片打穿眼睛，直接挂在连接的地方，而他自己也差点掉下去。

火车头在泡酒车厢那边，两节车厢的距离越拉越远。张海盐从边上翻上车厢，直接爬到车厢的顶上，打算助跑直接跳到电报车厢的顶上。但距离已经太远了。眼看张海盐就要落在铁轨上，被冲上来的电报车厢直接碾死。电报车厢里的张海琪推开门出来，手里扯着电报线，一下甩出电线。

张海盐凌空捏住，张海琪侧面跳出火车。火车正行在高桥上，下面就是湖。张海琪一拉张海盐，就把他拉到自己的怀里，直接抱住，两人头朝下跳进湖里。

车上面的警卫对着湖面开枪。手枪距离有限，打进水里没有威力。警卫大叫停车。

两个人从湖里浮了上来，立即往岸边游去。两个人的水性极佳，快速地上了岸。张海盐问张海琪："那个女孩在骗我？"

"对，长着一张从小骗人的脸。"张海琪掏出烟，全湿了，"她不会和你说实话的，她只想知道她妹妹的消息。"

"还好我也是骗子。你给张启山发什么电报？"

"什么都没发。我做了手脚，调了发报台的频率。"张海琪说道，看了看火车。

火车上，莫云高所在的两节车厢都停了下来。他来到发报车厢，叫了一个警卫发报："情况有变，通知四个城市里的人，行动时间和方法，调整如下。"

发报员开始发电报，在张启山宅邸的电报室，所有电报员开始默写莫云高的命令。

副官对张启山说道："确定是从莫云高的军用频率发出的，所有的计划人员、行动方式，都有了。"

张启山看着电报纸："通知南京我不去了。我们去北海，明天天亮之前，广州、长沙、武汉三个地方莫云高的人，要同时抓住。在我们到达北海之前，传播怪病的假消息。"

第五十二章 孤舟蓑笠翁

张海琪和张海盐是落在岳阳南湖里的。他们顺着河岸往灯火处走，很快就看到了岳阳城。但是走过去也很远，这里有很多渔家，他们便上了船，一路到了岳阳楼，下船就到了街市。

岳阳楼挂着灯，不知道是什么节日。两个人浑身湿透，到街市上找了家裁缝店，找了现成的袍子。稍作调整之后，他们换装出了门。

张海盐心里盘算，他有很多想法，都没有说，也不知道张海琪真的是机智，还是早和张启山有这后续的补救。如果是第二种，干娘岂不是很早就预料到自己会出纰漏。

张海盐有点怀疑，当年张海琪让他去马六甲，就是觉得他的脑子在中国是活不下去的。

岳阳到长沙不过一天的路，这一番大战，两人都有损耗，张海琪上船之后就开始咳嗽。张海盐则手已经肿得不行。于是找到了郎中，张海盐接了骨不说，张海琪却没有查出什么毛病来。郎中欲言又止，不知道是什么意思。

张海盐有些担心，张海琪摇头，那种毒气对自己还是有影响的，郎中治不了外国的神经毒气。既然莫云高也敢在毒气里待着，说明总归不是特别吓人的东西，此时也只能等到明天见到张启山，再询问军医。

郎中给了一些甘草含在舌头下面，张海琪就和张海盐一起找了一个酒楼，叫了小菜，吃起饭来。

张海盐多要了一双筷子，放在边上，这一次没有给海虾报仇，他有些懊恼。张海琪把他的筷子收了回来。

“不要总把自己搞得那么明显。”张海琪说道，“特立独行的行为做的时候很爽快，但无故招惹了是非自己是不知道的。”

“是不是我在盘花海礁说出了自己的名字，才让这一切发生的？”张海盐问道。这件事情他一直耿耿于怀。

“和莫云高相处下来，我觉得他整个人已经坏掉了。”张海琪摇头，“你有权力报出自己的名字，就算你不这么干，莫云高也会和我们作对，毕竟我们知道他的阴谋。”

“可——”

“我哄你一次很耐心了，你闭嘴吃饭，把话题给我结束了。”张海琪说道。

张海盐叹了一口气，只好把后面想说的一万句话咽了下去。他看着张海琪，觉得张海琪的状态不太对。是不是对于刚才的结果也不满意？

两个人默默吃饭。外面就是长江和岳阳楼，人来人往，张海盐觉得有些游离。这些人，根本就不知道刚才发生了什么。

吃完饭，两个人去散步，问了长沙的方向，上了夜船，从长江进洞庭湖，在老港转湘江，水路去长沙。

张海琪忽然变得非常累，上了船之后就睡着了。张海盐睡不着，就在漆黑的江面上看渔火。

在江上生活过的人都知道，江风、渔火，船行向另一个彼岸，繁华三千却又无人等候自己，内心充斥着那种自由、孤独，无限的可能性和漂泊的焦躁感。

一夜无话。张海盐醒来时，天已经亮了。他是靠在船舷上睡着的，张海琪也已经醒来了，也靠在渔船的窝棚边。长沙的港口已经在前方。

此时的天空已经放亮，所有的买卖都开始了。

两个人搀扶上岸，张海盐在这个时候觉得张海琪有一些不一样了。

他们往码头里走。张海盐忽然停住了，他看着张海琪，看到了张海琪的头上出现了好几根白头发。

“娘，你在愁什么？一夜白头吗？怎么有白头发了？”

张海琪愣了一下，问道：“哪里？”

张海盐拔了一根下来，张海琪看着白头发，脸上露出非常奇怪的表情。

她捂住胸口咳嗽了几声，招停了人力车。张海琪从来没有过白头发，她算了一下自己的年纪，张家人仍旧会衰老，但她还未活到需要思考这个问题的时候。

她没有在意这件事情，对张海盐说道：“我说我已经一百多岁了，你信了吗？”

“张海虾也有白头发，他每天都拔。”张海盐说道。

两个人一边闲聊着，一边继续往布防司令部而去。

知道张启山已连夜动身去北海，张海琪就知道她成功了。

接下来一连串连锁反应，会有无数的变化，他们两个人没有能力去追逐这种变化，他们住回酒店等待张启山的消息。军医给他们检查身体，在食宿上也得到了礼遇。

这段时间是张海盐后来回想起来最愉快的日子，虽然长沙的天气有些习惯不了，但猪油粉，各种辣子、鸭血、鱼头、神仙鸡，吃到飞起。

每天报纸多有零星的消息。北海司令部的各种小道八卦，也开始多起来。对于他们来说，有消息就意味着暗涌滚滚。

但张海盐也有一些疑惑，张海琪在他的印象里，永远是精力充沛，从来不会疲倦的样子。但这几天时间里，张海琪每天睡的时间越来越长。

最开始，他还以为是他干娘贪睡。

但她睡眠的时间越来越长，开始超过了普通人睡懒觉的合理时间。

张海琪开始每天需要睡十个小时，接着是十五个小时，并且还在不停地增加。

张海琪自己也很奇怪，但她清醒不了多久就会剧烈地犯困，无法抵抗睡意。

终于有一天，张海琪睡着了之后，没有醒过来。张海盐等了整整一天，到下午还不见她起来，也敲不开门，只好翻过阳台去看她。

睡梦中的张海琪像个孩子一样，平日里脸上的煞气、凌厉都没了踪影。张海盐坐到床边，握住张海琪的手，此时她的脉搏仍旧强劲。这让张海盐第一次意识到，自己是一个大人了。

在这样的场合，握住张海琪的手，已经不像一个孩子握住母亲的手，更像一个父亲握住女儿的手。

阳光照进来，正好把窗框的影子印在他们身上。张海盐看到，张海琪白头发的数量已经无法用偶然的少白头来解释，虽然不到花白的地步，但拔是绝对拔不完的。

而且，他也第一次看到了，张海琪的眼角边有几条若隐若现的皱纹。

他忽然明白了一个真相。

他的干娘，开始变老了？

第五十三章 结案

张启山归来之时，盘花海礁案结案。

莫云高昔日濒死时见到一个异人，不似常人，异人救了自己，并用自己的血帮其解围。

之后机缘巧合，坐守了北海，岁月流转，心中对异人的事念念不忘。他当时问了异人，这身无常的能力是先天还是后天，异人告诉他是后天，于是心生不平。得势之后，所得甚多，恐惧失去，于是他希望能够再见异人，问询方法。为此不惜散播瘟疫，逼异人出现。

为获取当年传播瘟疫相同的病症，查阅资料，在南洋劫持船只，挖掘礁石沉船，得五斗病苗。却遇到南洋档案馆的人阻挠，于是策划了南安号事件，试验病苗传播速度，并屠杀南洋档案馆的人。张海盐、张海琪幸存，于当年火车上得到莫云高实施阴谋的证据。长沙布防官张启山去往北海，接管莫云高的领地，以雷霆手段更换守军，枪决莫云高的亲信。莫云高从南京回北海之后，北海已经易主。张启山在码头围捕莫云高，莫云高逃入桂西深山，不知所终。

在莫云高的宅邸发现了很多无名尸体。莫云高热衷于神经毒气，这些尸体中，有几具疑似是张家人，但尸体高度腐烂，手都被砍去，已经无法辨认。

故事写到这里，可以松一口气了。张启山回到长沙，希望收编张海盐、张海琪，帮助他们重建南洋档案馆。张海盐自然是做不了军人，承受不了这真正的军服。军籍是没有接受，但一身半真不假的制服上身，也算是个执法人员。

莫云高没有抓到，进入深山。张海虾的仇不能算报，此事终有后续。威胁解除，各地散播瘟疫的人被抓，瘟水全都被收缴焚毁。此时，何剪西在厦门寻找张海盐，一路找到了海利银行，在海利银行机缘巧合得到了一个襄理的职位。他仍旧在破解张海虾的钱画之谜，何剪西的故事才刚刚开始。这些钱画对于后续故事有着非常重要的作用，但时机仍旧未到，只能再次强调。

如果一切如此，故事就太过完美。人生总是有所揪心，不在这里，就在那里。

张海琪这一觉睡了七天七夜，军医给张海琪输送了营养液，免得她脱水。他告诉张海盐，这是深度的昏迷。

张启山带回了所有莫云高在北海的资料，从里面发现了原因。但具体消息因为卷阀档案有所缺失，这里只能大概拼贴，事实可能更加复杂。

那种德国的神经毒气，并不是德国生产，不知道是何来历。似乎可以破坏张家人的血液。莫云高只在记录中提到偶然所得，只此一罐。具体情况，恐怕只有抓到莫云高才能知道。

张海琪将以惊人的速度衰老下去，就像民间传说中的志怪故事，按照军医的估计，只有两个月的寿命。

张家为何而来，为何而长生，真相扑朔迷离，张家人自己都未必知晓。张启山提醒两人：东北张家已经失去联系，既然已经知道了族长的下落，如今要有所转机，只有一个可能性，就是找到族长。

张海琪不愿再去南疆，她的人生足够漫长精彩，如今忽然要接受死亡，觉得平静而令人期待。长久的青春是享受不尽的，事实上，长生并没有那么让人厌烦。但当你的人生足够长、送别的人足够多的时候，你多少也会期待自己和那个世界的人重逢的时候，并且，对于死亡毫无恐惧。

但张海盐无法接受。他接受了自己的干娘会永葆青春的同时，知道了这一切的神奇将在两个月之后结束。

张海琪希望自己葬在厦门的墓园里，和那些她送别的人在一起。也希望自己能够在死前，帮张海盐重建南洋档案馆，让张海盐有一个归处。

张海盐凄风苦雨，独身来到张海琪身边。身边人来人往，也不过一两个人，如今犹如浮萍一样飘零而去。他茫然地望着湘江，无法理解。

此时有一个算命先生，是张启山的朋友，为这件事卜了一卦。

熟悉的人都知道，这个人叫做齐铁嘴。

齐铁嘴告诉两人，东西北方是死地，南疆是绝地。他们应去南疆，死地无以复生，而绝处可逢生。卦象上说，老妪花开，落叶逢春枝复来，吴越交割，新仇旧爱归沧海，卦落枯枝，落于树下滚三滚，得失双满。

这是奇门八算中最神奇的一个卦象，齐铁嘴平生看到的不超过三次，它的含义是人生的最好状态和最差状态同一时间达到顶峰。

如果对于人这种生物，对于命运生命有所了解，大概是能够推测出这种状态的端倪的，但齐铁嘴也知道，能够有这样人生的人，一定不是普通人。如同杀死自己最爱的人获得自己最想得到的东西之类。他在张海盐身上，看到的是一种无法预知的情况。

齐铁嘴劝张海琪，人生可以求死，如果求死就不应该来卜卦，卜卦者内心一定还是有一丝想生的欲望。她想要一个理由，这个理由不管是什么。既然知道自己在寻找，就应该去南疆。因为世事变迁，如果有一天忽然不想死了，最好是在自救的路上。

张海琪因此同意了和张海盐去南疆。张海盐要和张海琪约定，路上不提病事，就如同旅行。张海琪只得答应。南疆地域广阔，连绵不绝的大山，要找到族长谈何容易。莫云高都要在全国散播瘟疫，才觉得自己有一线希望，张海盐和张海琪也只能走一步看一步。

于是两人备足干粮、盘缠，张启山给了通关文牒让一路放行协助。南洋档案馆最后两人，踏上了寻找老板的道路。

至此，盘花海礁案结束，南疆百乐案正式开始。

如果仔细看齐铁嘴的卦象，还有很多蹊跷是可以分析出来的。莫云高、何剪西，芸芸众生，在命运的安排下，还会发生怎样的交集？土司、新娘、彝寨，神秘莫测的张家的真实目的，族长的踪迹和身份，真正的百乐京为何能在世间百年无人可见？

我们可慢慢再看。

第贰案

南疆百乐案

楔子

南安号，霹雳州的明珠。

那时候的张海盐还没有小张哥的名号，他在霹雳州被叫做“AHMAD ZAPUWAN ISMAIL BIN PUASA”，大家都叫他“BIN”。只有他自己知道，这个词的发音在中文里是“病”。

张海盐是二十年前来到霹雳州的，当时他的猪仔布上写着张海楼，月下飞天镜，云生结海楼。据说有个马来人看不懂“盐”和“楼”字，于是他就叫做了张海盐。

后来到了中国南部，又有人叫他霹雳张，大概是知道他去过霹雳州的原因。当时他有一个搭档，他自己叫阿BIN，那个人叫做阿KUN。应该是做越南人生意的时候用的名字。

不管是哪个名字，他都没有太多意见。

这里要讲的是阿 BIN 和阿 KUN 相识的故事。

在讲这个故事之前，要介绍一个人。这个人的名字叫做阿里侃，是个满族人，汉名叫做何剪西，上了南安号大船从马六甲开往厦门，他是船上那件事情的见证人之一，张海盐去中国南部山区之前的短期挚友之一。何剪西是一个正白旗的满人，戴着眼镜，是一个清秀的账房先生。他和当时的张海盐住在一间铁皮舱里。那已经是非常昂贵的舱室。

对于张海盐，他的第一个评价是，龌龊。

南安号从马六甲开出之后遇到了大浪，开了三十天才到厦门。前二十天时间，张海盐都没有洗澡，船上本来已经很肮脏，第二十天的时候，张海盐的头发油腻得结成了一绺一绺。整整二十天时间里，张海盐几乎没有下过床，在风浪中一直裹着被子大睡，似乎多久没有睡过了。

第二十天的时候，他犹如活走尸一样坐了起来，他的第一句话就是问何剪西："你听到了没有？"

当时正在大风暴中，何剪西虽然已经勉强习惯了风浪，不再晕眩呕吐，但状态也不是那么清醒和乐观。进过西风带的人感受会非常深，海浪拍在船上，船上所有的结构都会发出扭曲的声音，在船舱内是非常吵闹的。

所以何剪西当然没有听到。

张海盐却没有放下心来，他仔细听着船上各处的声音，忽然开始拿出器具，给自己刮起了胡子。

在剧烈的颠簸中，他刮掉了胡子，头发也洗干净了。何剪西回忆说，到第四盆水的时候，张海盐头上的油光才完全消去。然后，张海盐背上自己的一只包，来到了甲板上。

虽然对于自己这个旅友，何剪西是不满意的，但如此奇怪的举动，他还是开始担心起来。何剪西是个善良的人，妈妈信奉佛教，耳濡目染，他开始担心张海盐是算准了日子去寻短见，于是也跟到了甲板上。

风浪巨大。风浪中，张海盐抓住甲板边缘的栏杆，看向巨浪的缝隙。何剪西看到，那个地方有一艘更大的客轮。灯光在浪和浪的缝隙中闪烁，同样和南安号大船一样被困在这里寸步难行。这艘大客轮，大概是在三里之外，后来被证实是金州号客轮，是印度开往旧金山的，归途从马六甲通过，在厦门停泊。

何剪西看到张海盐回头看了一眼自己，大喊了一声，然后跳入了海中。他大惊失色，冲到船舷边，在大浪中完全看不到人。

何剪西立即向船主说明了这个情况。那惊心动魄的一跃，把他吓坏了，以至于整个晚上，他都看着那油腻的被子浑身打摆子。

第二天的半夜，他在极困之中恍惚睡去，在天亮之前忽然被奇怪的动静惊醒。他睁眼的时候，看到一具赤条条的男性身体，站在他的床头，浑身都是海水，似乎是刚从海中上来。

第一章 守箭之男

临邛道士鸿都客，能以精诚致魂魄。
为感君王辗转思，遂教方士殷勤觅。
排空驭气奔如电，升天入地求之遍。
上穷碧落下黄泉，两处茫茫皆不见。

张千军进入群山之中的时候，只有四岁，师父告诉他说，他这辈子唯一的任务就是等一支穿云箭。射出穿云箭之人提出的任何要求，他都要满足。

他的师父是一个道士，在深山中等到过两支穿云箭。他师父说起穿云箭的时候，眉飞色舞，一点也不似要死的样子，也不似一个极老的老人。

在他师父一百一十岁的时候，张千军觉得他师父肯定熬不过当年，因为那个时候他师父不再下床，也不再喝酒，每天只是在道观的门口坐着，看着门外的皑皑白雪，似乎在等什么人来接他。那一年师父吃得很少，也很少说话，他们常常是沉默地过完每一个暮鼓晨钟。

到了一百一十五岁的时候，师父仍旧还是那个样子。那一年的冬天特别冷，张千军发了一个月的高烧，觉得自己可能熬不过师父了，因为他虚弱得没有饭吃，但师父似乎不用吃饭。

那天晚上，他的床头多了一碗素面，里面还有几个苦菜头，那是师父的手艺。他意识到师父不仅能下床，而且还能下面。

他本来想师父为什么要这么生活，但仔细想来，他立即就理解了。人生到了这个时候，很是尴尬，死亡随时会到来。时间不多了，大事当是来不及干了，也没有力气，小事也不屑去做。最可怕的是，到了这个年纪，无论是谁，也难以给自己什么要求，能够不捣乱就很不错了。

一百一十五岁的经验还是老道。吃着师父下的面，到了春天的时候，张千军奇迹般地痊愈了，但是他的师父终于死了。死之前，他师父看着门外，对张千军说："原来，她不会回来了。"

张千军知道这个她是谁。第一支穿云箭射上天空的时候，作为外家张家在山中的呼应，知道有本家的队伍在山中遇难求助，他师父只身一人前往，只救出了一人，是一个张姓的女孩。女孩在道观中养伤，四个月后离开，那个时候他师父五十多岁，老房子着火，爱上了一个要命的姑娘。女孩告诉他，她回来的时候，会用穿云箭告诉他。

那一年之后的五年时间，他师父在山中的每一块石头下，都放了信号箭。每天犹如鹅一样，伸长着脖子看着山谷的上空。

他脖颈的皱纹都被这个动作拉平了，之前那黄色的眼白犹如老痰，现在亮如琥珀。

每每被张千军发现异样，他总是自嘲一句：白修了，白修了。却没一丝可惜。

第二支穿云箭却不是那个姑娘射出的，那个人无关紧要，师父都不太提起她。

张千军问过他师父，是如何能够在这深山中守上一辈子，只是为了一件虚无缥缈的、可能会发生又可能不会发生的事情。

他师父告诉他，能够守上一辈子的，从来就不是箭。

师父没有说太多。

张千军自己回忆被选中守箭，大概是因为从小就看得出的矬。张千军七岁还不会说话，他师父就说，蠢成这样，出去也没有饭吃，出家就是个机缘。

师父死后，他忽然意识到不对。他师父当年收养他，难不成是已经准备跑路，准备养个替代品？然而在他要走没走的时候，遇到了那个女孩。

这一辈子守的确实不是箭。

师父死了之后，张千军决定好好思考一下，自己要怎么度过这一生。师父当年好像还得了本家很多的好处，轮到他守箭之后，从未有过音讯，他慢慢觉得自己的人生就像一个自娱自乐的故事。他每隔半个月就到山中各棵大树之下，更换隐藏的箭镞，把张家标记外面的青苔刮掉。

然后，幻想每天都有本家人的队伍在深山中穿行，如果他们遇到困难，就会召唤自己过去。

道观之外有两个世界。一个世界里，他是家族的守望者，深山中暗流涌动，穿行的人员络绎不绝，他们心中有一片安宁，因为张千军在暗中看着他们，随时等候召唤。另外一个世界里，山中只有他一个人，没有人会路过这里，没有人会用这些穿云箭。

天地间只有他一个人。

他慢慢地开始接受后一种解释。他花了十四年的时间，终于让自己背上了行李竹兜，准备离开这里。他决定不再等待别人召唤他的烟花，他要变成烟花本身。

那一天，他走到山下的时候，一支穿云箭射上半空，在烈日的天空中炸开，阳光强烈，看不到任何烟花火星。

他惊恐万分，但是身体却犹如猿猴一样，顺着竹林荡下悬崖，来到了穿云箭射起的地方。

那是他第一次看到小张哥和张海琪。张海琪看到张千军，一脸嫌弃："怎么是你来，你师父呢？"

第二章 无信之女

张千军双手抱胸，坐在小张哥和张海琪面前，良久，他才对张海琪道：“所以你就是我师父等了一辈子的女人。”

张海琪用树枝拨弄张千军的衣服，这件衣服是他师父穿过的，如今洗得发浆褪。张海琪一脸愠色，喃喃道：“还是那么穷啊。”

“那你为什么现在才来呢？”张千军觉得一万个委屈，倒不是因为师父白瞎等了一辈子，而是等人这件事情，瞬间从一种凄凉的美感，变成了一件极蠢之事。

“谁他妈记得啊？”张海琪有点幽怨地看着远处的群山，“哎哟烦死了，聊正事。”

"聊你个屁正事！他等你等到死啊！你要么就是在外面死了，来不了；要么你就是个蛇蝎女人，你他妈就是耍他玩的，这两种都比你忘了好啊！"张千军内心暴跳如雷，但是脸上没有动神色，因为他还深深地记得师父的教诲，他必须对射出穿云箭的人言听计从。

三个人沉默了一会儿，张千军看小张哥和张海琪表情也有点尴尬。小张哥靠在树上，舌头摆弄着嘴巴里的东西，看着张海琪："我说你到底胡乱答应过人家多少事情，以后能不能不要胡乱答应人？普通人各自的人生很艰难的，不是来给你玩的。"

"守信用又不是我的立身之本。"张海琪点上香烟，"再说是他自己死得早，我不是回来了嘛？"

"不对。"张千军说道，"师父是五十多岁认识那个姑娘的，一百一十六岁死的。你要是那个姑娘，就算当时认识师父的时候是个少女，现在也应该七十多岁了。你怎么还像个小姑娘一样，你骗我。"

"你师父没告诉你我修驻颜仙的吗？"张海琪看了看小张哥，"这是我儿子，不信你问他。"

张千军看着小张哥，小张哥缓缓地说道："是收养的。"

张千军忽然觉得师父才是真蠢，他立即决定，办完事，等这两个人走了，他就直接跑路。这里再也不会有一个孤独的灵魂守一方古观。

"你们谁射的穿云箭？"张千军问，"我只听射箭的人的。"

小张哥和张海琪对视了一眼，两个人都指了指自己："我。"

张海琪一下怒了："你怎么胡说八道？"

"我怎么胡说八道了？这种事情你都要和我抢，当妈的能不能有点母爱？"小张哥眯起眼睛，一板一眼地说。

"好了！"张千军阻止了他们，"这么吵不会有结果的，我听他的。"

他指了指小张哥："这个女人不守信用，我不听她的。你说，你想干什么？"

小张哥从口袋里拿出地图，说道："我们想进洗骨峒，我们需要向导和熟悉的人。"

"汉人进不去那个地方。"张千军说道。

"我们不以汉人的身份进去。"小张哥说道。

"那你们也要有理由进去。洗骨峒是这里阿匕族专门洗骨的地方。这里的人认为，骨头、肉和人皮是三种不同的东西。肉的寿命最短，所以人能活到肉的岁数，但是骨头和人皮的寿命比肉长很多，而骨头的寿命是最长的。所以，人死了不算真的死。人死后四十九天，皮肤才会死掉。人死后三十年，骨头才会死掉。所有皮肉烂尽的骨头，都会送到洗骨峒清洗，给亲人带回家。这个地方对阿匕族来说非常神圣，不是洗骨的目的，是进不去的。"

三个人沉默了一会儿。

张海琪站了起来，忽然问张千军："你师父的坟在哪儿？"

"你想做什么？"

"他不是想见我吗？"

第三章 人后之言

“师父我对不起你。”张千军拿着锄头到了师父的坟上，怎么也想不到事情会变成这样。

张海琪站在树下阴凉处，看着张千军老泪纵横地刨他师父的坟，心中实在想不起，当年和这个老道士有过什么故事。

也许是一个无心的在情景之下的约定，让这个人等了一辈子？

这真是有点触霉头，多少人定下的誓言，当下都是真切的。男人嘛，在某几个时刻，你让他去死，他也真的会为你去死。但毫无例外总有明白过来的时候，那时候你为他们去死，他们都未必愿意承担这个名声了。

还真有人在情景之外，仍旧心心念念一个情景之中的约定，一辈子？

那她真要看看这副情骨长的什么样子了。

张海琪明事理很早。“卷阀”本质上是一个对真相工作的机构，南洋档案馆其实是一个收集真相的部门，有实际事物的真相，也有人和人之间的真相。

真相是什么呢？这是个泛泛而谈的词语，总结下来，不过就是：人心中究竟在想什么。

这个世界上，人心和历史都有一个统一的特征，就是无限靠近真相，却无法抵达真相。世界上历史学家很多，却逃不过故纸堆头的限制，没有一个历史学家或者考古学家敢和你说：当年发生的事情就是这样的。人中也有很多敏感之人，就算能够大概知道别人心境，也绝不敢断定，某人当时就是如此这般想的。然而，能靠近多少，却是可以有所训练的。

“卷阀”在张海琪看来，就是一个无限靠近人心的体系。这种靠近，也让她不得不变成一个无信之人。

“人后之言，并不是每个人都能听得的。”

人和人说话，表面上的话再难听，咬紧牙关也总能听完，但是“卷阀”常常以不同的面目出现在同一个人身边。很快她就发现，人这种生物，就算是在面前如痴的恋人，转身在自己另外的朋友面前谈起你来，却也可能轻蔑得难以入耳。

朋友恋人如此，兄弟父母竟然也会如此。

“人后之言，常常如此，不管是君子小人淑女泼妇，都难以一张嘴论人。那人后之轻蔑傲慢，再转回人前，嘴脸已尽是可恶。人皆如此，有何约可守，又何必守约？”

她此时还是想起了胡碧亭这个人。这是泉州当时一个丝造厂的公子，留洋回来，放着家里的生意不做，一直吵着要办学。书倒是读了很多，自由恋爱，娶了自己的女学生，各种传言沸沸扬扬。后来那个女学生上吊死了，胡碧亭去了日本。在日本又是一样的情况，再娶了一个日本女人，那个女人后来在长野的公园里也吊死了。胡碧亭再回的时候已经是一个年近四十的人，他在码头上碰到了张海琪。那一天张海琪穿着旗袍，海风下，短发飘动，漂亮得犹如一个精灵。

胡碧亭对她展开了疯狂的追求，所有的细节，都不可怀疑地诠释着他疯狂地爱上了她。

正是这种爱让张海琪心中有着深深的寒意。已经死去两任挚爱的人，可以毫无伤痕地如此爱第三个人，这种爱诡异异常。如此心力强盛的爱人，在说出那些情话的时候，脑中就没有一丝恐惧吗？

这个男人不太对劲。

那年冬天，和张海琪一夜长聊之后，胡碧亭吊死在了自己的公寓里。

张海琪没有告诉别人到底发生了什么，就连葬礼都没有参加。

小张哥只知道，那第一个死去的女学生，也是张海琪的学生。胡碧亭最开始追求这个女学生的时候，张海琪远远看着，就觉得这个男人有一股邪气。去码头见他，是去听听胡碧亭的人后之言。

从胡碧亭的死相来看，并不好看。

正想着，张千军师父的尸体被掘了出来。一个百岁老人，本来就不剩下什么，如今竟然连骨头都没有多少。

已经看不出老头守了一生的任何原因了。

张海琪从盆棺中拿出了老道士的头骨，对小张哥说道："从现在起，这是我们的爸爸，我是你们的姐姐，我们现在出发去找几件衣服，然后进洗骨峒。"

第四章 百乐京

一行人回到道观中，见满墙的杂草，张千军告诉他们，在深山之中这样的寺庙道观有三十余处，规模都非常庞大，所以当地人叫它们百寺堆。后来一把山火烧得差不多了，当地的宗教环境才逐渐衰弱下去。之后，土匪经常盘踞于这些寺庙道观的废墟之中，平日里穿着道袍，就混在其中，但这些寺庙道观没人修葺。他师父来了之后，土匪的生意不好做，山中的年轻土匪都去当兵了，年老的土匪陆续都老死在山中。这些废墟也只剩下这个道观还可以勉强住人。

而阿匕族是当地苗瑶混居之后的一个地域性的民族，其实有四到五个民族混居。群寨依山而建，有六个大寨子。外寨子有三千多户，叫做金牙峒，也叫做百乐京，是唯一和汉族混居的地方。这个峒的人以金牙为美，节假日会以金粉涂牙，上街集会。百乐京前有一条河，一边通到山西，一边直接红水河，是茶马古道上一条通往中原的河运小道。百乐京非常发达，各种行业的人每天络绎不绝地来到这里的驿馆，人数比三千户实际上多出好几倍。一到晚上，华灯满街，远看就像山中的一条银河。因为各个民族都有，所以有各色宗祠、服装、小吃、澡堂子，好不热闹。

百乐京之后的深山，汉人几乎很难进去。只知道里面还有五个大寨，除了洗骨峒之外，在山谷的最深处还有一个寨子，连名字别人都不知道。只知道那个峒的人对外卖一种泉水，似乎有特殊的用处，只好称其为鬼水峒。

张千军是汉人，也曾经偷偷潜入过百乐京后面的寨子，只进到过第二个寨子，买过一种特殊的大烟，再往后他只听过无数的传说。

张海琪看着道观啧啧感叹，说出家就出家，何必住这种地方。张千军说道："话不能这么说，出家人吸风饮露，有方草席就够了。"

当晚，张千军砍柴，烧洗澡水，炒了三个菜，开了一坛酒。张家驻湘西办事处，就这么再次开张了。

吃完饭，三个人就不再说话。约定了明日进百乐京。

洗澡的地方在厨房后面，是一个四方形的砖头池子。用各个祠庙的老砖烧黄土坯子做的，张千军在里面用了牛粪，但是没和张海琪说。张海琪关死了四周的房门，吹熄了油灯。整个大殿就一个洗澡池，大殿顶上破了一个大洞，月光从上面透下来，赤条条的胴体精致细腻，在月光下白得没有一丝血色。

张千军睡在房梁上面，能听到水声，完全睡不着了，瞪着眼睛看着头上的瓦当，忽然坐了起来，翻出师父的古琴，胡乱弹了起来。基本功是有的，只是曲子不知道是哪首。

小张哥一个人躺在外面巨大槐树的顶部，露出诡异的笑容，道："出家人。”

说实话，今天他是有几分醋意的，如今只能看着月亮。老道士的头骨就放在他树干的对面，他看着黑漆漆的眼洞。

“你说我们到底喜欢她什么呢？”小张哥疑惑地问道。

第二天天亮后，阳光很好，深山的雾气很快就散掉了。张千军显然一晚上没睡好，被小张哥拖起来，吃着粗粮糍粑，讲解几个寨子的方位和不同的地理位置。张千军看着小张哥，说道：“问题就在这里。在上一个寨子里的人，只有少数人知道怎么进入下一个寨子。中间峡谷道路繁乱，犹如迷宫，我们靠混是混不过去的。我们得找到对的人，让他们带我们过去。”

“找谁？用钱收买吗？”

张千军摇头：“恐怕看两位的身家，在百乐京待不过三四天就要回乡。这些人都是土司和大官，附近的山都是他们的，钱恐怕解决不了问题。”

张海琪看着小张哥，后者对张海琪说：“如果族长在这片寨子里，就说明，有一个汉人已经进了六大寨。如若不是常例，则寨子中肯定生有大变。汉人进到阿匕族的政治中心，恐怕整个六大寨的土司的关系已经不是我们想的那样。如果我猜得不错，进到百乐京，我们一定马上就会感觉到什么。”

第五章 百乐京门

三个人傍晚进的百乐京城，到处是彩灯，还有人放鞭炮。一问，是有人娶亲。

百乐京算是当地一方锦绣繁华的缩影了，一进峒就遇上有人娶亲不算稀奇。汉人将峒里的姑娘娶出峒外叫做拔寨子，姑娘的兄弟连襟都在峒里的各个桥上等着，过桥就要一盘子金烟土。这种烟土是用金箔包的，回来掺上白膏泥，可以兑出六七盘来，是上好的烟团子。百乐京一共有六十几座大大小小的桥，寨子里的人各种哄赶，三四十座桥是逃不过去的。还有讲究过大关的，姑娘家是当地的地主，姑爷必然要所有的桥全部踩一遍，对于当地汉人来说，是一笔巨资。

但百乐京出美女，峒里的姑娘能嫁出峒的，都是姿色俱佳。而且百乐京的姑娘，每个族的手艺都不一样，但几乎个个都能使刀。外地商贾做得好的，家里几乎都是百乐京的婆娘骑着马儿，背着银刀，手里的串铃响起来，姑爷一般都穿着长衫跟在后面拿着算盘。

张海琪进到京里，看到姑娘们如此，开始雀跃起来，小张哥的注意力也终于从张海琪身上挪开了。这里的姑娘毫不避讳人的眼神，小张哥看谁，对方也瞪着大眼睛看回来，小张哥越看越有意思。

烟火气，这种不一样的烟火气，空气中烧柴、饭香、酸汤鱼的酸油，烟火的火药味，油炸的油腻子，小孩子，大人，各色的花枝招展的服饰，银的顶冠，到处是彩灯。

还有酒和烟土。

族长这家伙很会生活吗？

想起自己在南洋打鱼，刮鱼泡，看着南洋的姑娘一个个邋遢的，还是南疆好啊。

小张哥回过神来，就发现张海琪不见了。

转头就看到张海琪在一处银饰的地摊边挑东西。“你在做什么？”小张哥问，心中忽然觉得有些欣慰，总归这还是个女的。

“这里的姑娘不似其他，心里想的都挂在脸上。你看她们，要什么，想什么，眼里都有。想必拿起来也不会手软，老娘看着实在喜欢。”张海琪感慨道，“像我，像我。”

“这个不错，这个也不错，我觉得这三个显脸瘦。”小张哥也蹲了下来，挑了三件银饰递给张海琪。此时，过桥的队伍就在前头，能看到舞龙的花灯，边上的摊位开始让位。

张海琪笑着看了他一眼：“献殷勤没用的，我是你妈，你少琢磨。”

“我不是给你挑的。”小张哥把银饰贴在自己的额头上，把他的头发拨弄了几下，脸上出现了刚才他看着的几个姑娘的生涩大方的笑容。“我也喜欢这儿，我也要体验一下。”

张海琪看着那几件银饰，贴在小张哥脸上，还真的很好看。他真是给自己挑的。

“我教得好，我教得好。不能当街打儿子。”她按压住心中的不爽。

张千军在路边发怔地看着迎亲的队伍，看着姑娘骑着马走过，和他对视，他才松了口气。转身就看到小张哥戴着一身银饰，边上的老板们正在围观，都笑得不行。

张海琪一脸正色道：“你在南洋待久了，一脸鱼腥气，哪里像这里的姑娘！？”小张哥饶有兴趣地看着手上的铃铛，一抬头，正好和路过的新娘子对上了眼。新娘子愣了一下，立即把马给停了下来，后面送亲的队伍全部停了下来。

一街的人都停了下来，瞬间安静。

新娘子下马，迅速走向了小张哥，小张哥戴着银饰有点不知所措。她来到小张哥面前，在尴尬地维持着刚才风骚动作的小张哥面前，一把扯开他的衣服，看他脖子下方的文身。

“百年好合，早生贵子。”小张哥说道，“姑娘，我妈在，你这样她会误会的。”

那姑娘忽然一口咬下去，咬在小张哥的肩膀上，小张哥疼得大叫。那姑娘低声道：“救我！”还没说完，小张哥条件反射，一个肩膀梅花桩直接把姑娘撞出去四五米。姑娘头磕在青石板地上，直接晕了过去。

小张哥莫名其妙，看着所有人，所有人也没反应过来。张千军走过来，拉住他的手，开始往小巷子里狂奔。几乎是同时，送亲的队伍里所有的姑娘、小伙子全部银刀出鞘，下马追了过来。

“你干了什么？”张千军大骂，“我们进来才一炷香都不到！”

“我没干什么，我就是——”小张哥低头避过后面丢过来的一把刀，“骚了一下！”

第六章 劫亲

两个人在百乐京大街小巷一路逃命。亏得张千军还算熟悉道路，翻茶馆，冲染房，从人家家中翻过，一路冲过一座石桥，后面的人就不再追来。两个人仍旧不敢怠慢，继续往人群里挤去，就发现他们到了一个屠宰的地方。桥的另一边什么都没有，但这一边的河岸全是屠宰摊子，靠河的廊子、梁山上挂满了各种扒了皮的野味牲畜。肉腥和血味弥漫着整个河岸。

所有的血水都直接被冲进桥下的河里，带着油脂和内脏的脏水快速被冲走不见。

“送亲的人似乎对这里有所忌讳，没有追过来了。”小张哥在一个肉摊前停了下来，远远地看着桥的另一边。那些人还在看着他们。

“你妈怎么办？”张千军想起张海琪。小张哥看着四周的肉摊子，心中觉得有些不安。为何那些人没有追过来？看桥上人来人往，这地方打开门做生意，不像是禁地。他说道：“她绝对比我们脱身快。”他拉住张千军的手，“为什么他们不敢过来，你知不知道原因？”

“桥的这边叫做八两界，两边的牙司不和，一群人带着刀过来肯定是不妥的。但他们很快就会通知八两界的牙司要人。我们得尽快走。”张千军指着前方，“河水今天朝这个方向流，五两界就在下游，这儿的穷人全在五两界，张着网捞河里的内脏吃。河水三天两头变换流向，五两界的人都是两头跑，那儿没有牙司管。”

于是两人顺着河一路往下，很快过了一段不那么繁华的冷河廊。开始出现无数的吊脚老房子，灯光没有百乐京中心那么华丽，都搭得非常简陋。河中各种树枝插着横网。河里有星星点点的带着木桶和油灯的人。

两个人找了一个河边的煮物摊，就是一口大锅里面什么都有，坐下来。张千军一拍桌子：“到底是怎么回事？”

小张哥看了看四周，吸了口冷气：“你也是张家人，你听闻族长是个什么样的人？”

张千军看小张哥的表情：“这是你的破事，为何扯到族长？”

“刚才那女的，是看到我的文身才停下马来，她让我救她。我的文身并不普通，这个位置她一眼就认了出来，还向我们求救，似乎知道我们是谁。”小张哥说道，“我们初来乍到，这里人如果知道文身的事情，一定是族长告诉她的。族长无缘无故，和别人说自己的文身，要么关系不一般，要么就是被看到的时候说的，那关系就更不一般了。那文身岂是普通人能看到的，必然是在——”

小张哥做了一个动作：“敦伦的时候。但——族长听闻是个寡淡之人，不说男女的事情，连饭都不怎么吃，性情乖张，竟然在这南疆隐居之后，和别人聊聊文身，敦伦入巷。这地方繁华三千，刚才那姑娘如花美眷，族长吃得一口好菜，行径是个狂徒。”

张千军倒吸了一口凉气，不知道该如何接话。

小张哥继续说：“最离谱的是，这姑娘现在出嫁，还向我们求救，那嫁的就不是族长，说明族长还没被人家家里看上。”

张千军若有所思，不知道想起了什么，眼神迷离，喃喃道：“原来族长和我一样啊。”

“什么？”小张哥问道，张千军立即摇头，“没事，就是觉得，族长肯定很伤心。”

小张哥站了起来，摘掉身上的银饰，对张千军说道：“走吧。”

“干吗去？”

“去劫个亲先，这个女的身上肯定有族长的线索。而且既然是族长的女人，我们肯定要先保下来。”小张哥说道。

第七章 不好意思

寨子外西垭口前的洗头滩，大树从岸上一直长到水里，树下有石板相连用来在水上踏脚。这是往西去江边的必经之路。

两个人站在树梢上，看着下面通过的送亲队伍。那是一条灯龙，各色彩灯在树下蜿蜒。

之前，他们摸黑混在一队马帮里出了寨子。送亲的人家应该是大户，出寨子的人每个人都分到了一碗烧酒。两个人喝完擦嘴，张千军就问小张哥："刚才我们被送亲的家眷砍了半个寨子，现在我们还是两个人，要怎么劫亲？"

“刚才是面对面的事儿，现在我们在暗处。我们赶上去的路上，我就能想出办法。”

于是他们砸晕了施酒的人，偷了他们的骡子，一路赶到了前面。现在，队伍已经过去大半了，小张哥还是没有说话。

张千军对劫亲的事情本来就存疑，他没有追问，只是看着小张哥，小张哥此时却觉得不对。

他找不到新娘了。

下面的彩灯排列得杂乱无章，乐队几乎横贯了整支队伍，但是本应该在队伍最头上的新娘，中段没有，到了尾段也没有。

刚才那一撞，虽然小张哥出于条件反射，但也不会太重，稍微淋点凉水，新娘应该早就醒过来了。如果新娘没有醒过来，是不会重新上路的。

“难道，被我撞死了？”小张哥摸了摸下巴，“不对，撞死了就更不用送亲了。”

如此说来，新娘是被藏起来了，藏在送亲的队伍之中了。难道，队伍中有人知道有人要劫亲？

“我的心思那么好猜吗？还是新娘在闹市的举动让人起了联想？”

刚才在闹市，新娘忽然咬了一个路人，如果路人没有把新娘撞翻在地，还真的会有很多误会。但这个路人毅然决然地用自己的行动表达了自己完全不知情，应该是不会让人联想到劫亲的事情。

忽然，小张哥一个激灵，觉得自己想明白了怎么回事，对张千军说道：“不对，事情是这样的。我有个结合事实的小小猜想，这是族长的女人，和族长深深地相爱。族长向来神出鬼没，神龙见首不见尾，族长的仇人寻找族长十年不得，但是仇人在查找过程中，知道了族长女人这件事情，于是用计逼迫族长的女人嫁给一个满脸长疮的汉人老马帮。他的真实目的是引族长出来，知道族长绝对不会放任他爱的女人嫁给一个马帮糙汉。但是族长实力强劲，所以他们知道族长一定会选择送亲的时候劫亲，早就做好了准备，新娘被藏在队伍中，就是等族长出现。下面是一个陷阱。那——族长也在我们附近！”

张千军目瞪口呆地看着小张哥，隔了半晌：“你说什么？”

小张哥在黑暗中看不出什么来，回头深吸了一口气，又对张千军说了一遍：“我有个结合事实的小小猜想，这是族长的女人，和族长深深地相爱。族长向来神出鬼没，神龙见首不见尾，族长的仇人寻找族长十年不得，但是仇人在查找过程中，知道了族长女人这件事情，于是用计逼迫族长的女人嫁给一个满脸长疮的汉人老马帮。他的真实目的是引族长出来，知道族长绝对不会放任他爱的女人嫁给一个马帮糙汉。但是族长实力强劲，所以他们知道族长一定会选择送亲的时候劫亲，早就做好了准备，新娘被藏在队伍中，就是等族长出现。下面是一个陷阱。那——族长也在我们附近！”

张千军总算听懂了，看着他：“你这个哪里是小小的猜想？听上去完全都是猜想！”

小张哥说道：“我直觉就是这样。当务之急，是把新娘找出来。”

张千军看到他的嘴巴里忽然闪出了一道冷光，不知道是从舌头下面舔出了什么东西。“我们先混进去，近距离观察！”

第八章 人有不同的活法

小张哥说完那句话之后，在树上却纹丝不动，仍旧看着下面的送亲队伍。张千军看着小张哥，时光飞逝，送亲的队伍就快走到头了。张千军看到小张哥满头是汗，但是仍旧没有行动。

一开始，张千军还以为小张哥是在凝神酝酿什么举动，看到队伍就要走过去了，张千军才忽然醒悟过来："你该不是，没辙？你不是说你随时就能想出一个办法来吗？"

"办法我早就有了，我只是对你不放心而已，不敢用而已。"小张哥指了指一个方向，"这些人都穿着彩服，我们无论从哪儿接近，都容易被发现，唯一能下手的就是队尾。我原本以为队尾的人会比较松懈，但你看他们的队尾。”

队尾的人都是骑着马，清一色裹着白头巾的小伙子，能看到腰间都配有短铳。

张千军点头：“人家早有准备。”

他擦了擦汗，回头看小张哥，看到对方眼神炙热地看着自己：“来不及了，张千军，我们赌一把吧。”

“赌什么？”张千军胆怯地往后缩了一下。小张哥一下去解张千军的裤腰带，张千军大惊失色。但是小张哥似乎对于解裤腰带非常熟练，瞬间裤腰带已经被他扯了下来。他自己背负双手，快速地用裤腰带把自己的手捆上。

人手反负的情况下，很难用手指工作。但小张哥的手腕关节非常灵活，整只手几乎可以反转过来。

“你干嘛呀？”张千军提着裤子，惊讶地看着小张哥。小张哥低声喝道：“背上我！”说着往张千军背上一跳，“下去！”

张千军还没反应过来，小张哥一蹬树枝，两个人直接从树上跳了下来。刚落地，张千军一个趔趄，差点跪倒，小张哥就开始大喊：“放开我！”

送亲的人转头目瞪口呆地看着他们两个。小张哥在张千军的耳边说道：“快说，你把刚才打新娘的人抓回来了。”

张千军一脸蒙，但看到前面送亲的人开始抽出刀来，立即大喊：“等一等，我把刚才打新娘的人抓回来了！”

送亲的人开始面面相觑。

小张哥继续在他耳边说道：“说我要见首领，有没有赏？”

张千军对着送亲的人大喊：“有没有赏？我要见首领！”

送亲的人还是面面相觑。

小张哥忽然开始号啕：“我和新娘两情相悦！我爹是前两广都督，现在我是大总统身边的红人，给美国人办事的，你们敢动我试试！”

一个传一个，很快，整支队伍就停了下来，后面的白头巾上来把两个人围了。不出一支烟的工夫，在队首的一个头人带着一个亲眷就骑马过来，催促队伍继续往前，自己下马来到张千军面前。

张千军满头大汗，不知道怎么办。那头人就来到他面前，看了看他，然后抓住小张哥的头发，把小张哥的头拎了起来，让那些亲眷看。那些亲眷立即点头，用听不懂的语言说了一句，然后指了指张千军。

头人看着张千军："我认得你，你是山里的那个要饭的。"

"我是个道士，我在山里修行。"张千军一下怒了。

"你刚才不是拉着他逃了吗？怎么现在又抓他回来了？"

张千军愣了一下，瞬间被对方说服了，小张哥在他背上轻声道："你说，刚才我是雇你当保镖，你职责所在，但是事后我不肯付钱，所以你怒了，就把我抓回来了。"

头人看着背上的小张哥，张千军刚想复述，头人就阻止了："你们两个以为我是聋的吗？你们在唱双簧吗？挑断他们的脚筋，带着去姑爷家里等候发落。"

第九章 尴尬

头人说完，所有人的短铳都掏了出来。一边三个白头巾下马，直接拔刀围过来，不做任何犹豫，时间只够张千军后退两步，都没有时间问小张哥怎么办。一个白头巾直接过来扯他的发髻，张千军躲过，一把把小张哥丢到地上，直接结出一个手印："请祖师爷！五火正法神霄灵火！"

张千军双手瞬间着火，直接对着面前的人一甩手，甩出一条火龙。那人翻身躲过，用不懂的语言大喊，似乎是在骂有妖法。

张千军翻动手印，手速非常快，双臂一夹胸口，"起乩！"身上的道袍全部烧了起来，小张哥妖娆地躺在地上，惊叹道："可以啊！"

那些人见状，不敢上前。张千军一拍后背的木头匣子，从火中拍出一把火剑，凌空转身回旋踢中。火剑旋转，直接刺向一个白头巾，白头巾勉强躲过，张千军的身子几乎瞬间就跟了上去。火剑落地的瞬间，一把抓回盒子，滚地翻身，身上的火在泥泞的地里瞬间熄灭，然后朝着树林的深处狂奔而去。

等他跑进了黑暗中，完全看不见了，白头巾才反应过来。头人冷笑了一声："玩把戏的？丢下同伴不管了吗？"

他转头看小张哥，就看到小张哥已经解开了自己的双手，正站着活动手腕、脖子和下巴。"真是丢脸。"小张哥看着张千军跑走的方向，说了一句。他看了看头人，又看了看已经远去的队伍，说道："送亲的时间是固定的，刚才追我们已经耽误了一会儿了，所以不能再耽搁了对吧？"

头人没有说话。小张哥的表情变得兴奋起来，看着他："你们上来就要断人脚筋，看来弄残疾个把人对于你们来说是家常便饭，但一点都不高级。"

经历了刚才那一幕，白头巾不敢贸然行动了。头人从边上一个白头巾手里接过短铳，对着小张哥瞬间开枪。小张哥以人类不可能达到的速度直接扭动腰部，躲过了所有的铁砂，然后接着扭回来的动作甩头，嘴里"噗"的一声，一道寒光像子弹一样直接刺进头人的眼睛里。

头人应声惨叫翻倒。几乎是同时，没有人看清发生了什么，只听到"噗噗噗噗"的声音，所有的白头巾在一秒内落下马来。

小张哥揉了揉脖子，环视了一圈。人都没有死，但是都死死地捂住眼睛，血流如注。有人大骂举铳，小张哥甩头，直接将嘴巴里的东西打进铳口，一下炸膛，整只手炸碎。

"刚才那个是搞后勤的，我是正规军。"小张哥蹲到头人面前。头人已经明白利害关系了，大喊："谁都不要动！"

有几个忍痛拔刀的，没有再动。所有人咬牙看着小张哥。小张哥对头人张开嘴巴，头人看到了他满嘴闪着寒光的刀片，一枚刀片被舌头舔出来。

头人说道：“大爷，放我们一条生路，我们是拿钱吃饭的。”

小张哥看了看头人的裤腰带，裤腰带瞬间断开。头人惊恐万分：“大爷，不要在我手下面前……”

小张哥来到他头边，双脚踩住他的双手，蹲下来把他眼睛里的刀片拔出来，他瞬间疼得扭曲起来。小张哥掏出头人腰间的百宝袋，问道：“你叫什么名字？”

“我的乳名叫做雾琅，巴里山南花苗花渣寨的，所以叫雾琅花渣。这些都是我的兄弟，大爷我们有眼不识泰山，你放他们走吧。”

小张哥用膝盖压住他的脸，拨开他的眼皮，开始帮他缝眼球。雾琅花渣疼得整张脸都扭曲了，之后，小张哥放开了他，给他水让他自己冲洗。他洗了半天，睁开眼睛的时候，就看到小张哥已经用他的裤腰带又把自己绑了起来，人已经趴到了马背上，还对他招手：“来，快来啊，快过来。”

第十章 雾琅花渣

雾琅花渣骑在马上，小张哥就被当成行李挂在马屁股上。追上队伍之后，很多人看着他用头巾蒙起来的眼睛。他们在队伍中慢慢地行进，小张哥得以近距离地观察每个人。

雾琅花渣不敢做出任何的举动。刚才的那个瞬间，他动了杀心，同时正面看到了小张哥的动作。在那个瞬间，他屁股后面挂着的这个男人，身体犹如妖怪一样扭曲了起来。

而几乎是同时，他看到了那个男人在笑。

就是那张在高速运动中狰狞的笑脸，让他明白自己没有任何的胜算。这是两种生物之间的强弱悬殊。他以为自己占绝对优势，而别人似乎只是用杂技应付他。

“你真的不知道新娘藏在哪儿？”小张哥找了一圈之后，偷偷地问雾琅花渣，后者摇头：“大爷，我们是安保队的，给乡绅做做护卫，平时打打猎。送亲的细节都是新娘的家眷们在做。”

“他们就没有提醒你们特别要注意什么吗？”

“没有啊，队伍这么长，前面的觉得新娘在后面，后面的觉得新娘在前面。你这么一说，我才发现新娘不见了。”雾琅花渣的眼睛疼得直抽搐。

小张哥换了个舒服的躺法，仰面躺在马屁股上，看着头顶的黑暗，忽然他想起了什么，翻起来，看向四周的黑暗。

“往边上走。”小张哥说道，“灭掉火把。”

“怎么了，大爷？”

“还有另外一支队伍。”小张哥说道，“刚才追我的人，有一批人我没有在队伍中看到。”

要隐藏的最好的方式，不是把人隐藏在人群中，而是隐藏在彩灯和锣鼓喧天之下，在黑暗中平行前进的另一支队伍中。这支队伍，没有火把，脚步声隐藏在锣鼓声中，躲在彩灯照亮长龙的阴暗处。

雾琅花渣慢慢地离开队伍，把火把插在泥巴中熄灭，往黑暗中斜插进去。马小步往前，进入到丛林深处，果然，他们都听到了轻微的马蹄声。

雾琅花渣慢慢靠近，就看到一群披着蓑笠的阿匕族人，在黑暗中默默地前进，马戴着封口，马蹄上包着草垫。其中有一匹马上，坐着一个戴着头冠的女孩，只能看到大致的影子，但应该就是新娘了。

这里黑到几乎伸手不见五指。领头的似乎非常熟悉这条道路，所以人和人、马和马都连着。

小张哥借着夜光，看到的都是模糊的影子，所有人都不说话，也没有任何的动作。他觉得像赶尸一样。

雾琅花渣的马术非常好，马靠近的时候，声音很轻，到了队伍附近，完全是在摸黑。小张哥给自己的双手松了绑，轻声对雾琅花渣说道：“在这里等着。”

说着翻身下马，凭借着印象，一路混进队伍中，在几乎完全漆黑的环境中几个腾挪，来到了新娘的马边。

所有人都往前僵直地走着。他翻身上马，一边捂住新娘的嘴巴，一边压住新娘的双臂，用极其轻的声音说：“我来救你。”

他对于人的肢体观察得非常细微，所以对于新娘的身高体态有很深的记忆，即使只是短短的闹市相见的一瞬间，他也记得很清楚。他的手卡住新娘的双臂之后，发现没有像他估计的卡在腰部的位置，反而卡在了两个玲珑丰满的胸部上。

他愣了一下，心说怎么矮了，又摸了一下。这个胸部，手感很好，就像厦门的大包子，有弹性，而且形状非常可爱。

“你摸够了没有？”新娘低声问。

小张哥愣了一下，觉得这个声音怎么那么熟悉，忽然一个激灵：“张海琪。”

“放手！这么大了还摸亲娘的奶，你他妈当自己还小啊？！”张海琪轻声说道。

“你怎么在这儿？新娘呢？”

“调包了。老娘办事还要等你？”张海琪用四川话说道，“现在老娘就是新娘，你给我下去。我带着你这么大个拖油瓶改嫁，连门都进不了。”

第十一章 正经猎户

不记得在哪一年，张海琪带着小张哥洗澡。小张哥此时已经有一米七左右，比张海琪还高了。张海琪旁若无人地光着身子进来，腰肢清晰地划出一道新月一样的曲线，摇摆着解开当时还扎着的长发。

头发披到雪白的肩膀上，娇小的身躯非常匀称，漂亮得犹如精灵一样的少女，眼神中却是无比的成熟妖娆。

张海琪的身体是经过特殊训练的，她的肌肉很发达，但是都藏在柔软的皮肤下面，骨骼很小，所以身材看上去丰满但是娇小。走路的时候，该抖的地方都会抖动，不会让人有僵硬的感觉。

小张哥那天第一次觉得张海琪的身体有些刺眼，就在昨天，或者一周之前，甚至是早上，他都不觉得这具肉体有什么特别的。但是此时此刻，他忽然觉得不对，呼吸开始急促起来。

这就是女人啊。

小张哥脑子里第一次觉得，“女人”这个词语有了特殊的意义。

现在小张哥想来，张海琪给他的青春期带来的真是崩溃一样的后果，肚兜，光膀子，裸体穿着围裙做饭。厦门的夏天很热，张海琪精灵一样带着极强性吸引力的肉体，和大爷一样的生活习惯，让小张哥的脑海充斥着泥石流上的一弯彩虹。

很长一段时间里，小张哥看到身材娇小的女人和大爷，就会出现一样的反应。

他记忆中还有一次，张海琪哭得非常非常伤心，那是她以为小张哥已经死去的时候。当时，小张哥拖着浑身是伤的身体，从训练的山中走了三天才回到了张海琪的身边。张海琪第一次哭了出来，虽然第二天她就恢复了以往所有的各色，但那一天的眼泪，支撑小张哥到现在。

在那之前，没有任何人为他哭过。

那天晚上，张海琪紧紧搂着浑身是伤的小张哥，没有放手。张海琪睡得很香很香，但小张哥靠在张海琪丰满的胸口，眼睛瞪大到了天亮。

厦门的夜晚。海风从窗口的蒲席吹进来，虫鸣，海浪，月光，他记得每一个细节，也记得张海琪长长的睫毛，脖子上的曲线，还有那胸口的丰满。最可怕的是，那天晚上，睡着睡着，两个人都变得滚烫起来。张海琪脸上的红晕和泪渍，让呼出的气息都变得香气袭人。

在抱着张海琪的瞬间，小张哥脑海里走马灯一样狂奔过所有的过往，张海琪也没有强行把他的手掰开，轻声说道：“乖啊，回头娘给你娶媳妇，你和你媳妇琢磨去。”

小张哥这才把手松开，往四周看去，边上锣鼓喧天，似乎没有人听到刚才的动静。小张哥把手伸了过去，张海琪在他手心里写了一句：你远远跟着，静观其变，不要添乱。

小张哥偷偷下马，原路返回到雾琅花渣的边上上马，后者就问他："什么情况？"

"新娘是我妈，你说什么情况，天要下雨，娘要嫁人，随她去吧。"小张哥搂住雾琅花渣的腰部，意犹未尽地摸了几下，长叹一声："唉，我干吗这么听话，多摸会就好了。"

雾琅花渣面红耳赤地回头："大爷，我是正经的猎户。"小张哥看了看黑暗中，说道："走，我们去把刚才的道士找回来。"

何剪西捂住鼻子，看着眼前的人，小张哥他们去南疆已经有一周了，他总算等到了张海琪让他等的那个人。

来人是一个三十多岁的中年男子，背着一个很大的背篓。背篓中有一捆草席子，他搬了出来，放到何剪西面前的长方形大茶几上。

这就是南洋档案馆重建之后的001号档案。何剪西给来人倒了一杯水，检查了那个人的火车票，确实是从南疆来的。张海琪特别关照，南疆肯定有事发生，存下来的钱收购档案，尽量只收南疆方向的东西。

草席子似乎在地里埋过，发出土星子味和剧烈的霉臭味。何剪西看那三十多岁的中年男子，穿戴倒是整齐，只是皮肤黝黑，看似常年日晒，双眼炯炯有神。他咽了一口吐沫，努力镇定下来，问道："咱们开始吧？"

中年人喝了三口茶，才放下茶杯，一口西北官话："马尾山在贡榜的边上，猎户打猎，四年前猎到了第一头野猪，刨开之后，胃里出来这个东西。"中年人从怀里掏出了一个奇怪的东西，何剪西接过来一看，那是一块奇怪的骨头。骨头上全是奇怪的暗红色疙瘩。

他接过来的瞬间才发现，骨头很重。

"猎户整天打猎，杀的东西多了，但这块骨头，从来没有见过，没有动物长这种骨头。"中年人继续说道，"马尾山是内陆，没有湖，也没有河，只有泉水。这块骨头一直被放着，一直到后来，有一个鬼佬到马尾山修教堂，他看到了这块骨头，和我们说，这是一块长人骨。山中有一个长人。野猪肯定是吃了长人的尸体。”

长人，何剪西从来没有听说过，应该是传教士根据自己的翻译方式翻译成中文的。

“之后的几年时间里，陆续打到野猪和狼，肚子里都有这样的骨头，一块比一块奇怪。”中年人说道，“猎户们很害怕，开始把收集到的骨头拼起来，他们想知道，山里到底有什么。但是他们越拼，越害怕。”

中年人把桌子上的草席子摊开。何剪西看到了草席中全都是碎骨头，如今被人用泥巴黏了起来，形成一个奇怪的形状。

那是一根脊椎骨头，但是脊椎骨的骨节，远比他见过的任何动物都要长。中年人把七八段脊椎骨拼接起来，形成了一根完整的有三米多长的脊椎。

何剪西后退了几步，他一开始以为是一条大蛇，但是中年人又拼接出了一根腿骨，腿骨也非常长，超出所有何剪西见过的生物的骨头。

这是一个人形的东西，身体非常长，手脚也极其长，看着就像竹节虫一样。

“这就是长人？”何剪西倒吸了一口冷气。中年人说道：“现在马尾山人心惶惶，很多人都开始出走了。猎户也不敢进山了。我出来买枪，准备和几个兄弟一起进去，看看到底是怎么回事，这个东西到底是从哪儿出来的。”

何剪西看得手脚冰冷。看中年人看着自己，才把报酬给他，心说：这两个姓张的，每天就一直面对这种事情吗？

雾琅花渣在林子里不停地寻找，黑暗中，血从他的伤口不停地流到他脸上。

他倒不是怕自己的眼睛瞎掉，而是不知道自己的命运。身后的人已经靠在他背上睡着了，这个人行为过于乖张，事后把他灭口，也是非常有可能的事情。但他又不敢轻举妄动，这个人能力超凡，他没有信心可以真正暗算他。

“你的心跳很快哟。”就在雾琅花渣忽然起了杀心，想奋力一搏的时候，背后传来一个懒洋洋的声音，让他犹如跌入冰窖，瞬间所有的杀心都消失了。

他身后的小张哥则觉得事情越来越奇怪。刚才进百乐京的时候，一切都还是正常的，怎么一下子，这支正常的送亲队伍就变得那么诡异？这里的人行事都是那么的乖张吗？

小张哥只喜欢自己被人看不懂，不喜欢看不透别人。

他不相信巧合。刚才和张海琪走在路上，他有点心猿意马，有点过于激动，现在冷静下来，心说：那个新娘下来咬他，会不会只是一个巧合？毕竟，整个闹市只有他行为乖张，吸引了新娘的注意力。他只是偶然顺便被选中的一个人。

新娘非常绝望，在街上随便找了一根救命稻草。

但他哪里长得像救命稻草，他刚才在街上看上去就像是一个变态。

如果不是这样，事情就变得很夸张了。他不相信随便遇到一个新娘，就能够对他的文身有反应。反推，让这件事情合理的唯一方式，就是百乐京的所有人都认得这个文身，族长在这里拥有极大的影响力。

想着他就问雾琅花渣：“哎。”他从雾琅花渣的腋下把身子探过去，拉开自己的衣服，打起火折子，照亮自己拉开衣服的胸口：“你们这儿的人认得这样的文身吗？”

雾琅花渣看了一眼小张哥的胸口，看到了文身，几乎是瞬间，他的脸就白了，小张哥立即知道了答案。而雾琅花渣停了马，从马上下来跪了下来：“小的有眼不识泰山，大爷这么厉害，我早就应该想到大爷是飞坤爸鲁的人。”

“飞坤爸鲁？”小张哥想了想。

爸鲁是勇士的意思，是神话中的称呼。

小张哥下马，穿好衣服：“你们这儿的人都认识我们飞坤大爷？”

“这里整个十里八乡，供的都是飞坤爸鲁。信众都在胸口文这个样子的文身，有不平的事情，找他们，飞坤爸鲁就可能会出头。”雾琅花渣低头说道。

“啥？”

小张哥摸着下巴，“宗教领袖？”他眼睛发光，“族长不愧是族长，不仅已经在这里开宗立派，竟然宗教都有了。”

一切都可以解释了，小张哥摸着后脖子，说道：“那你们飞坤爸鲁有神龛？”

“有庙，有好多庙。”

小张哥几乎要笑了出来：“我以为张家已经完蛋了，原来，张家连庙都有了。”

他看了看远处的送亲队伍，心中只想抛下这一切，立即去庙里看看。但张海琪还在队伍中，他皱起了眉头：“那这支送亲的队伍，就是一件简单的事情了。”

雾琅花渣这时忽然说道：“对了，这个新娘，今晚就要在一个飞坤庙里过夜。”

未完待续……

图书在版编目（CIP）数据

南部档案 / 南派三叔著 .-- 南京 : 江苏凤凰文艺出版社，2021.9（2026.1重印）
ISBN 978-7-5594-6001-1

Ⅰ . ①南… Ⅱ . ①南… Ⅲ . ①长篇小说 - 中国 - 当代 Ⅳ . ① I247.5

中国版本图书馆 CIP 数据核字 (2021) 第 103503 号

南部档案

南 派 三 叔 著

出 版 人	赵　阳
策　划	硬核文化
责任编辑	李　黎
责任印制	杨　丹
出版发行	江苏凤凰文艺出版社
	南京市中央路 165 号，邮编：210009
印　刷	江苏凤凰通达印刷有限公司
开　本	710 毫米 ×1000 毫米　1/16
印　张	18
字　数	213 千字
版　次	2021 年 9 月第 1 版
印　次	2026 年 1 月第 21 次印刷
书　号	ISBN 978-7-5594-6001-1
定　价	48.00 元